प्रकाश मनु
की
लोकप्रिय कहानियाँ

प्रकाश मनु
की
लोकप्रिय कहानियाँ

प्रभात प्रकाशन, दिल्ली
ISO 9001:2008 प्रकाशक

प्रकाशक • **प्रभात प्रकाशन**
4/19 आसफ अली रोड,
नई दिल्ली-110002

संस्करण • प्रथम, 2015
मूल्य • दो सौ पचास रुपए
मुद्रक • आर-टेक ऑफसेट प्रिंटर्स, दिल्ली

PRAKASH MANU KI LOKPRIYA KAHANIYAN
Published by Prabhat Prakashan, 4/19 Asaf Ali Road, New Delhi-2
e-mail: prabhatbooks@gmail.com ISBN 978-93-5186-276-5
₹ 250.00

कहानी के फ्रेम से बाहर झाँकती ये कहानियाँ

कोई पैंतीस बरसों की लंबी कथा-यात्रा में समय के अलग-अलग थपेड़ों के बीच जाने-अनजाने लिखी गईं मेरी चर्चित और लोकप्रिय कहानियाँ एक साथ इस पुस्तक में आ रही हैं, यह मेरे लिए सुख और प्रसन्नता की बात है। साथ ही एक रोमांचित करने वाला अनुभव भी। इसलिए भी कि मेरी कहानियाँ कहानी-कला के बने-बनाए फ्रेम में फिट होने वाली कहानियाँ कभी नहीं रहीं। वे एक अलग राह की राहगीर बनकर हमेशा अपने लिए अलग और शायद असुविधाजनक रास्ता तलाशती रहीं। भले ही वह कभी-कभी एकदम ऊबड़-खाबड़ क्यों न रहा हो! लिहाजा 'प्रकाश मनु की लोकप्रिय कहानियाँ' पुस्तक में संकलित कहानियों के बारे में दो शब्द कहने हों तो सबसे पहले तो यही कहूँगा कि ये कहानियों जैसी कहानियाँ नहीं हैं। ये जिंदगी और कहानी के बीच की खाई को पाटने वाली ऐसी कहानियाँ हैं, जो अपने ढंग से अपनी भाषा और अभिव्यक्ति के अनौपचारिक रास्ते तलाशती हैं। और शायद शब्दों से ज्यादा जिंदगी पर यकीन करती हैं!

मेरे कथा-गुरु दिग्गज कथाशिल्पी देवेंद्र सत्यार्थी ने शुरुआती दौर की लिखी मेरी 'यात्रा' कहानी सुनने के बाद जिस तरह मुग्ध और अभिभूत होकर आशीर्वाद दिया था और कहानियाँ लिखने की अपनी ही लीक पर चलते रहने का जो बल दिया था, उसे भूल पाना असंभव है। साथ ही उन्होंने कहानी को लेकर कबीर की उलटबाँसी की तरह जो मार्मिक बात कही, वह मुझे आज भी कहानी के बड़े-से-बड़े शास्त्रीय सिद्धांतों से बड़ी लगती है। उनके शब्द थे, 'याद रखो मनु, कहानी तुम नहीं लिखते, बल्कि कहानी तुम्हें लिखती है।' इसी तरह उन्होंने मुझे कहानी के एक और विराट् सत्य का दर्शन कराते हुए कहा,

'अगर तुममें कहानी को देखने की दृष्टि है, तो तुम देखोगे मनु, तुम्हारे सब ओर कहानियाँ-ही-कहानियाँ बिखरी पड़ी हैं। तुम्हारे कमरे में रखी मेज, कुरसी, किताब…यहाँ तक कि बाहर सड़क पर पड़ा एक पत्थर या मिट्टी का ढेला भी एक कहानी कह रहा है। एक मुकम्मल कहानी अगर तुम उसे सुन सको तो!…बस, उन्हें तुम्हारी कलम के स्पर्श की प्रतीक्षा है। तुम उन्हें प्यार से उठाओ और लिखना शुरू कर दो। तब ये चीजें देखते-ही-देखते तुम्हारे सामने हँसते-बोलते, चहचहाते या फिर उदास रंगों वाले जीवित संसार में बदल जाएँगी।'

इसी तरह याद पड़ता है, 'अंकल को विश नहीं करोगे' कहानी पढ़कर मेरे अत्यंत प्रिय और आदरणीय कथाकार बल्लभ सिद्धार्थ ने जो पत्र लिखा था, उसे पढ़कर मैं रोमांचित हो उठा था। उन्होंने लिखा था, 'अंकल को विश नहीं करोगे' उन्हें इस बुरी तरह बेचैन करने वाली पाँच-सात कहानियों में से एक है और मनु, तुमने कम-से-कम एक बड़ी कहानी लिखी है!' बहुत से कहानीकार मित्रों को यह कहानी इस कदर प्रिय है कि बरसों बाद मिलने पर आज भी कहीं-न-कहीं, कभी-न-कभी इसकी चर्चा छिड़ ही जाती है। मेरे साहित्यिक मित्रों में श्रवणकुमार और डॉ. माहेश्वर भी इस कहानी की बहुत प्यार से चर्चा करते थे। श्रवणकुमार ने मेरी कहानी 'एक सुबह का महाभारत' का अंग्रेजी में तर्जुमा किया था। फिर उन्हीं के संपादन में यह अंग्रेजी के किसी कथा-संचयन में भी आई।

जब ये कहानियाँ पत्र-पत्रिकाओं में छपीं या साहित्यिक गोष्ठियों में पढ़ी गईं, तो इनके साथ-साथ चल पड़ने वाले पाठक और साहित्यिक जन कहाँ-कहाँ मिले, उनके भावुक कर देने वाले उत्तेजक अनुभव और प्रतिक्रियाएँ कैसी थीं, इसकी चर्चा शायद खुद एक लंबी और अंतहीन कहानी ही बन जाए। हाँ, इन प्रतिक्रियाओं में एक बात आश्चर्यजनक रूप से मिलती-जुलती और साझी थी कि इनमें से सभी को लगा था कि ये कहानियाँ एकदम सच्ची हैं। इन कहानियों के पात्र एकदम सच्चे हैं और ये कहानियाँ मेरी आत्मकथा के अनलिखे पन्नों में से चुपके-चुपके निकलकर आई हैं।

इतना ही नहीं, बहुत से मित्रों और पाठकों ने तो इन कहानियों को मेरे जीवन में सच-सच इसी रूप में घटित हुआ मानकर उन पात्रों के बारे में आगे-पीछे की और भी बहुत सी बातें दरियाफ्त करनी चाहीं। कुछ ने तो इन्हें एकदम मेरी आत्मकथा मानकर पढ़ा और कुछ ने उनसे मुलाकात भी करनी चाही। संग्रह में शामिल मेरी प्रायः सभी कहानियों 'असहमति', 'जादू', 'जोशी सर',

'अंकल को विश नहीं करोगे', 'एक सुबह का महाभारत', 'रंगी बाबू का रिक्शा', 'कुनु', 'नंदू भैया की कहानी', 'अथ कला ड्रामा', 'एक बूढ़े आदमी के खिलौने', 'थैंक्यू सर' और 'अंजलीना का नाटक' के साथ लगभग यही कहानी भिन्न-भिन्न शक्लों में सामने आई और बड़े अजीब लेकिन दिलचस्प सवालों से मुझे गुजरना पड़ा। इन्हें आत्मकथा कहना तो गलत होगा, पर इतना सच है कि ये सभी जिंदगी के महाभारत में धँसकर हासिल हुई कहानियाँ हैं और बीच-बीच में कहीं-न-कहीं मेरी आत्मकथा के पन्ने इनमें फड़फड़ा रहे हैं। इन पर अब भी इतनी गर्मजोशी से भरी प्रतिक्रियाएँ मिलती हैं तो लगता है, लिखना और जीना अकारथ नहीं रहा। यों यह बात अपनी जगह सही है कि 'यह जो दिल्ली है', 'कथा सर्कस' और 'पापा के जाने के बाद' उपन्यासों की जबरदस्त चर्चा के कारण मेरे बहुत से आत्मीय मित्रों-लेखकों का ध्यान किसी अंतर्धारा की तरह बहती मेरी कथा-यात्रा की ओर न जाता, तो इनमें से बहुतेरी कहानियाँ शायद फाइलों में दबी ही रहतीं।

खुद मेरे लिए ये कहानियाँ ऐसे दोस्तों की तरह हैं जो दुखी-सुखी क्षण में सीझे हुए चुपचाप साथ चले आते हैं। एक तरह के उदास अकेलेपन और भीतर-भीतर विश्वासों के टूटते चले जाने के इस यंत्रणापूर्ण समय में ये कहानियाँ कंधे पर हाथ धरे, चुपचाप पास बैठकर धीमे-धीमे बतियाती, दुख हल्काती रही हैं। इनमें हादसे हैं। हादसों की तकलीफें हैं। गुस्सा है, आँसू हैं तो मेरे कुछ ऐसे अबूझ ऐकांतिक मूड्स भी, जो शायद कहानियों के अलावा कहीं और इस कदर खुले ही नहीं। इनमें ऐसा बहुत कुछ है, जो जीवन से फिसलकर सीधे कहानियों में चला आता है। और शायद यही चीज है, जो मेरी कहानियों को औरों से अलगाती है। इनमें बहुत सी कहानियों के पाठकों का कहना था, 'आपकी कहानियों का यही अनौपचारिक अंदाज हमें पसंद है। आप अपने साथ बहा ले जाते हैं और एक बार पढ़ने के बाद आपकी कहानियाँ हमेशा के लिए हमारे साथ हो लेती हैं।'

इसी तरह बहुत से पाठकों का कहना था कि ये कहानियाँ भीतर की दुनिया और जीवन के बहिरंग में निरंतर आवाजाही करती कहानियाँ हैं। यही कारण है कि इनमें आत्म का संगीत है। इनमें कविता सरीखी मर्म पुकार है तो आत्मकथा सरीखा निजत्व भी। '…एक सुबह का महाभारत', 'कुनु', 'नंदू भैया की कहानी', 'एक बूढ़े आदमी के खिलौने' पढ़कर लिखे गए पत्रों में उस भावनात्मक संवाद के अक्स मिले, जिसमें आत्म और पर के बीच के फासले

गायब हो जाते हैं। और कुछ अरसा पहले ही 'साहित्य अमृत' में छपी 'जोशी सर' कहानी पढ़कर जो भावुक कर देने वाले पत्र मिले, उनमें सभी का कहना था, 'मनुजी, आपने हमारे बहुत प्यारे अध्यापक की याद दिला दी…!' कुछ ने तो बड़ी संजीदगी से अपने उन प्रिय अध्यापक के बारे में लिखकर भी भेजा, जिसे 'जोशी सर' कहानी पढ़कर उन्होंने बेतरह याद किया।

मेरा उन सभी से कहना था कि अगर ऐसा है तो शायद थोड़ा-थोड़ा मैं अपनी इस यात्रा में सफल हुआ। ये मेरे जीवन के आनंद के ऐसे क्षण हैं, जब थोड़ी देर के लिए आँखें भीगती हैं और आप निःशब्द रह जाते हैं। इसलिए कि आखिर तो कोई भी कहानी कहानी से पहले जिंदगी का एक टुकड़ा है…एक धड़कता हुआ टुकड़ा, जो अपने आप में मुकम्मल भी है।

शायद इसीलिए उपन्यास, कविता, लेख, संस्मरण जैसी विधाओं में बहुत लिखने के बावजूद कहानियों से मेरा कुछ अलग रिश्ता है, जो कई बार संजीदा कर देता है। हो सकता है, इन कहानियों में कहीं-न-कहीं मेरा कवि, उपन्यासकार और संस्मरणकार भी छिपा हो, जो विधाओं की शुद्धता का कायल न होकर उनकी ताजगी और जिंदादिली में रस लेता हो! उम्मीद है, पाठकों को इस संचयन में मेरी बहुचर्चित और लोकप्रिय कहानियों को एक साथ पढ़ना एक बिल्कुल नया अनुभव लगेगा।

20 जनवरी, 2015 **—प्रकाश मनु**

545, सेक्टर-29
फरीदाबाद (हरियाणा)
मो. +91-9810602327

अनुक्रम

असहमति

वे दोनों अभी नए आए थे, एक वो, एक उसकी वो। वो चश्मा लगाए गोरा और लंबा और उसकी वो साधारण नाक-नक्श की साँवली-सी। पूरी लाइन में एक ही कमरा खाली था—बिजली दफ्तर के महेंद्र बाबू का, जो उन्होंने अपनी अधेड़ावस्था की फुरसत में बनवा लिया था, बुढ़ापे के आश्रय या किराए वगैरह के लिए। ये लोग उसी में आए थे।

कमरा यों तो अच्छा था, पर आस-पास के सब घरों की दीवारों, खिड़कियों, आवाजों और सब लड़के-लड़कियों, स्त्री-पुरुषों के चेहरों के बीच इस तरह फँसा हुआ कि सबको यह अचरज ही लगता था कि कोई उसमें आए और बाकायदा रहने लगे।

फिर ये लोग तो कुछ अजीब ही थे। पहले पुरुष (हाँ, उसे पुरुष ही कह लो, वैसे था लड़का ही, शरीर, चेहरे-मोहरे और एक खास तरह के हलके-फुलकेपन की वजह से, जिसे शायद ठीक से बताया नहीं जा सकता!) बगल में वर्माजी से चाबी लेकर मकान देख गया। फिर शाम को वह साथ में एक साँवली-सी युवती को भी लाया। (जो जाहिर है उसकी बीवी ही होगी, पर लिपस्टिक, लज्जा आदि परंपरागत सुहाग-चिह्नों से ऐसी शून्य कि सवाल पर सवाल उठते थे!) फिर दोनों ने कुछ रुचि, कुछ अरुचि से कमरा, एक छोटे से लॉन की वजह से चाहे तो मकान कह लीजिए, पसंद किया था। वहीं खड़े-खड़े देर तक वे बातें करते रहे थे। लेट्रीन, बाथरूम की टोंटियों से लेकर आस-पास के माहौल तक की चर्चा की थी उन्होंने। मकान को बराबर पिंजरा कहा था, पर साथ में यह भी कि चलो कोई बात नहीं, हवा और रोशनी तो आती ही है, और मजे से जिंदा रहा जा सकता है।

आखिर वे एडवांस दे गए और अगले दिन आने के लिए कह गए।

वर्माजी की सेहतमंद आधुनिक बीवी ने आस-पास की औरतों के कानों में फुसफुसाकर कुछ कहा। (उन्हें शायद दाल में कुछ काला दिखाई पड़ गया था!) आस-पास की औरतों ने और आगे बात सरकाई। बात चार से चालीस कानों तक पहुँची। फिर उन औरतों ने रात अपने-अपने मर्दों के कान में कुछ कहा, कुछ नहीं कहा। मर्द कुछ हँसे, कुछ सीरियस हुए···और फिर जैसे रातें गुजरती हैं, वह रात भी गुजर गई।

अगले दिन लोगों ने देखा कि केवल एक ताँगा, आधा भरा हुआ आधा खाली, उस मकान के सामने आ खड़ा हुआ है। उसमें सामान के नाम पर कुछ छोटी-बड़ी बेतरतीब गठरियाँ हैं, दो चारपाइयाँ, एकाध कुरसी सी, एकाध संदूक, बस। पीछे-पीछे साइकिल पर हाँफता हुआ वह लंबा आदमी आया, कॅरियर पर टेबल फैन लिए, हैंडल में एकाध टोकरी लटकाए। पसीने से नहाया हुआ। उसके पीछे वह साँवली-सी युवती हाथ में दो छोटे-छोटे थैले लटकाए आराम से चलती आ रही थी।

इस अच्छे-खासे तमाशे को देखने का सुख छोड़ पाना आसान नहीं था, इसलिए लोग आए और उनके चेहरों पर हँसी फूट पड़ी। पर इन्होंने परवाह नहीं की। उस आदमी ने साइकिल खड़ी की, फटाक से ताला खोला, दरवाजा धकियाया···और···और सीरियली जुट गया। औरत अपनी सामर्थ्य के मुताबिक मदद करती रही। थोड़ी देर में सामान भीतर आ गया तो उस आदमी ने इक्केवाले को पैसे दिए, धन्यवाद दिया और शायद चाय पीने का भी आग्रह किया। फिर बाहर का दरवाजा बंद हो गया और भीतर खटर-पटर होती रही।

फर्श धोने और चारपाइयाँ तथा अन्य सामान एडजस्ट करने की आवाजें थीं वे। इन्हीं के बीच कभी-कभी पुरुष के हँसने और औरत के हलके ढंग से डाँटने का स्वर भी मिल जाता। या कभी दोनों भी साथ-साथ हँसते थे।

"यानी कि यह साँवली लगती तो खुशमिजाज-सी है।" मिसेज वर्मा ने मन-ही-मन नोटिस लिया था।

शाम को सब औरतें दिल में कौतूहल, आँखों में सवाल लेकर मिसेज वर्मा के घर के बाहर इकट्ठी हुईं। सबके भीतर कुछ खुदबुदा रहा था और वे कोई बढ़िया नजारा लेना चाहती थीं।

पर वे बुरी तरह निराश हुईं, क्योंकि दरवाजा तब से अभी तक खुला ही नहीं था। एक खिड़की खुली थी, पर उसमें आते ही परदा लटक गया था।

परदा कभी-कभी हिलता था तो अंदर के बरतन वगैरह दिख जाते थे या कभी परदे पर कोई एकाध परछाईं आकर टिकती और फिर गुजर जाती, मगर इससे दिल तो नहीं भरता था।

भीतर हलचल के नाम पर केवल दो बार स्टोव जला और बुझा था। हलकी सी बातचीत भी सुनाई पड़ी थी। पर वे तो ऐसी नहीं थीं जैसी मर्द-औरत करते हैं। यानी कहीं 'ए जी', 'ओ जी' वगैरह नहीं। फिर औरत या आदमी की कभी-कभी गुनगुनाने की आवाज।

"औरत शायद अच्छा गाती है, और मर्द…?" मिसेज वर्मा हँसी थीं, "एक ही ट्यून में जाने क्या आल्हा-सा गाता रहता है।"

पर मिसेज वर्मा की दी हुई इस सूचना में किसी की दिलचस्पी नहीं थी। वे कोई ज्यादा हैरानीवाली बात जानने और उस पर टीका-टिप्पणी करने आई थीं।

"हे भगवान्, इत्ती घुटन में कोई कैसे रह सकता है?" राजरानी से अब नहीं रहा गया तो उसने हवा में हाथ हिलाकर कह ही दिया। खूब ऊँची आवाज में कि हो सके तो भीतरवाले भी सुन लें। फिर बंद दरवाजे को लक्ष्य करके बोली, "आदमी तो वही अच्छे लगते हैं जो आदमियों के बीच उठें-बैठें, आदमियों की तरह रहें…!"

"और ये क्या जानवर…? खी…खी…खी-खी-खी-खी!" राजरानी की ननद बोली कम, हँसी ज्यादा थी।

"भई, हमने कब कहा जानवर? पर मुहल्ले में रहें तो मुहल्लेवालों की कद्र तो करनी ही चाहिए। चार दिन सबको रहना है, भाईचारे से ही अच्छा लगता है।" अब लच्छो दादी ने आगे की बात सँभाली और अपने अनुभवों का पिटारा खोलने के मूड में आ गईं।

"दादी, हो जाता है सब ठीक…! अब ये बंतो शुरू-शुरू में आई तो कितनी दूर-दूर रही थी निगोड़ी?" मिसेज वर्मा ने चुटकी ली।

"हाँजी, मैं क्यों रहती दूर? मुझमें क्या कोई खोट था?" बंतो ने कठोर-सा मुँह बनाया। फिर कहा, "हाँ, कोई शुरू-शुरू में आए तो थोड़ी लाज-सरम…"

"और तब पेट में भी तो गुब्बारे फूल रहे थे हमारी बंतो के!" राजरानी ने कहा और हँसते-हँसते दोहरी हो गई।

तभी दरवाजा खुला। वे दोनों बाहर आए। दरवाजा बंद करके एक नजर बाहर चारपाई पर बैठी औरतों पर डाली, फिर वे हौले-हौले बातचीत करते,

मुसकराते हुए आगे बढ़ गए।

आदमी घर के धुले और इस्तिरी किए हुए सफेद कुरते-पाजामे में था और दोपहर की तुलना में इस समय ज्यादा चुस्त और खुश लग रहा था। औरत बादामी रंग के ब्लाउज और इसी रंग की साड़ी में थी। शरीर आदमी से कुछ भारी, मगर इन कपड़ों में फब रही थी। साँवलापन एक सहज कांति से भर उठा था। कुछ थोड़ी बहुत बातचीत भी उनकी सुनाई पड़ी या अनुमान लगा गया।

"क्यों भई, किस तरफ से चलें अनु?"

"कहीं से भी। मौसम खुशनुमा है आज तो, अच्छा लगेगा। पीछेवाली सड़क से चलें?"

"काफी सन्नाटा-सा रहता है वहाँ, रास्ता भी नहीं देखा हुआ। डर तो नहीं लगेगा तुम्हें?"

"डर···? हाँ जी, मुझे तो कोई उठाकर न ले जाएगा!" वह मुसकराई, "ऐसा करो, तुम अपना नाम विजय छोड़कर पराजय रख लो, डरपोक कहीं के!"

"दुष्ट कहीं की!" पुरुष धीरे से हँसा।

फिर वे बात करते हुए काफी आगे निकल गए। इधर रुकी हुई महफिल भी शुरू हो गई।

"इस उमर में कुरता-पाजामा तो कुछ ठीक नहीं लगता। ये तो बड़े बुजुर्गों को ही सोहता है। एक तो वैसे ही सींकिया हो आदमी, ऊपर से···हुँह!" राजरानी ने मुँह बनाया।

"औरत ज्यादा मजेदार है। मौसम का मजा लेने गई है ठंडी सड़क पर, बलमजी के साथ, खी-खी-खी-खी!" पुष्पा अपने दिल की गुदगुदी को रोक नहीं पाई थी।

"अरे, हमें लगता है, कोई मार-मूर न डाले इन्हें। हाँ, और क्या? पूरा जंगल है वो। रात में तो कोई परिंदा भी वहाँ पर नहीं फड़कता।" लच्छो दादी ने गरदन हिलाकर गुस्सा जताया, "फिर कोई कहेगा कि पहले दिन ही ये हादसा···! बदनामी सारे मुहल्ले की होगी।"

उनके आपस में एक-दूसरे को बुलाने से उन्हें पता लगा कि औरत का नाम अनु है, पुरुष का विजय। दोनों का एक-दूसरे को नाम लेकर बुलाना उन्हें अजीब लगता। औरत का पति को नाम लेकर बुलाना तो करीब-करीब अश्लील ही लगता।

"यह कोई ऐसी-वैसी औरत है!" वे एक दूसरे को फुसफुसाकर समझातीं। हालाँकि इसके लिए कोई खास कारण उन्हें नहीं मिलता था। उस औरत की शालीनता में कोई कमी या औरत-मर्द दोनों के व्यवहार में कहीं कोई अभद्रता उन्होंने नहीं देखी थी। वह बाहर ही दरअसल बहुत कम निकलती थी। कभी-कभी ठेले पर सब्जी बेचने आए बाबा से थोड़ी बहुत सब्जी लेने निकलती थी। औरतें अजीब-सी निगाहों से उसे घेरने या तोलने की कोशिश करतीं, पर वह सब्जी लेकर निश्चिंत भाव से वापस आ जाती।

खुद को लेकर एकाध ऊटपटाँग-सी बात उसके कानों में पड़ती तो भी वह चुप ही रहती थी। हाँ, कभी कोई औरत उससे कुछ पूछती तो वह मुसकराकर संक्षिप्त-सा जवाब दे दिया करती थी।

आस-पास की औरतें चाहती थीं कि वह उनके बीच आ जाए, उनकी मंडली में—और उन्हीं की तरह बातें करे, कभी जोर से, कभी फुसफुसाकर और कभी खूब खुलकर हँसे, पर यह शायद उससे हो नहीं पाता था। वह या तो गंभीर रहती थी या केवल हौले से मुसकरा पाती थी। इसका यह अर्थ निकाला गया कि वह बेहद घमंडी औरत है। यह अपने मर्द पर हावी है, इसका मर्द इससे डरता है, यह भी कहा जाता रहा।

"तभी बेचारा कभी इधर-उधर देखता नहीं है। निगाहें बचाता हुआ निकल जाता है।" राजरानी ने हँसकर सबको समझाया।

"पर पति को तो आँखों पर रखती है। सुबह कई बार मैंने देखा है जब पति को विदा करती है। ऐन तब तक दरवाजे पर खड़ी देखती रहती है, जब तक वह आँखों से ओझल नहीं हो जाता।" मिसेज वर्मा ने आँखों में शरारत लाकर कहा।

"ठीक है, लेकिन मर्द मर्दों में अच्छे लगते हैं, औरत औरतों में। यह क्या कि दोनों सारा दिन गुफा में घुसे रहें, साथ-साथ घूमें? आखिर सभ्यता भी कुछ होती है कि नहीं? हमारे बुजुर्ग लोग भी पढ़े-लिखे थे, अंग्रेजी नहीं पढ़े तो क्या? पर आचार-विचार कोई उनसे सीखे। सारे दिन शक्ल देखने को तरस जाते थे, पर मजाल है कि भीतर पैर भी रखें। बाहर बैठकर खाना खाया, हुक्का पिया और वहीं से उठकर चले गए। ये होती है मर्यादा!" माया चाची को भी अपनी बात कहने का मौका मिल गया था।

फिर धीरे-धीरे उन्हें पता कि काम पर आदमी ही नहीं जाता, कभी-कभी औरत भी साथ जाती है, साइकिल पर बैठकर। फिर वे साथ-साथ वापस आते

हैं, किताबों से लदे हुए। आकर साथ-साथ खाना बनाने में जुट जाते हैं।

"चाय अकसर आदमी ही बनाता है।" मिसेज वर्मा ने पड़ोस की औरतों को बताया, "कभी-कभी तो जूठे बरतन भी साफ करता है। सच, मुझे तो बड़ा तरस आता है…!"

"हमारा मर्द तो पानी का गिलास तक अपने हाथ से न उठाए। वहीं से आवाज लगाएगा—राजराणिए…पा…णी…!" राजरानी ने पति की नकल उतारी।

कभी-कभी वे हालचाल पता करने के लिए बच्चों को भेज देतीं। वह साँवली-सी युवती प्यार से उन्हें बिठाती और बातें करती। कभी-कभी टॉफियाँ या बिस्कुट भी खाने को देती। आदमी भी कभी-कभी उन बच्चों को कहानियाँ सुनाता, उनके साथ हँसता-बोलता रहता।

मुहल्लेवालों को यह कमोबेश बहुत अजीब लगता था। हालाँकि इससे उन्हें कोई प्रत्यक्ष कठिनाई नहीं थी। पर भीतर ही भीतर कहीं कुछ हिलता था, जड़ता काँपती थी और इससे वे डर जाते थे। वे सोचने लगे थे कि ये लोग चले जाएँ तो अच्छा हो।

असल बात यह थी कि यह लंबा-सा विजय और साँवली-सी अनु अपने ढंग से जीवन जीने के आदी थे। इसलिए किसी से बहुत ज्यादा संबंध बढ़ाने की जरूरत भी उन्होंने कभी नहीं समझी। न ही वे किसी की बुराई या चुगली ही करते थे, जिसमें दूसरे लोगों को खासा रस मिलता है।

बस, अपने ही काम में दोनों लीन रहते थे। एक बोलता रहता, दूसरी लिखती रहती। एक पढ़ता रहता, दूसरी घर का काम कर लेती। एक बीमार पड़ता तो दूसरी साइकिल पर दवाई लेकर आ जाती। और अगर औरत अस्वस्थ होती तो वह सिर दबाता, चाय बनाता, खाना बनाता और ट्रांजिस्टर लगाकर या गाना गाकर उसे खुश रखने की कोशिश करता।

सारा दिन वे पढ़ते या लिखते, शाम को घूमने जाते और बातचीत करते। रात देर तक पढ़ते, खबरें सुनते और आल इंडिया रेडियो से तामीले इरशाद भी। फिर सो रहते। वे अपने आप में पूरे थे, इस बात से सबको तकलीफ होती थी। वे इनका घमंड तोड़ने का कोई बहाना ढूँढ़ना चाहते थे, पर वह मिलता ही नहीं था, क्योंकि एक तो ये बोलते कम थे, फिर जब भी बोलते, विनम्रता और आदर से।

पर एक दिन औरतों को बहाना आखिर मिल ही गया।

हुआ यह कि एक दिन सुबह-सुबह एक शैतान से लड़के ने परदा उठाकर अंदर का दृश्य देखा, फिर उसने दूसरे लड़कों को भी बुला लिया। दरअसल, वे दोनों अस्त-व्यस्त कपड़ों में एक-दूसरे से लगे सो रहे थे।

बच्चों का यह कुतूहल उन तक ही सीमित नहीं रहा, औरतों तक भी पहुँचा। पर जब एकाध औरत परदा उठाकर झाँकने आई, तब तक वे जग चुके थे।

साड़ी ठीक करती हुई उस साँवली-सी औरत यानी अनु को बहुत गुस्सा आ रहा था। न दबाई गई नफरत से वह बोली, ''कितने ओछे और बदतमीज है यहाँ के लोग!''

औरतें तो चली गईं, पर बच्चों ने घर जाकर सब हाल कहा कि आंटी रोती रहीं और देर तक अंकल समझाते रहे। कुछ 'दकियानूस-दकियानूस' दो-तीन दफा कहा। फिर कहा, ''बेचारे पुराने ढंग से सोचने के आदी हैं, गुस्सा नहीं करना चाहिए।''

उधर अनु का गुस्सा तो थम गया, पर उन औरतों का नहीं। उन्होंने जाकर मुहल्ले की लीडर औरतों से भड़ककर और भड़भड़ाकर सबकुछ कहा, बल्कि सबका सवाया कहा। लीडर औरतों ने आस-पास की सब औरतों को उस घटना को ड्योढ़ा और दोगुना करके बताया। सब औरतों ने रात को अपने-अपने मर्दों से कानाफूसी से दूना-तिगुना कहा।

सुबह मर्दों ने तय किया कि मुहल्ले में मर्यादा बनाए रखने के लिए कुछ-न-कुछ तो करना ही पड़ेगा। आखिर मुहल्ले में यह अनैतिकता कब तक बरदाश्त की जाएगी? इन्हें जरूर बोल देना चाहिए कि अगर रहना है तो हमारी तरह ठीक से रहो, नहीं तो कहीं और ठिकाना ढूँढ़ो!

पर मि. वर्मा और बंतो का पति हवासिंह—दोनों शामिल नहीं हुए। मि. वर्मा ने यार लोगों से माफी माँग ली थी। बोले थे, ''भई, हमारे तो पड़ोसी हैं। हमारा जाना ठीक नहीं लगता।''

वैसे असल बात तो यह थी कि मिसेज वर्मा ने ही पति को मना किया था। हुआ यह था कि उनकी थोड़ी बहुत बातचीत इस साँवली गंभीर औरत से शुरू हो गई थी और थोड़ा बहुत सब्जी-वब्जी या कम पड़ गई गृहस्थी की चीजों का लेन-देन भी। बाजार यहाँ से खासा दूर था, सो इसमें उन्हें सुविधा थी। फिर यह औरत उन्हें घमंडी भी नहीं लगी थी। जीने का सबका अपना ढंग

होता है, कोई किसी को क्या कह सकता है, उन्होंने सोचा था।

एक खास बात यह थी कि उनके बच्चे जब उधर जाते तो वह औरत उन्हें खूब प्यार करती और टॉफियाँ देती थी। हालाँकि उन्होंने यह बात छिपाए रखी थी और किसी से कहा नहीं था।

बंतो ने भी अपने पति को रोक लिया था। उसे शुरू से ही यह ज्यादती लग रही थी कि किसी को अकेला देखकर सब उस पर वार करने लगें। उसे याद था, जब वह यहाँ आई थी तो किस तरह उसकी गरीबी और साधारण कपड़ों को लेकर उसकी हँसी उड़ाई गई थी। वह तो उसका पति हवासिंह अक्खड़ और भारी डील-डौल का मजबूत आदमी था, इसलिए कोई उसकी ओर देखती नहीं थी। वरना उसका पेट जो कुछ ज्यादा ही फूला हुआ और बेडौल लग रहा था, को देखकर आँखों-आँखों में किसने उसका मजाक नहीं बनाया था? सो उसने हवासिंह को जाने नहीं दिया।

फिर भी प्रत्यक्ष विरोध उन दोनों ने नहीं किया। दिनेशकुमार, सोहनलाल और ठाकुर ज्ञानसिंह से कहा कि वे ही पूरे मुहल्ले के प्रतिनिधि बनकर हो आएँ। पूरी भीड़ के जाने की क्या जरूरत है?

आखिर तीनों धड़धड़ाते हुए गए और जाकर जोरों से दरवाजा खटखटा दिया। दरवाजा औरत ने खोला। बिना सकपकाए हुए, मुसकराकर कहा, "आइए···!"

"वो···मास्टरजी हैं?" उनकी समझ में कुछ और नहीं आया तो उसके दिन भर पढ़ने-लिखने की आदत को याद करके अचानक ही 'मास्टरजी' उन्होंने कहा।

"हाँ-हाँ, आप बैठिए। विजय, देखो, ये मिलने आए हैं।" औरत ने निर्भ्रांत भाव से पुरुष को बुलाया। पुरुष आया, हाथ में पैन और किताब लिए हुए। उसी तरह प्रसन्नचित्त, जैसे वह हमेशा रहता था। हँसते हुए बोला, "आप लोगों ने बड़ी मेहरबानी की। कहिए, कैसे आना हुआ?"

"कुछ नहीं, वैसे ही। सोचा, थोड़ा मिल आएँ।···आखिर हम एक ही मुहल्ले के हैं।" दिनेशकुमार ने अवसर के अनुकूल यथासंभव आवाज को दबाया।

"क्यों नहीं, क्यों नहीं! बड़ी खुशी की बात है।···चाय पिएँगे?" फिर बिना उनका जवाब सुने, भीतर आवाज लगाई, "अनु, चाय बनाओ भई!"

"आप जूनावस्टी में हैं?" ठाकुर ज्ञानसिंह ने जानना चाहा। हालाँकि वे

यूनिवर्सिटी का ठीक उच्चारण नहीं कर पा रहे थे।

"जी।" लगता था कि पुरुष इस अटपटे उच्चारण पर हँसी दबाने की चेष्टा कर रहा है।

"वो तो हम लोगों ने सोच ही लिया था।" ठाकुर ज्ञानसिंह बोले, "दिन भर पढ़ते ही रहते हैं···किताबें ही किताबें। इसी बात से।"

"हाँ, काम ही कुछ ऐसा है।" पुरुष ने हँसकर कहा।

"क्या काम करते हैंजी आप···?"

"यों समझिए···कि घास खोदता हूँ। वैसे जो काम मैं करता हूँ, उसे रिसर्च कहते हैं, यानी नई बात खोजना। लेकिन नया-वया कुछ नहीं, घास खोदनी पड़ती है रात-दिन।" वह हँसा।

इतने में चाय आ गई। साँवली सी युवती ने सबको चाय दी, फिर खुद भी एक कप लेकर कुरसी पर बैठ गई। यह उनके लिए अप्रत्याशित था, वे ज्यादा कांशस हो गए और बात करने की भूमिका तलाशने लगे। इतने में आदमी ने परिचय कराया, "अनु, देखो भई, ये अपने मुहल्ले के लोग आए हैं—दिनेशजी, सोहनलालजी और ये हैं ठाकुर ज्ञानसिंहजी।"

औरत ने बारी-बारी से नम्रतापूर्वक हलका सा सिर झुकाते हुए उन्हें नमस्कार किया। फिर बोली, "यह तो सौभाग्य है हमारा, जो आप खुद मिलने आए।"

"आप···आप कौन जात हैं?" चाय पीते हुए बड़ा साहस करते ठाकुर ज्ञानसिंह ने पूछा।

"हम जात-पाँत को नहीं मानते।" पुरुष के चेहरे पर अप्रत्याशित कठोरता आ गई थी।

"फिर भी अ···वैसे ही!"

"तो हरिजन समझ लीजिए! अगर आप जात-पाँत को मानते ही हैं तो मैं खुद को हरिजन कहूँगा। जिस जाति-प्रथा को आप मानते हैं, उसे मैं नहीं मानता। उस हिसाब से हमारी शादी भी एक जाति में नहीं हुई।"

उन्होंने अचानक चाय के कप रख दिए, "नहीं साहब, ऐसा मत कहिए। हरिजन तो बहुत गंदे होते हैं।"

"हरिजन कैसे गंदे हो सकते हैं? वे तो हरि के जन है, ईश्वर के खास लोग। उनसे पवित्र कौन होगा?"

"लेकिन असलियत में तो ऐसा होता नहीं, साहब।" अब तक चुप और

सहमे बैठे सोहनलाल ने अपना मुँह खोला।

"नहीं होता, तो होना भी नहीं चाहिए। यह नतीजा आपने कैसे निकाला?" विजय का आक्रोश बढ़ता जा रहा था।

उन लोगों के पास इस बात का कोई जवाब नहीं था। इसलिए भीतर ही भीतर कसमसाते हुए भी वे चुप ही रहे।

थोड़ी देर बाद सोहनलाल ने मौन तोड़ा, "यूनिवर्सिटी में तो बहुत लोग काम करते होंगे, विजय साहब।" वह मन-ही-मन कुछ कहने की भूमिका बना रहा था।

"बहुत लोग काम करते हैं। अरे, आपके इत्ते नजदीक है यूनिवर्सिटी, कभी ठीक से देखी नहीं क्या?" विजय ने अपने आक्रोश को कम करते हुए यथासंभव सहज होने की चेष्टा की।

"बस साहब, काम-काजी आदमी हैं, दुकान से फुरसत ही नहीं मिली।" सोहनलाल ऊपरी ढंग से हँसा। फिर असल बात पर आ गया, "साहब, हमारे साले को भी कहीं लगवा दीजिए। बी.ए. पास है, क्लर्क ही लग जाए।" उसने दीन भाव से कहा।

"भई, सिफारिश की तो मेरी औकात ही क्या है, दूसरे मैं इसे मानता नहीं हूँ। वांट्स निकलती हैं, उसे एप्लाई करना चाहिए। हाँ, अगर पढ़ने में किसी मदद की जरूरत हो तो यहाँ भेज दीजिए। मैं या अनु पढ़ा दिया करेंगे।"

"बीबीजी भी पढ़ी हुई हैं क्या?" ठाकुर ने हैरानी से पूछा।

"हाँ, मेरे बराबर ही। बल्कि मुझसे एक कदम आगे। इनका एम.ए. में फर्स्ट डिवीजन है, मेरा सेकंड...!" पुरुष हँसा। "इसलिए ये घर के काम-काज रोब डालकर मुझसे करवा लेती हैं। कहती हैं, हर चीज बराबरी की होनी चाहिए।"

"ये तो ज्यादती है साहब इनकी।" ठाकुर साहब मूँछों के बीच से हँसते हुए बिलकुल बच्चों जैसे लग रहे थे।

"नहीं साहब, ज्यादाती तो हम लोगों की, हम आदमियों की हजारों सालों से रही है। इससे दिमाग ऐसा उलटा बन गया है कि ये उस ज्यादती का विरोध करती हैं तो हमें अजीब लगता है या कि ज्यादती लगती है, जबकि इसमें कोई गलती नहीं है। यह न्याय का सवाल है। आखिर हमें क्या हक है कि हम औरत को रंगीन कपड़ों, गहनों और विलासिता के थोड़े से सामान के साथ घर की चारदीवारी में बंद कर दें, उसे पैर की जूती या नरक का द्वार कहें?

जरूरत इस बात की है कि वह हमारे पूरे जीवन में सहभागी बने। आखिर वह भी हमारे जैसे ही हाड़-मांस की है, उसमें भी दिल है, दिमाग है। वह किस बात में हमसे कम है? क्या वह जिंदगी भर रसोईघर में कैद रहने के लिए बनी है···?'' विजय ने बोलना शुरू किया तो बोलता ही चला गया।

पता नहीं, उन्हें कितना समझ में आया, पर विजय के चेहरे के आवेश को देखकर वे त्रस्त हो गए थे।

फिर वे उठे, नमस्कार किया और चल दिए। वे इस आदमी से ऊपरी तौर से असहमत थे, पर भीतर उसकी सच्चाई और सवालों का जवाब नहीं ढूँढ़ पा रहे थे।

घर आकर उन्होंने अपनी औरतों से कुछ कहा, कुछ नहीं कहा। उस दिन के बाद वहाँ औरतों का जमघट लगना बंद हो गया। अलबत्ता बच्चे इस घर में कभी खेलने, कभी कहानियाँ सुनने और टॉफियाँ खाने आते रहे।

□

जादू

आइए, पहले इस कहानी के नायक से मिलते हैं। हमारी इस कहानी का नायक है नंदू। एक बड़ा ही नटखट, चपल-चंचल, गोल मुटल्ला नंदू। शाम के समय वह खेल के मैदान से तेजी से भागता हुआ घर आ रहा हो, तो आप धोखा खा जाएँ। लगेगा, यह नंदू नहीं, आकाश से बाल सूर्य उतरा है, चमकती आँखों और सुर्ख टमाटर जैसे लाल-लाल गालोंवाला! बच्चे तो बहुत होते हैं और सभी प्यारे-प्यारे होते हैं, पर नंदू तो भई, नंदू ही है, इसलिए कि वह हमारी कहानी का नटखट, चपल-चंचल, गोल मुटल्ला नंदू है, जिसकी आँखों में हर वक्त उत्साह की चमक दिखाई देती है।

मगर भई, कहानी का नायक वह नन्ही सी जान···यानी वह जरा सा, शरीर, ऊधमी चिड़िया का बच्चा भी तो हो सकता है, जो अपन नन्हे-नन्हे रोएँदार भाई-बहनों से झगड़ते हुए एकाएक घोंसले से निकलकर बाहर आ गिरा था और···और···उसने एक नन्ही सी कहानी को जन्म दिया था! फर्श पर इधर उधर बिखरे तिनकों के साथ, एक बेहद मासूम, रोएँदार नन्ही शख्सियत महसूस की जा सकती थी। और वह नन्ही कहानी भी, जो मैं सुनाने जा रहा हूँ!···

खैर, आप नहीं मानते, तो उस नन्ही सी जान···यानी चिड़िया के उस नन्हे शरीर बच्चे को ही कहानी का नायक मान लेते हैं! पर अब मेहरबानी करके थोड़ा पीछे चलें। अतीत के उस छोर पर, जब चिड़िया का बच्चा अभी अस्तित्व में नहीं आया था। चिड़िया ने घोंसला बनाया है नंदू के छोटे से घर मे···और नंदू खुश है। इतना खुश, इतना खुश, मानो उसके पंख उग आए हों ओर वह जब चाहे आसमान की सैर कर सकता है।

बेशक जब से उस चिड़िया और चिड़े ने उसके घर के आँगन में, दीवार की खोखल में अपना घोंसला बनाया है, तभी से उसकी यह हालत है। जब

देखो, वह उड़ा-उड़ा-सा दिखाई देता है!

वाकई उड़ा-उड़ा-सा!

: 2 :

नंदू की मम्मी यानी मिसेज आनंद हैरान हैं। आँगन की दीवार में एक ईंट की जगह न जाने कैसे खाली रह गई थी। बस, चिड़िया को घोंसला बनाने के लिए वह जँच गई। और अब तो दिन में पचासों चक्कर उसके लगते हैं।···कभी तिनके ला रही है, कभी घास, कभी सूतली का छोटा सा टुकड़ा, कभी फूस, कभी कुछ और। नंदू को मानो दिन भर का काम मिल गया। दिन में बीसियों दफा मेज पर चढ़कर, उचक-उचककर देखता है, चिड़िया के घोंसले में कितनी 'प्रोगेस' हुई?···क्या-क्या नई चीजें आ रही हैं। और उन्हें कहाँ-कहाँ जँचाया जा रहा है!

और यह सब देखकर वह दौड़ा-दौड़ा मम्मी के पास जाता है तथा सारा हाल और घोंसले के बारे में 'ताजा समाचार' मम्मी को बताता है। और फिर खोद-खोदकर मम्मी से सवाल पूछता है कि मम्मी, चिड़िया यह क्यों करती है? वह क्यों करती है? और चिड़िया के घोंसले में अंडे कब आएँगे? कब आएँगे चिड़िया के बच्चे?

मिसेज आनंद फुरसत में होती हैं, तो थोड़ा-बहुत बता देती हैं। मगर कभी काम में लगी हों, तो गाल पर हलकी सी चपत लगाकर कहती हैं, "जा भाग, तुझे और कोई काम नहीं है?···दुष्ट कहीं का!"

मगर क्या करे नंदू? उसका मन तो चिड़िया के घोंसले से हटता ही नहीं। और उसे लगता है कि उसे तो इतना बड़ा खजाना मिल गया है, इतना बड़ा कि कुछ न पूछो। स्कूल में अपने दोस्तों को भी यह सब बताता है, तो वे हैरानी से ताकते रह जाते हैं। और आस-पड़ोस के बच्चे तो घर तक चले आते हैं, "दिखा तो नंदू, कहाँ है चिड़िया का घोंसला?"

अब नंदू एकदम राजाओंवाली शान और अकड़ से वह चिड़िया का घोंसला दिखाता है और उसके बारे में एक-एक छोटी से छोटी बात बताना नहीं भूलता।

"एक दिन ऐसा हुआ···सुन मोंटू, ऐसा कि चिड़िया हमारे घर आई। साथ में अपने चिड़े को भी लाई। उसने यहाँ देखा, वहाँ देखा। इधर उड़ी, उधर उड़ी···और पंखे की टोपी के ऊपरवाले हिस्से में घोंसला बनाने लगी कि मैंने उसे टोका। फिर दरवाजे के ऊपरवाले रोशनदान पर उसने रखने शुरू किए तिनके। सारा फर्श गंदा हो गया, तो मम्मी का तो पारा हाई! मम्मी ने रोका···बड़ी मुश्किल से

हटाया! फिर चिड़िया को भा गई यह जगह।···देख रहे हो न दीवार के बीच छूटी यह छोटी सी जगह। हर बार बस, अब तो चिड़िया और श्रीमान चिड़ा सारा दिन तिनके ला रहे हैं, धर रहे है , घोंसला बना रहे हैं। वो मार-तूफान इन्होंने मचाया कि क्या कहने! मगर भई, फिर घोंसला बना, बनकर रहा। और अब तो अंडे भी आएँगे, फिर चिड़िया के बच्चे। मगर भई, मुझे तो डर लगता है, कहीं बिल्ली ने आकर···! वैसे भी चिड़िया तो छोटी सी जान है बेचारी!''

नंदू की कहानी हर बार यही से शुरू होती और फैलते-फैलते इतनी फैल जाती कि खुद नंदू को कुछ सुध-बुध न रहती।

नंदू के दोस्त हैरान होते है, आजकल यह नंदू को क्या हो गया है? बात कहीं की हो, उड़ते-उड़ते कहाँ से कहाँ जा पहुँचता है! अब यही लो, बात तो रही थी चिड़िया के घोंसले की, मगर यह तो ऐसा लगता है, जैसे महादेवी वर्मा की कविता सुना रहा हो—'मैं नीर भरी दुःख की बदली···!'

: 3 :

···फिर कुछ रोज बाद चिड़िया ने अंडे दिए। और अब तीन-चार दिनों से, जब से चिड़िया के बच्चों की आवाजें सुनाई देने लगी हैं, नंदू की उत्सुकता का कोई पार ही नहीं है। वह उछलकर मेज पर चढ़ता है, बड़े गौर से चिड़िया को अपने बच्चों के मुँह में दाना डालते देखता है और कूदकर फिर नीचे। पढ़ते-पढ़ते उसका ध्यान उचटता है और वह झट मेज पर खड़ा होकर चिड़िया के बच्चों को देखने लगता है।

सुबह उठते ही उसका पहला काम यही होता है। मेज पर खड़ा होकर चिड़िया के बच्चों की 'चीं-चीं' करते देखता है और फिर खुश होकर अपने काम में लग जाता है। स्कूल जाने से पहले चिड़िया के बच्चों को 'टा-टा' कहना भी नहीं भूलता। शाम को स्कूल से आते ही बस्ता फेंककर सीधा मेज पर आ खड़ा होता है और चिड़िया के घोंसले के आगे ऐसे खड़ा हो जाता है, मानो अभी-अभी दुनिया का सबसे नया, नायाब तमाशा यहाँ होने जा रहा हो।

रोज स्कूल से आकर वह मम्मी से यह पूछना भी नहीं भूलता, ''मम्मी, चिड़िया आई थी अपने बच्चों के लिए दाना लेकर?···कहीं भूल तो नहीं गई? ये कहीं भूखे तो नहीं होंगे।···हैं मम्मी!''

सुनकर घर और दफ्तर के खयालों के बीच उलझी मिसेज आनंद खिलखिलाकर हँस देती हैं। एक हलकी चपत नंदू के गाल पर लगाकर कहती

हैं, ''तू क्यों चिंता करता है नंदू? चिड़िया खुद अपने बच्चों की चिंता कर लेगी।''

या कभी-कभी उसे टालते हुए वे कहती हैं—''यह सब बाद में···पहले तू अपना खाना तो खत्म कर।''

मगर नंदू जब तक बीसियों बातें चिड़िया के बारे में नहीं पूछ लेगा और जब तक बीसियों दफा मेज पर चढ़कर खुद अपनी आँखों से चिड़िया के बच्चों का हाल-चाल नहीं पता कर लेगा, तब तक उसे चैन नहीं।

कई बार मिसेज आनंद खीज भी जाती हैं। कुछ बरस पहले मि. आनंद का तबादला बंगलुरु हो जाने के कारण, घर की दोहरी जिम्मेदारियों से लदी-फँदी मिसेज आनंद जब गुस्से को जज्ब नहीं कर पातीं, तो डपटकर कहती हैं, ''तू तो बड़ा उतावला है नंदू। देखना, किसी दिन तू चिड़ियों के बच्चों को हाथ लगाएगा और फिर चिड़िया इन्हें यहीं छोड़ जाएगी। ये भूखे कलपते रहेंगे, याद रखना!''

तब से डर के मारे नंदू ने चिड़िया के बच्चों को हाथ तो नहीं लगाया, लेकिन उन्हें बार-बार देखने की खुदर-बुदर तो मन में मची ही रहती है। उसे लगता है, दुनिया का सबसे बड़ा खजाना उसके हाथ में है। हीरे और रत्नों से भी बड़ा। भला वह उसे देखने से अपने आपको कैसे रोके?

सारे सर्कस-तमाशे और टीवी-शीवी एक तरफ और चिड़िया के नन्हे-नन्हे रोएँदार बच्चे दूसरी तरफ। मगर जीत हमेशा चिड़िया के बच्चों की होती है।

सो क्यूट···!

: 4 :

यों ही एक-एक कर दिन बीतते जाते थे। मानो पंख लगाकर उड़ रहे हों। और नंदू की प्रसन्नता का कोई अंत नहीं था।

लेकिन आज तो कुछ ऐसी अजीब सी हालत हो गई कि उसकी समझ में नहीं आ रहा था—वह क्या करे, क्या नहीं। यहाँ तक कि उसे तो इतना भी समझ में नहीं आ रहा था कि इस घटना से उसे खुश होना चाहिए या दुःखी?

असल में आज नंदू की छुट्टी थी। मम्मी दफ्तर गई हुई थी । नंदू ने सोचा, ''चलकर पीछेवाले आँगन में खेला जाए। चिड़िया के बच्चों का क्या हाल है, यह भी देखना चाहिए।''

उसने मेज पर चढ़कर देखा, तो जी धक से रह गया। चिड़िया के चार बच्चों में से तीन ही थे। चौथा कहाँ गया! कहीं चील तो झपट्टा मारकर नहीं ले गई, या फिर बिल्ली···?

नंदू ने घबराकर इधर-उधर देखा और उदास होकर मेज से नीचे उतर आया। जैसे युद्ध हारा हुआ राजा, जिसके किले की एक दीवार दुश्मन ने ढहा दी हो!

मगर मेज से नीचे आते ही वह चौंका। आँगन के एक कोने में वही चिड़िया का बच्चा था, एकदम वही! डर के मारे एकदम सिकुड़ा हुआ सा बैठा था।

देखते ही नंदू की सारी उदासी गायब हो गई। एकबारगी तो उसे इतनी खुशी हुई कि वह मारे खुशी के चीख पड़ने को हुआ। फिर अचानक उसका ध्यान इस बात की ओर गया कि चिड़िया का बच्चा डरा हुआ है। इतनी देर से भूखा-प्यास भी होगा।···कहीं इसे पानी की जरूरत तो नहीं है?

वह एक कटोरी में पानी भर लाया और उसे चिड़िया के बच्चे के पास ला रखा। मगर वह छुटका-सा चिड़िया का बच्चा पानी पिए कैसे?

नंदू उलझन में है। मगर ठीक समय पर उसे गुपलू की याद आई। नंदू को यकीन था, गुपलू से ज्यादा इस दुनिया में चिड़िया और चिड़िया के बच्चे के बारे में कोई और नहीं जानता। इसीलिए क्लास के ज्यादातर बच्चे चाहे उसके शेखीखोर होने से चिढ़ते थे, पर नंदू उसे बरदाश्त करता था। यहाँ तक कि प्यार भी करता था।

"गुपलू कह रहा था—अगर रुई भिगोकर चिड़िया के मुँह में पानी डालो, तो वह पी लेगा।" नंदू को याद आया, तो उसकी निराशा कम हुई। वह झट रुई लेने के लिए अंदर गया।

अभी वह रुई लेकर बाहर आया ही था कि आँगन में अमरूद के पेड़ पर से चीं-चीं-चीं की इतनी आवाजें आईं कि वह चौंक गया।

"कौआ···मुटल्ला, काला!···उफ!!" उसके माथे पर मारे भय के पसीना छलछला आया।

इसमें शक नहीं कि वह दुष्ट खलनायक कौआ नीचे आकर चिड़िया के बच्चे को हड़पना चाहता था। अमरूद के पेड़ पर बैठीं चिड़ियाँ इसीलिए आवाजें कर रही थीं।

"हे राम, चिड़िया को तूने इतना भोला, इतना मासूम क्यों बनाया? हे राम, यह दुनिया ऐसी क्यों है, जिसमें कोई किसी दूसरे के बच्चे को···? हे राम···हे राम!" जाने कितने 'हे राम' आज पहली बार नंदू के मुँह से निकले थे।

मगर इसीलिए नंदू चिंता में। नंदू पसीने-पसीने। नंदू इस समय, जरा गौर कीजिए—दुनिया का सबसे बड़ा दार्शनिक है!

: 5 :

तो यानी कि नंदू परेशान हो गया। वह क्या करे, क्या नहीं! उसने रुई से दो बूँद पानी चिड़िया के बच्चे के मुँह में डाला था। मगर घबराहट के मारे वह भी उसने पिया नहीं। इधर यह दुष्ट कौआ न जाने कहाँ से चला आया!

नंदू की सारी खुशी काफूर हो चुकी थी। और वह डर सा गया था—कहीं चिड़िया के इस बच्चे का अनिष्ट न हो जाए।

"जब तक मम्मी नहीं आती, तब तक मैं यहीं रहूँगा।" सोचकर वह दीवार से टेक लगाकर बैठ गया। और प्यार से चिड़िया के बच्चे को पुचकारने लगा।

कुछ देर बाद उसे भूख लगी, लेकिन कहीं वह पाजी कौआ फिर न आ जाए! सोचकर वह वहाँ से नहीं हिला। और मन-ही-मन भगवान् से दुआएँ माँगने लगा—'हे भगवान्, किसी तरह चिड़िया के बच्चे को बचा ले—हे भगवान्···हे भगवान्!'

: 6 :

'···ट्रिन्न···ट्रिन्··न!'

दोपहर को कालबैल की आवाज सुनाई दी, तो नंदू समझ गया, जरूर मम्मी आईं हैं। अरे, मम्मी के आने का आज पता ही नहीं चला।

वह दिन भर के अपने भीषण कुरुक्षेत्र युद्ध के मैदान से निकलकर दरवाजा खोलने गया। दरवाजा खोलते ही नंदू फिर दौड़कर आँगन की ओर भागा।

"क्या है नंदू? आज तो तुमने मुझसे बात ही नहीं की!" मम्मी ने लाड़ से कहा।

"मम्मी, चिड़िया का बच्चा!" नंदू के मुँह से बस इतना ही निकला। वह रोआँसा हो चुका था।

"क्या हुआ चिड़िया के बच्चे को?" मम्मी तब तक आँगन में आ चुकी थीं।

आँगन के कोने में डरे, सिकुड़े चिड़िया के बच्चे और नंदू को देखा, तो मिसेज आनंद का गुस्सा सातवें आसमान पर पहुँच गया। आज ऑफिस में बॉस ने कुछ ऐसा कह दिया था कि वे अंदर-ही-अंदर तिलमिला गई थीं, पर चाहते हुए भी जवाब नहीं दे पाई थीं। असल में कभी-कभी नंदू की वजह से उन्हें दफ्तर से वक्त से कुछ पहले उठना पड़ता था। पर वे रोज का सारा काम रोज निबटाती थीं नियम से और कुछ भी कल के लिए पैंडिंग नहीं छोड़ती थीं। लिहाजा

बॉस को भी कोई परेशानी न थी।

पर आज पड़ोस के भेंगी आँखोंवाले मिस्टर अरोड़ा ने कुछ ऐसा कह दिया···ऐसा कि बॉस के अंदर हवा भर गई। भरती गई और फिर उन्होंने कह ही दिया कि "मिसेज आनंद, देखिए यह रोज-रोज की बात, ऐसे तो चलेगा नहीं!"

'तू···तू···तेरा परिवार नहीं है! तू नहीं जानता किस तरह मैं अपने बच्चे को पाल रही हूँ, जबकि मेरे हसबैंड, तू अच्छी तरह जानता है कि यहाँ नहीं··· ! तुझ पर भी कभी कुछ बीते तो पता चले!'

गुस्से में खदबदा गई थीं मिसेज आनंद। कहना तो बहुत कुछ चाहती थीं, पर कहतीं कैसे! यह नौकरी जरूरी थी उनके लिए, वरना तो··· !

लेकिन रास्ते भर हवा में उँगलियाँ हिला-हिलाकर मानो वे बॉस को यही सब सुनाती आई थीं। उनका ब्लड प्रेशर बढ़ गया था और सिर चक्कर खाने लगा था। वे घर आते ही लेटना चाहती थीं। और···और अब घर पर लाड़ले ने यह दृश्य क्रिएट कर दिया।

चिल्लाकर बोलीं, "मुझे मालूम था, तू ये शरारत करेगा···मुझे मालूम था।"

नंदू को काटो तो खून नहीं।

"नहीं मम्मी, मैंने कुछ नहीं किया, मैं तो··· !" नंदू कहना चाहता था, पर मम्मी को सख्त नजरों से अपनी ओर देखते देखा, तो चुप हो गया।

: 7 :

"मम्मी, मैं तो इसे कौए से बचा रहा था।" कुछ देर बाद नंदू ने फिर धीरे से कहा।

"मगर···यह नीचे आया कैसे, गिरा कैसे?" मिसेज आनंद ने गुस्से से बिफरकर पूछा।

"मुझे नहीं पता मम्मी, मैंने तो इसे आँगन में गिरा हुआ देखा था। फिर मैं रुई लाया, इसे पानी पिलाने के लिए। कौआ इसे खाना चाहता था, इसलिए मैं सुबह से यहीं बैठा हूँ···नाश्ता भी नहीं किया।"

सुनते ही एक क्षण में मिसेज आनंद का गुस्सा काफूर हो गया। उन्हें नंदू पर बहुत लाड़ आया। बोलीं, "अरे नंदू, तू तो बहुत अच्छा है रे! मैं तो यों ही तुझ पर बिगड़ रही थी।"

पर नंदू अब भी अपनी उसी भाव-समाधि में था—"मम्मी···मम्मी, यह चिड़िया का बच्चा···? इसका अब क्या करेंगे?"

मिसेज आनंद हँसीं, ''अरे, करना क्या है? मैं इसे फिर से घोंसले में रख देती हूँ।''

उन्होंने बहुत प्यार से पुचकारकर चिड़िया के बच्चे को हथेली पर लिया और आहिस्ता से घोंसले में रख दिया।

रखते समय उन्हें लगा, मानो 'खुल जा सिम-सिम' करते हुए, बचपन के जादुई करिश्मों से भरे अजायबघर का दरवाजा खुल गया है। और भीतर···इतने ललचानेवाले दृश्य, और चीजें और खेल हैं कि···अगर उन्होंने खुद को नहीं रोका तो अभी बच्ची बनकर नंदू के साथ खेलने और बतियाने लगेंगी।

नंदू ने भी देखा और सोचा—आज मम्मी कितनी अच्छी लग रही हैं! सचमुच कितनी अच्छी, कितनी प्यारी···!

उधर चिड़िया और चिड़ा भी यह देख रहे थे। उनकी एक साथ चीं-चीं की आवाज सुनाई दी। मानो दोनों मिलकर नंदू और उसकी मम्मी को धन्यवाद दे रहे हों!

कहानीकार का ध्यान अभी चिड़िया, चिड़े और चिड़िया के बच्चे की सम्मिलित चीं-चीं-चीं की ओर था कि अचानक उसने देखा, नंदू और उसकी मम्मी भी चिड़िया और चिड़िया के बच्चे में बदल गए हैं। शाम के डूबते सूरज की मद्धिम रोशनी में उनके खूब बड़े, रोएँदार सुनहले पंख चमक रहे हैं, ठीक चिड़िया की तरह। और फिर चिड़िया, चिड़ा, चिड़िया के बच्चे और नंदू और नंदू की मम्मी सभी एक सुनहले आसमान की ओर उड़ने लगते हैं। वे उड़ रहे हैं—उड़ते जा रहे हैं···यहाँ तक कि उड़ते-उड़ते नजरों से ओझल हो जाते हैं।

□

जोशी सर

अभी-अभी मेरे गृहनगर माखनपुर से छोटे भाई अत्तू का फोन—"परेश भैया, अपने जोशी सर नहीं रहे।" जोशी सर, यानी हमारे अंग्रेजी के अध्यापक प्राणनाथ जोशी, जो सिर्फ अध्यापक ही नहीं, हमारी जिंदगी के मॉडल और हीरो भी थे। मेरे भी, अत्तू के भी और हमारे छोटे से कसबाई शहर माखनपुर के बहुतेरे नौजवानों के भी, जो जिंदगी में एक सपना लेकर चल रहे थे।

अत्तू का गला रुँधा हुआ था। उसने ज्यादा कुछ नहीं बताया। बस, इतना ही कि "कुछ अरसे से बीमार थे, पर ऐसा तो नहीं लगता था कि यों चले जाएँगे। यों भी एट्टी प्लस थे। तो उम्र तो हो ही गई थी, पर उम्र उन पर हावी नहीं थी। इस उम्र में भी जिंदादिली से लबालब थे। खूब गपशप, खूब बातें...बहसें। साहित्य के साथ-साथ राजनीति को लेकर भी। और इधर तो राजनीति को लेकर उनकी तीखी बहसें कुछ ज्यादा ही बढ़ गई थीं। कहते थे, देश कहाँ जा रहा है, भई, मुझे बिलकुल समझ में नहीं आ रहा। पर इतना जरूर कह सकता हूँ, कि कहीं कुछ गड़बड़ है, भारी गड़बड़, जो आनेवाले कल के लिए खतरनाक हो सकती है। नेताओं से कुछ नहीं होना। ये तो अपने क्षुद्र फायदे से आगे कुछ देख ही नहीं सकते। हाँ, कुछ साफ दिलवाले नौजवान लोग आगे आएँ तो कुछ हो सकता है।"

"और हाँ, भैया!" अत्तू ने बताया, "आपको बहुत याद करते थे। मैं जब भी उनसे मिलने गया, ऐसा एक दफा भी नहीं हुआ कि उन्होंने याद न किया हो। कहते थे, मेरे स्टुडेंट यों तो इतने अच्छे हैं कि जहाँ भी हैं, मुझे अकसर याद करते हैं। मिलने भी चले आते हैं और जरूरत पड़ने पर मदद के लिए भी तैयार रहते हैं। उनमें एक से एक इंटेलीजेंट छात्र हैं। कुछ तो बहुत बड़े पदों पर पहुँचे, पर अब भी आकर पैर छूते हैं। हाँ, एक परेश है, जिससे मिले बरसोंबरस हो

जाते हैं, पर मैं उसे कभी एक दिन के लिए भी भूल नहीं पाया। मेरे छात्रों में यह सबसे निराला है…!"

सुनते हुए पता नहीं मैं कहाँ से कहाँ चला गया और अत्तू क्या कह रहा है, क्या नहीं, आगे क्या-कुछ उसने कहा, जैसे आवाजों के शोर और अंधड़ में समा गया।

जोशी सर की तमाम स्मृतियाँ किसी भूचाल की तरह उठीं और भीतर भरती चली गईं। अत्तू के शब्द घुप अँधेरे और अंतहीन धुँधलके में बदलते जा रहे हैं और मैं निराश्रित उस अँधेरे समंदर में हाथ-पैर मार रहा हूँ। निरर्थक।

बहुत कुछ एकाएक डगमगा गया है और मन डूबता-सा जा रहा है। यह जानते हुए भी कि वे पूरी उम्र जी कर गए हैं और इनसान को आखिर कभी तो जाना ही होता है, मन अब भी स्वीकार करने को राजी नहीं कि जोशी सर नहीं रहे। हम जो थे और जो आज हैं, उन्हीं की वजह से हैं। उन्होंने ही हमारे भीतर बड़े सपनों की बुनियाद रखी थी, यह बात भला किसे समझाई जा सकती है?

इतनी अंधी निराशा और खालीपन कि देर तक मन खाली टीन की तरह बजता रहा और कुछ भी सोचना-समझना जैसे थम गया। हालाँकि जोशी सर के होते ऐसा कभी महसूस नहीं हुआ था। उन्होंने आत्मविश्वास दिया था, किसी भी बड़ी-से-बड़ी मुश्किल से भिड़ जाने और जरा भी न घबराने का। हम जो भी करते, उसके पीछे जैसे उन्हीं का बल था। इसी कारण उनके होते परवाह नहीं थी किसी की, कोई भले ही कितना ही, कैसा ही अफलातून क्यों न हो। उन्होंने सिखाया था कि अगर तुम्हारा दिल साफ-साफ कुछ कहता है, तो वही करो। फिर उसके आगे किसी की परवाह मत करो। और भी ऐसी ही हिम्मत देनेवाली बेशुमार बातें, जो आज भी कदम-कदम पर साथ देती हैं।

अपने छोटे से कसबे माखनपुर में उनसे बहुत कुछ सीखकर और पढ़-लिखकर हम लोग दूर-दूर जा पहुँचे। अपनी-अपनी जगहें बनाईं हमने और ऊँचे चढ़े।…पर वे तो वहीं—उसी माखनपुर की जमीन से चिपके रहे मरते दम तक। भले ही उनके बेटे सुकांत का बार-बार फोन आता रहा कि, "पापा, आप अकेले क्यों पड़े हैं वहाँ? यहाँ आ जाइए ना!" पर जोशी सर का हमेशा एक ही जवाब, "बेटा सुकांत, क्या कहूँ, मुझे तो यहीं अच्छा लगता है। यही मेरी जान है। यहाँ मैं कोई पचास साल पहले नौकरी के लिए आया था पहाड़ से चलकर, पर क्या पता था, यह जमीन मुझे इस कदर अपना लेगी। अब तो यही मेरा धर्मक्षेत्र कुरुक्षेत्र है।"

सच तो यह है कि उनके शिष्य ही उनकी जान थे और वे जितना आदर जोशी सर का करते थे, उतना शायद ही किसी और का उन्होंने किया हो। यों जोशी सर जैसे पढ़ाने के साथ-साथ अपने सरीखे लोगों का एक परिवार बना रहे थे और उनके रिटायर होते-होते वह बहुत बड़ा हो गया।

मुझे याद है, क्लास में पढ़ाते हुए कभी-कभी वे कहा करते थे, "देखो, बुरा न मानना।...पर मैं जानता हूँ कि तुममें से आधे से ज्यादा बच्चे तो रास्ते में मिलने पर विश भी नहीं करेंगे। नजरें बचाकर निकल जाएँगे, कि जोशी सर सामने हैं तो कहीं नमस्ते न करना पड़ जाए! और कुछ तो यह भी सोचेंगे कि था कोई अंग्रेजी का टीचर तो अब क्या करें? पढ़ाता था हमें तो काहे का अहसान! क्या स्कूल से तनखा नहीं लेता था?"

"नहीं सर, नहीं।" जोशी सर की बात पूरी होते ही समूची क्लास जैसे एक साथ चीखी थी, "ऐसा कभी नहीं होगा सर!" कहते-कहते सभी के गले रुँध गए थे।

"अच्छा, नहीं?" जोशी सर ठठाकर हँसे थे अपने मजाक पर। पर पहली बार मैंने उनके चेहरे पर ऐसी गूढ़ लिपि में लिखी कोई कहानी पढ़ी, जिसमें उनकी जीवन-कथा का कोई मार्मिक अध्याय छिपा था। हालाँकि वह जीवन भर हमारे लिए अज्ञात, बल्कि रहस्य ही रहा।

हमारे लिए तो उनकी कहानी का बस यही सच था कि जोशी सर अपने छात्रों के लिए जान देनेवाले अध्यापक थे, जिनका इसके अलावा अपना कोई निजी सपना नहीं था। हमारे स्कूल 'आदर्श विद्याभवन' के बाकी अध्यापक जहाँ रात-दिन ट्यूशन के नशे में डूबे रहते थे, वहाँ वे अपना एक-एक पल अपने शिष्यों को देने के लिए जैसे बेचैन थे। बेसब्र।

"कभी कोई मुश्किल आए, तो बेहिचक मेरे पास आ जाना।" वे करीब-करीब रोज ही क्लास में कहते, "रात को दस बजे भी आ सकते हो। उसके बाद तो मैं सो जाता हूँ।"

"आज के जमाने में भी किसी टीचर का इतना प्यार अपने छात्रों से हो सकता है?" सोचकर हम लोग हैरान रह जाते। इसीलिए देखते ही देखते वे अध्यापक से ज्यादा हमारे अभिभावक और फिर गाइड भी बन गए।

बाद में भी जब बड़े होकर हमने नौकरियाँ पकड़ीं और अपने लिए अलग-अलग भूमिकाएँ चुन लीं, वे जैसे हमारे करीब ही थे। हम कहीं भी हों, उनकी सलाह हमें जरूर मिलती। कभी-कभी मौज में आकर लंबी भावनात्मक चिट्ठियाँ

भी वे लिखते, पर ज्यादातर तो कुछ ही शब्दों में अपने मन की बात उड़ेल देते थे।

मुझे याद है, बरसों पहले मैं पत्रकारिता में आया और उन्हें पता चला तो उनका पोस्टकार्ड मिला। उस पर गिनती के शब्द थे, पर वे आज तक मेरे दिल की स्लेट पर दर्ज हैं। उन्होंने लिखा था—

'प्रिय परेश, चलो अच्छा रहा, तुम पत्रकारिता में आ गए। लिखने-पढ़ने में तुम्हारी शुरू से दिलचस्पी थी, तो तुम्हें यहाँ अच्छा लगेगा और बहुत कुछ नया करने को मिलेगा। पर मैं देख रहा हूँ, पत्रकारिता का मिजाज इधर दिनोदिन बदलता जा रहा है। जैसे सनसनी फैलाने को ही पत्रकारिता मान लिया गया हो। तुम इस माहौल में कैसे रहोगे, सोचकर चिंता होती है। पर अच्छे की संभावना तो हर जगह है, हर कहीं है—मुझे इसका पक्का यकीन है। तुम कामयाब होओ। जहाँ कामयाबी मुश्किल है, बहुत मुश्किल—वहाँ भी रास्ता निकालकर दिखाओ। मेरी शुभ कामनाएँ हमेशा तुम्हारे साथ हैं और रहेंगी।—जोशी'

परेशानियाँ तो आईं और अब कभी-कभी ताज्जुब होता है, जोशी सर ने कैसे बरसों पहले इसका अनुमान लगा लिया था कि ये खतरे या मुश्किलें मेरे सामने आनेवाली हैं। असल में वे शिष्यों से इतना करीबी तौर से जुड़ जाते थे कि उन्हें वह सब भी दिखाई पड़ता था, जो अकसर औरों को नजर नहीं आता। कई बार मैं और सुबोध भी, जो उनके पट्ट शिष्य थे, मुश्किलों में पड़े। पर उनकी आँखें हमें देख रही हैं हर घड़ी, इससे न जाने कैसी आश्वस्ति-सी महसूस होती कि हम खुद को भरा-पूरा महसूस करते थे।

मैं अपने मिजाज के हिसाब से पत्रकारिता में आया और सुबोध जो कहीं ज्यादा नपी-तुली सोचवाला व्यावहारिक बंदा था, इंजीनियर बना। हम दो अलग अलग ध्रुवों पर थे, पर एक-दूसरे को बेइंतहा प्यार करते थे। इसके पीछे भी शायद जोशी सर ही थे, जो दो विपरीत धाराओं पर भी पुल बना सकते थे—एकदम पक्का और टिकाऊ पुल।

सुबोध की तुलना में मैं कुछ अनगढ़ और बेढब किस्म का प्राणी था। जोशी सर जानते थे यह। उन दिनों भी लिखने-पढ़ने का काफी चस्का लग गया था। इस वजह से कभी-कभी पढ़ाई भी पीछे छूटने लगती। जोशी सर की क्लास में भी कभी-कभी अपने में खोया-खोया सा रहता। इस पर वे अकसर मीठी सी चुटकी लेते। पर कभी उन्होंने कॅरियर के नाम पर साहित्य पढ़ने या लिखने से हतोत्साहित किया हो, याद नहीं पड़ता। कभी-कभी मुसकराकर यह भी कहते कि "देखो भाई, हमेशा जो लीक छोड़कर चलते हैं, वे ही जिंदगी में कुछ कर

पाते हैं। पर हाँ परेश, एक बात जरूर ध्यान रखना। लीक छोड़कर उसी को चलना चाहिए जिसमें नई लीक बनाने का हौसला और उसके लिए बड़ी से बड़ी तकलीफें झेलने का माद्दा हो।''

शायद यह जोशी सर के आशीर्वाद का ही फल था कि जिंदगी में खूब ठोकरें खाईं, पर कभी हारा नहीं। यहाँ तक कि जान-बूझकर विपत्तियाँ बुलाता रहा, आ बैल मुझे मार! दोस्त कहते, ''पगला गया है परेश, पता नहीं किस नशे में रहता है! भला ऐसे भी जिंदगी को कोई दाँव पर लगाता है?'' पर यकीन था कि मैं जोशी सर का शिष्य हूँ, कोई मेरा कुछ नहीं बिगाड़ सकता। कितने ही दुःख या मुसीबतें आएँ, मैं हारूँगा नहीं। और यही चीज हमेशा बड़ी से बड़ी मुश्किलों से बचा लेती थी।

यानी यह जो अपने गुरु प्राणनाथ जोशी पर विश्वास था, वही बाद में खुद पर विश्वास की नींव बनता चला गया।

हालाँकि यह भी सच है कि जब हम उनसे पढ़ते थे, नवें-दसवें दरजे में—तब इतना डर लगता था उनसे कि अकसर हवा खराब हो जाती। मारा उन्होंने कभी नहीं—कभी हाथ तक नहीं छुआया, पर उनके क्रोध से बढ़कर यातना हमारे लिए कुछ न थी। यह दीगर बात है कि इस सबके बावजूद सबसे ज्यादा प्यार भी हम उन्हीं से करते थे। यों तो हमारे कसबे के उस सबसे अच्छे स्कूल, आदर्श विद्याभवन में एक से एक अच्छे अध्यापक थे, पर हम मुरीद थे तो सिर्फ जोशी सर के। शायद इसलिए कि और अध्यापक सिर्फ पढ़ाते थे। और अच्छा ही पढ़ाते थे। पर जोशी सर में पढ़ाने का जैसे जुनून-सा था। उनका पढ़ाना पाठ्य-पुस्तकों से शुरू होकर जल्दी ही जिंदगी की खुली किताब तक पहुँचता था। और यह ऐसी जगह थी जहाँ गाइड करना तो छोड़िए, कुछ भी बताने, सुनने या संवाद करने लायक उस वक्त हमारे कस्बे में कोई न था।

एक मजे की बात यह है कि पूरी क्लास को वे जैसे हर घड़ी अलर्ट रखते। मजाल है कि जब वे क्लास में हों और पढ़ा रहे हों, किसी को जमुहाई आ जाए। जोशी सर का पढ़ाते हुए अचानक पीछे गरदन घुमाकर सवाल पूछने का अंदाज इतना प्यारा था कि हम सबमें एकाएक बिजली-सी दौड़ जाती और जवाब देने के लिए अच्छी-खासी होड़ शुरू हो जाती। इसलिए कि वे सिर्फ सवाल पूछते ही नहीं थे, बल्कि कौन किस अंदाज में जवाब देता है, इस पर भी उनकी पैनी नजर रहती थी। अगर कहीं कुछ गड़बड़ होता तो फौरन टोकते और पूरी क्लास के

आगे अच्छा-खासा मजाक बनता। और जवाब बढ़िया होता तो इतनी तारीफ करते कि लगता, ओह, हमारा इस दुनिया में जन्म लेना और आदर्श विद्याभवन में आकर जोशी सर से पढ़ना धन्य हो गया। मानो हम इसीलिए स्कूल आते हैं कि जोशी सर पूछें तो झट चौकन्ने होकर उनके सवाल का माकूल जवाब दे सकें। मन बाग-बाग हो जाता! अहा, जोशी सर ने तारीफ कर दी, तो अब जिंदगी में भला पाने को रह ही क्या गया?

और वे कोई एक-दो से पूछकर संतुष्ट हो जानेवालों में से नहीं थे। एक-एक करके हर छात्र को खड़ा करते जाते और कभी-कभी तो पूरी की पूरी क्लास को खड़ा कर देते। आखिर में मैं और सुबोध ही रह जाते और हम बिजली के-से चौकन्नेपन से जोशी सर की ओर टकटकी लगाए दखते कि कब वे पूछें और हम बताएँ। और जब तक नंबर आता, दिल की धड़कनें इतनी बढ़ चुकी होतीं कि लगता—बस, अभी हम बेहोश होकर जमीन पर आ गिरेंगे।

कई बार तो मैं और सुबोध घर से ही इतनी तैयारी करके जाते कि जैसे किसी अंतर्रराष्ट्रीय सेमिनार में जाना हो। खुद ही जोशी सर बनकर अपने आपसे सवालों की झड़ी लगा देते। बार-बार भीतर से सवाल फूटता—कि अच्छा बताओ, अगर जोशी सर ने यह पूछा, तो भला क्या जवाब दोगे? हमारे सब्जेक्ट तो पूरे आठ थे, पर सच्ची बात तो यह है कि सब्जेक्ट हमारे लिए एक ही था—अंग्रेजी। बाकी सब्जेक्ट पढ़ लेते थे, पर अंग्रेजी? इसमें तो हम लोट लगाते थे, इसलिए कि यह जोशी सर का सब्जेक्ट जो था। इतना सख्त कंपीटीशन''कि अकसर वही हमारे लिए पूरे दिन की सफलता का मयार बन जाता!

सुबोध मुझ जैसे अति भावुक और चुप्पा शख्स की तुलना में काफी विटी था और कभी-कभी मजाक में कहा करता था, ''यार परेश, कहीं हमें जोशी सर से इश्क तो नहीं हो गया? आज सुबह ही मैं सोच रहा था कि पता नहीं, यह क्या चक्कर है कि क्लास तो और भी हैं, पर हम शायद सिर्फ जोशी सर के पीरियड के लिए स्कूल आते हैं। तुम्हें ऐसा नहीं लगता परेश''?''

''हाँ, बात तो सही है।'' कहते-कहते मैं इतना हँसा, इतना हँसा कि जैसे भीतर से हँसी का कोई ताबड़तोड़ झरना फूट पड़ा हो।

सुबोध ने बिलकुल ठीक कहा था। हमारी सचमुच दीवानोंवाली हालत थी। जोशी सर हमसे खुश हैं, यही हमारे खुश होने और जीने का सबसे बड़ा कारण था। उनकी खुशी के लिए हम खुशी-खुशी जान देने को तैयार रहते! इसे दीवानगी न कहें तो क्या कहें?

ऐसे जोशी सर भी कभी जाएँगे, और यह दुनिया उनके बगैर भी होगी, कभी सोचा भी नहीं था।

और आज भी वे दिन पतंगों की तरह मेरी आँखों में मँडरा रहे हैं, जब मैं और सुबोध उनके घर पढ़ने जाया करते थे। बच्चे की तरह उनके पास बैठकर सीखना क्या कभी भूला जा सकता है? हालाँकि जब हम लोग नौकरियों पर लग गए, तो मिलने के लिए उनके यहाँ जाने पर कभी-कभी थोड़े तंज के साथ भी वे कहते, "भई, अब मैं क्या कहूँ? अब तो तुम लोग काफी सीख गए हो। सोचोगे कि यह बुड्ढा बेकार की पें-पें कर रहा है और हमें लिहाजदारी में सुनना पड़ रहा है। वैसे भी अब मेरे पास क्या है तुम्हें बताने को? उलटा क्या कुछ आज की दुनिया में हो रहा है, यह तुम्हीं सिखाओगे।"

फिर मेरी ओर इशारा करके कहते, "और परेश, तुम्हारा तो अच्छा-खासा बड़ा नाम है, लेखक-पत्रकार हो। सुना है, खूब नाम हो गया है तुम्हारा। ज्यादा तो नहीं, पर बीच-बीच में कुछ पत्रिकाएँ देखता-पढ़ता हूँ, तो बड़ा गर्व होता है कि मेरा स्टुडेंट इतना आगे पहुँच गया।"

सुनकर मैं पानी-पानी हो जाता। रुँधे गले से कहता, "सर, ज्यादा खोचड़ी करेंगे तो मैं उठकर चला जाऊँगा।"

इस पर जोशी सर मुसकराने लगते। हालाँकि पिछली दफा ऐसा ही प्रसंग चला और मैं कुछ ज्यादा ही रुआँसा हो गया, तो जोशी सर ने आगे बढ़कर प्यार से मुझे छाती से लगा लिया था। मेरी आँखें उस समय गीली थीं।

: 2 :

प्राणनाथ जोशी… ! ये हमारे लिए केवल शब्द नहीं, सचमुच प्राणों से बढ़कर कोई चीज थे। दिल में गहरा जज्बा और जोश भर देनेवाले शब्द। इसीलिए 'हमारे अंग्रेजी के अध्यापक प्राणनाथ जोशी'—सिर्फ इतना कहने से बात नहीं बनती। सच पूछिए तो वे कुछ और ही थे। सबसे अलग और इतने बड़े… कि उन्हें छू पाना लगभग असंभव था। हमारे बड़े-से-बड़े आदर्श से भी वे बड़े थे।

हाँ ठीक, वे अध्यापक थे। मगर ऐसे अध्यापक जिसकी एक आदर्श और कल्पित तसवीर हमेशा हमारे दिल में रहती है। शायद इसीलिए एक वाक्य में उनके बारे में बताना हो तो मैं कहना पसंद करूँगा कि पूरी दुनिया में प्राणनाथ जोशी तो सिर्फ एक प्राणनाथ जोशी ही हो सकते थे! उन जैसा कोई दूसरा शख्स बना पाना शायद खुद ईश्वर के लिए भी संभव न हो। बहुत-सी बातें हम कभी

न समझ पाते, अगर जोशी सर की क्लास में न गए होते। मसलन, पढ़ाना क्या चीज है! मुझसे या सुबोध से पूछो तो हम कहेंगे कि पढ़ाना वह होता है, जो जोशी सर की क्लास में हम महसूस किया करते थे जब वे पढ़ा रहे होते थे। पढ़ाते थे तो बिलकुल डूब जाते थे। और ऐसे नाटकीय अंदाज में पढ़ाते थे कि पूरी क्लास पर उनका जादू तारी हो जाता था। कई बार उनकी नाटकीय मुद्राएँ देख-देखकर हम मानो हक्के-बक्के-से रह जाते थे। एकदम चित्र-लिखित।

उनका पढ़ाया हुआ पाठ 'अंकल पोजर हैंग्स अ पिक्चर' अब भी याद है। और 'अब भी' क्यों कह रहा हूँ? इसलिए कि इसे तो जनम-जिंदगी तक भूल पाना मेरे बस की बात नहीं है। उफ, उन्होंने किस कदर पूरी क्लास में नाच-नाचकर यह पाठ पढ़ाया कि किस तरह अंकल पोजर तसवीर टाँगने के लिए एक स्टूल पर चढ़ते हैं और फिर क्या-क्या तमाशे होते हैं। ऐसे उन्होंने दीवार पर कील रखी, ऐसे कसकर चलाया हथौड़ा कि दीवार का पलस्तर तक उखड़कर दूर जा गिरा और फिर उसी के साथ ही अंकल पोजर गिरे ध-ड़ा···म! नाटक में नाटक में नाटक···तौबा-तौबा!

जोशी सर के इस नाटक की खासियत यह कि उन्होंने सिर्फ आवाज की ढेर-ढेर-सी भंगिमाओं का सहारा लिया था और उसी से दृश्य पर दृश्य निर्मित होते जाते थे। उस सबकी याद से मैं आज भी चकित और विस्फारित रह जाता हूँ कि क्या सचमुच यह हुआ था! और वह भी आदर्श विद्याभवन के पढ़ाकू मगर किंचित दकियानूस वातावरण में—कि एक नाटकीय पाठ को उसके असल और पूरे नाटक के साथ यों पढ़ाया गया कि मानो आप क्लास रूप में नहीं, मंडी हाउस में बैठे हैं!

और यही नहीं, हर रोज जब वे पढ़ा रहे होते तो अपने देश, समाज और कभी-कभी तो आदर्श विद्याभवन के बारे में भी उनकी तीखी आलोचनाएँ और कभी-कभी तो कटूक्तियाँ तक सुनने को मिल जाती थीं। बिलकुल उसी अंदाज में जैसे आप मंडीहाउस में कोई आधुनिक व्यंग्यात्मक नाटक देख रहे हों!

जोशी सर की एक खासियत यह थी कि वे बड़े नफीस किस्म के आदमी थे। हमेशा सफेद बेदाग धोती-कुरते में लकदक-लकदक नजर आते। जमीन से जैसे आधा फुट ऊपर हों। और वे लगभग हर चीज के आलोचक थे। खुद हमारे स्कूल के रंग-ढंग की आलोचना वे जिस धाकड़ी से करते थे, उससे हम चकित होने के साथ-साथ कुछ आतंकित और आशंकित भी होते थे कि ये सारी बातें आदर्श विद्याभवन के महा शक्तिशाली प्रिंसिपल डॉ. बलवंत मखीजा तक पहुँचेंगी,

तो न जाने क्या अनर्थ हो जाएगा! लेकिन जोशी सर को बात कहते हुए कभी दाएँ-बाएँ देखते की जरूरत नहीं पड़ी।

जोशी सर से जुड़ा एक प्रसंग और है जिसे मैं आज तक नहीं भूल पाया और शायद इस जिंदगी में तो कभी नहीं भूल पाऊँगा। हुआ यह कि एक दफा उन्होंने क्लास में ग्रामर का पाठ पढ़ाया और उसी में से कोई काम सब बच्चों को दिया था, घर से करके लाने के लिए। उनका काम हम बच्चे सबसे पहले करते थे, इसलिए कि उनके गुस्से और इससे भी अधिक उनके भाषणों से बड़ा डर लगता था। सच पूछो तो कभी-कभी वे हमें जाइंट लगते थे···विशालाकार दैत्य! तो उन्हें कैसे भुलाया जा सकता था? लेकिन इस दफा हुआ यह कि उन्होंने होमवर्क दिया, फिर लंबी छुट्टियाँ हो गईं। लिहाजा क्लास में किसी को भी याद नहीं रहा।

छुट्टियों के बाद हम क्लास में आए तो जोशीजी ने काम के बारे में पूछा। पूरी क्लास में इक्का-दुक्का को छोड़कर किसी ने होमवर्क नहीं किया था, लिहाजा उनका गुस्सा सातवें आसमान पर जा पहुँचा और उन्होंने पूरी क्लास को 'मुरगा' बनने का आदेश दे दिया।

सभी सन्न! सभी जानते थे कि जोशीजी का कहा पत्थर की लकीर है। इसे माने बगैर कोई चारा नहीं। यह भी हो सकता है कि अनखने पर वे गुस्से में सजा और बढ़ा दें। तो एक-एक कर सभी बच्चे सामने आते गए और मुरगा बनते गए। रह गया मैं जो जोशीजी का बहुत सम्मान करता था, पर मुरगा बनना मुझे बुरा लगता था। सोचता था कि ईश्वर ने जब अच्छा-खासा बंदा बनाया है, तो मुझे मुरगा बनाने का हक तो किसी को नहीं है—जोशी सर को भी नहीं, चाहे वे कितने ही आदरणीय क्यों न हों! अलबत्ता मैं मुरगा नहीं बना। उनके बार-बार कहने पर भी नहीं बना।

जोशी सर ने बहुत धमकाया। क्लास से फौरन निकल जाने और हफ्ते भर तक क्लास में न आने को कहा। मैं इस पर भी तैयार नहीं था। उनकी हरेक धमकी और गुस्सैल वचनों का जवाब मेरे पास सिर्फ यही था कि "सर, आप मार लीजिए। आप कितना ही मारिए, मैं बिलकुल चूँ नहीं करूँगा। पर मैं मुरगा नहीं बनूँगा।"

एक पीरियड पूरा निकल गया इसी चक्करबाजी में। जोशी सर कभी शांत होकर मुझे समझाते कि "देखो परेश, मुरगा तो तुम्हें बनना पड़ेगा। इसके बगैर

कोई चारा नहीं है। बल्कि हो सकता है, मेरी सजा और बढ़ जाए। इसलिए अच्छा है कि पहले ही मान लो।''

बीच-बीच में गुस्से में आकर डाँटने लगते। अंत में पीरियड खत्म होने की घंटी बजी, तो मुझे कुछ चैन पड़ा।

जोशी सर क्लास से जाने लगे तो उन्होंने निर्णायक स्वर में कहा, ''देखो परेश, तुम्हारी वजह से इतने सारे स्टुडेंट्स का पूरा पीरियड खराब हो गया। पूरी क्लास का बहुत नुकसान तुमने कराया है। अब अगले पीरियड में या तो मेरी क्लास में आना मत, या फिर पीरियड शुरू होते ही यहाँ आकर मुरगा बन जाना। अच्छी तरह सोच लो कि तुम्हें क्या करना है, वरना मुझे सख्त कदम उठाना पड़ेगा। तुम क्लास के सबसे अच्छे स्टुडेंट हो और तुम खुद जानते हो, मैं तुम्हें कितना प्यार करता हूँ। पर डिसिप्लिन इज डिसिप्लिन। यहाँ मैं कोई समझौता नहीं कर सकता। आज तुम्हें छोड़ूँगा, तो कल को क्लास के दूसरे बच्चे भी यही कहेंगे। सो यू डिसाइड, मेरी क्लास में बैठना है या नहीं?''

सुनकर मेरा सिर चकरा गया। मैं तो सोच रहा था कि पीरियड खत्म हुआ तो इस बला से छुटकारा मिल गया। इसीलिए इतनी देर से ईश्वर से प्रर्थना कर रहा था कि ''हे भगवान् जल्दी-से-जल्दी घंटा बजवा दो, ताकि इस आफत से बचूँ।''

और अब घंटा बजा भी तो···यह आफत! उफ···मारे गए गुलफाम!

क्लास के बच्चे जो एकदम शुरू में ही बस एक एक, आधा-आधा मिनट मुरगा बनकर इस आफत से पिंड छुड़ा चुके थे, मेरी ओर ऐसे दया-भाव से देख रहे थे कि जैसे हलाल के लिए बकरा ले जाया जा रहा हो। अलबत्ता क्लास में जो दो-तीन लड़कियाँ थीं और जिन्हें इस सजा से स्वाभाविक रूप से मुक्ति मिली हुई थी, काफी प्रशंसा भरी नजरों से मेरी ओर देख रही थीं। और इससे सच ही मेरा हौसला कुछ बढ़ गया था। खासकर साँवली सुंदर देवकी, जो तीनों लड़कियों में सबसे होशियार थी—का देखना तो कुछ अलग सा ही था। मैंने महसूस किया कि वे निगाहें मुझसे कह रही हैं, ''डटे रहो परेश, डटे रहना। तुम सही हो, एकदम सही। इसलिए बिलकुल हार मत मानना, तुम्हें मेरी कसम!''

उसके बाद एक-एक करके कई पीरियड आए, गए। मुझे कुछ होश नहीं था। मैं तो जैसे कीलित कर दिया गया होऊँ! मेरा सारा ध्यान तो उस कत्ल की घड़ी पर था जो अंग्रेजी के अगले पीरियड यानी आठवें पीरियड में आनेवाली थी।

क्या कोई ऐसा तरीका हो सकता था जो मुझे आनेवाली बड़ी आफत से बचा ले? पर नहीं, आफत जो आनेवाली है, वह तो आकर ही रहती है। उसे भला कौन रोक पाया है? उससे बचने का कोई रास्ता नहीं था, सिवाय इसके जोशी सर से टकराकर अपने आप को सही साबित करूँ। पर क्या जोशी सर से मैं भिड़ सकता था? मेरे पैर काँप रहे थे, जबकि अंदर से मन कह रहा था, "तुम सही हो परेश, तुम एकदम सही हो। भला तुम्हें मुरगा बनने की क्या जरूरत?"

इसी सुर में सुर मिलाकर मैंने अपने आप से कहा, "जोशी सर को सजा देनी है तो डाँट लें, या फिर चाहे जितना मारें, पर मुरगा…? नहीं-नहीं, यह तो गलत है, बेहूदा है, अन्याय… ! और अन्याय तो अन्याय है, भले ही उसे करनेवाले हमारे आदरणीय जोशी सर ही क्यों न हों!"

एक ओर हिम्मत, दूसरी ओर पस्ती। विकट पस्ती में थर-थर काँपती टाँगें। अजब हालत थी। घबराहट के मारे पसीना छूट निकला था। जबान तालू से चिपक गई थी और होंठ सूख गए थे। हाय, अब क्या होनेवाला है?…आगे क्या होगा परेश?

यों जैसे-तैसे राम-राम करके आठवाँ पीरियड शुरू हुआ। मेरी ऊपर की साँस ऊपर, नीचे की नीचे। डर के मारे प्राण निकले जा रहे थे कि पता नहीं क्या हो!

जोशी सर ने क्लास में आते ही अपनी उसी निर्मम तटस्थता से पूछा, "हाँ तो परेश, तुमने क्या सोचा…?"

मैं जवाब देना चाहता था, पर होंठ तो जैसे पपड़िया चुके थे! बल्कि जोशी सर की सुबहवाली क्लास में बोलते हुए स्वर में जो हठ और मजबूती थी, वह अब नहीं रह गई थी। मैंने देखा, एक मरी हुई-सी आवाज मेरे मुँह से निकली, "सर, आप मार लीजिए जितना भी चाहें, पर…?"

"पर क्या…? तुम साफ-साफ बताओ कि मुरगा बनोगे कि नहीं? मैं कुछ और नहीं सुनना चाहता।" जोशी सर ने एकाएक गुस्से में आकर कहा।

मेरी फिर हवा गोल होने लगी, पर मैंने जैसे-तैसे हिम्मत बनाए रखी। "सर, मैं मर्गा तो नहीं बनूँगा, पर आप मार लीजिए।" कहते हुए मैंने हाथ आगे कर दिए।

पूरी क्लास यह नाटक साँस रोककर देख रही थी, जो अब क्लाइमेक्स पर पहुँचा ही जाता था।

"देखो, तुम मेरा ही नहीं, क्लास के सारे बच्चों का टाइम बरबाद कर रहे

हो परेश। चाहे पूरा साल इसी तरह निकल जाए, पर···सजा तो तुम्हें मिलेगी और तुम्हें मुरगा बनना पड़ेगा। वरना मैं पढ़ाऊँगा नहीं। सोचो, कितना नुकसान पूरे क्लास का होगा तुम्हारी वजह से।''

''सर, आप मार लीजिए।'' मेरी वही टेक। मैंने फिर से हाथ आगे बढ़ा दिया।

मेरा हाथ थर-थर काँप रहा था। वाकई अगर एक के बाद एक बीस डंडे भी पड़ जाते, तो भी मैं उफ न करता।

पर भला मुरगा कैसे बनूँ मैं, जबकि मन नहीं है मुरगा बनने का? और फिर देवकी ने जिस हिम्मत और सराहना भरी नजरों से मेरी ओर देखा था, उसे क्या मैं समझता नहीं? नवीं में था, पर समझता था कि जब कोई लड़की इस तरह किसी की ओर देखे, तो सबकुछ भूल, जान पर खेल जाना चाहिए। पर···?

तो यों मुरगा मैं न बना। जोशी सर ने बहुत डर दिखाया, गुस्से के मारे उनकी भी हालत खराब थी। इतनी देर से वे लगातार बोलते जा रहे थे कभी गुस्से में, कभी प्यार से। बीच-बीच में साइकोलॉजीकल फीयर भी···!

अपने तरकश के सारे तीन वे चला चुके थे। पर क्या करते! वे मुझे प्यार भी बहुत करते थे। लिहाजा एक बीच का रास्ता उन्होंने निकाला। बोले, ''अच्छा, इतना ही तुम कहते हो तो बस, एक तरीका है।···अगर क्लास के बच्चे कहेंगे कि परेश को छोड़ दीजिए, तो मैं छोड़ दूँगा।''

''ओह, ईश्वर का लाख-लाख धन्यवाद!'' उनकी बात अभी पूरी भी नहीं हुई थी, कि पूरी क्लास एक साथ चीख पड़ी, ''छोड़ दीजिए सर, छोड़ दीजिए···छोड़ दीजिए!''

और यों देर से न्यायालय में लंबित जीत और हार ही नहीं, मरने और जीने का मामला बमुश्किल खत्म हुआ। हालाँकि अब भी अंतरतम में बुरी तरह 'थर-थर···थर-थर' हो रही थी। आँखें जैसे आँसुओं से उमड़ उठना चाहती हों और आँसू निकल भी न रहे हों! बड़ी विचित्र हालत।

खैर, उस दिन पूरी छुट्टी होने पर स्कूल से निकला, तो मैं क्लास के सारे बच्चों का 'हीरो' था, क्योंकि एक बच्चे ने पहली बार किसी नचिकेता की तरह, अपनी विनम्रता से जोशी सर जैसे रोबीले और सख्त मिजाजवाले अध्यापक पर विजय पाई थी···और कहिए कि एक सही मुद्दे पर विजय पाई थी।

यह विजय अपने उस प्यारे अध्यापक पर थी, जिसे हम जी-जान से चाहते

थे, और जिसका गुस्सा हमें यमराज से कम भयानक नहीं लगता था!

: 3 :

हालाँकि जोशी सर हमेशा ऐसे ही नहीं रहे, बदले। और जब तीन साल बाद मेरा छोटा भाई अत्तू उनकी क्लास में पहुँचा, उनका मिजाज काफी बदल गया था। वे कहीं अधिक कोमल और स्नेहिल लगने लगे थे। छात्रों को सजा देनेवाली सख्ती भी कम होती गई। हालाँकि शिष्यों को पढ़ाते हुए अपना सबका सब दे देने की बेसब्री वैसी ही थी और वह उनमें अंत तक रही!

इसलिए कि कोई स्टुडेंड उनके लिए खाली एक रोल नंबर नहीं था! हर किसी को वे निकट से जानते थे और कोशिश करते थे कि वे सिर्फ पढ़ाएँ ही नहीं, बल्कि उसके व्यक्तित्व को जितना सँवार सकते हैं, सँवारें।

और मेरे प्रति ममतालु किस्म का उनका प्यार तो शुरू से ही था। उनकी क्लास में मेरा पहला ही दिन था, जब उनके सवाल का बढ़िया अंग्रेजी में जवाब देने पर उनकी निगाहें मेरे चेहरे पर टँग गईं। कुछ चौंककर उन्होंने पूछा, ''परेश, क्या तुम ऐंग्लो इंडियन हो?''

''नहीं सर।'' मैंने कहा।

''पर तुम्हें अंग्रेजी आती है।'' इतनी प्यार भरी नजरों से देखते हुए उन्होंने कहा था कि मैं आज तक उसे भूला नहीं हूँ।

और फिर उनके कुछ ऐसे ही सराहना भरे शब्द दर्जनों बार सुनने को मिले। वे तारीफ करते थे तो केवल कुछ शब्द ही नहीं कहते थे, बल्कि उनके पूरे व्यक्तित्व से एक अलग तरह की खुशी फूटती थी जो मैंने उनके अलावा कहीं और नहीं देखी। और कभी चूकता तो पूरी क्लास के आगे पानी उतार देते, ''अरे, क्या हो गया परेश तुम्हें? तुम भी जवाब नहीं दे पाए इतने मामूली सवाल का, यह तो बड़ी शर्म की बात है।'' सुनकर लगता, जैसे धरती फट जाए और मैं उसमें समा जाऊँ!

असल में यही उनका ढंग था किसी के दिल में उतरने का। वे जैसे आपकी हर चीज से कंसर्ड थे, इसीलिए उन्हें और उनकी कही हुई बातों को भुला पाना असंभव होता।

अत्तू बता रहा था, ''जोशी सर की क्लास में जाने पर पहले ही दिन उन्हें पता चल गया था कि मैं आपका भाई हूँ। और जैसे ही मैंने बताया कि सर, मैं परेश का छोटा भाई हूँ, उनकी आँखों में प्यार के बादल उमड़ पड़े। चेहरा कुछ इस कदर स्नेह से लबालब था कि एक मिनट तक तो वे कुछ बोल ही नहीं पाए।

फिर बहुत भावुक होकर पूछा—अच्छा, कैसा है परेश···? ठीक है न! मुझे कभी याद करता है कि नहीं? और फिर पता नहीं कितनी देर तक पूरी क्लास को बताते रहे, कि परेश ऐसा ब्रिलिएंट और प्यारा स्टुडेंट था उनका जिसे वे कभी भूल नहीं पाएँगे।''

उसी दिन से अत्तू क्लास में उनका सबसे ज्यादा स्नेहभाजन बन गया। उसकी एक-एक बात का वे खयाल रखते। अगर गलती भी करता, तो प्यार से समझाते। कभी-कभी हलकी डाँट भी लगा देते कि ''मेहनत किया करो अमित। तुम परेश के भाई हो, यह पता तो चलना चाहिए।···हाँ, अगर कोई मुश्किल आए तो एक नहीं, दस बार पूछो। पर ऐसा मत करना कि मुझे तुम्हें डाँटना पड़े। कहीं परेश का नाम मत डुबो देना। माइंड इट, मेरा सबसे प्यारा स्टुडेंट था वह।''

हमारे स्कूल के बहुत-से टीचर थे जो पढ़ाते तो थे, पर जिन्हें पढ़ाना आफत लगती थी। इसलिए पीरियड खत्म होने से पहले ही वे रजिस्टर सँभालकर बैठ जाते थे कि कब घंटा बजे और वे अगली क्लास का रूटीन शुरू करें। पर जोशी सर के लिए पढ़ाना जैसे नशा था। उन्हें इसमें वाकई मजा आता था और मुझे लगता है, अगर उन्हें लगातार चौबीस घंटे पढ़ाना पढ़ता, तो भी वे थकते नहीं।

क्लास में भी अकसर ऐसा होता कि घंटा बज गया, पर जोशी सर नाटकीय ढंग से किसी कविता-कहानी की व्याख्या या फिर किसी कैरेक्टर की किसी खास अदा को बताने में इतने तल्लीन कि पता ही नहीं। तब हमें याद दिलाना पड़ता था कि सर, पीरियड खत्म हो गया है और वे 'सॉरी' कहकर अपना विचार-प्रवाह बीच में रोकते और शायद अनिच्छा से क्लास छोड़कर जाते।

यहाँ तक कि इम्तिहानों के नजदीक आ जाने पर तो वे हमें इतवार को घर बुलाने लगे, ताकि ग्रामर के जरूरी नोट्स लिखवा सकें। और उनके सारे पुराने स्टुडेंड्स बताते थे कि उनके ये नोट्स तो शुद्ध सोना हैं, सोना जिसमें उनके पूरे ज्ञान का निचोड़ है। खासकर डायरेक्ट-इनडायरेक्ट के लिए तो उनसे अच्छी गाइडेंस कहीं से मिल ही नहीं सकती!

''सब लोग यहाँ गलती करते हैं, पर तुम मेरे स्टुडेंट हो मैं चाहूँगा कि तुममें से कोई यह गलती न करे।'' पढ़ाते हुए बीच-बीच में जोशी सर के मुँह से सुनते तो बहुत अच्छा लगता था।

''इंगलिश ग्रामर···! याद रखो, यह तुम्हारे लिए वरदान है इंगलिश में डिस्टिंक्शन मार्क्स लाने के लिए। इसी से नंबर मिलेंगे। जैसे गणित में सवाल

सही है तो पूरे नंबर मिलते हैं, ऐसे ही अगर ध्यान से मेरे ये नोट्स पढ़ लो तो कहीं मार नहीं खाओगे।'' जोशी सर का दावा था, जिसमें कोई अतिरंजना नहीं। उनके छात्रों के कई पुराने बैच इसकी गवाही दे सकते थे।

यही वजह थी कि हाईस्कूल के पेपर्स से पहले जब प्रिपरेशन लीव्ज थीं, मैं और सुबोध तब भी दौड़कर उनके पास जा पहुँचते। और आखिरी दिन जब वे पेपर से संबंधित सबकुछ बता चुके, तो उनकी आँखों में बस एक गुजारिश थी, ''खूब मेहनत करो। अपने जोशी सर को निराश मत करना। याद रखना, तुम दोनों मेरी दो आँखें हो।''

उसी दिन उन्होंने बताया, ''देखो, पहली बार तुम्हें यह एक राज बता रहा हूँ। वह ये कि मैंने खुद प्रिंसिपल साहब से बहुत जिद करके उनसे तुम लोगों की टैंथ की क्लास माँगी थी। उन्होंने मेरा कहना नहीं टाला। इसीलिए अब तुमसे मुझे इतनी उम्मीदें हैं।''

और तभी पता चला कि जोशी सर को बरसों से इस बिना पर दसवीं और बारहवीं की क्लासेज नहीं दी जा रही थीं''कि ये थौरो स्टडी कराते हैं तो बच्चों के ज्यादा नंबर नहीं आ पाएँगे। पर हमारी क्लास के लिए जोशी सर अड़ गए कि ''आप इस बार टैंथ की क्लास मुझे दीजिए। इस बार इंगलिश में मैं कम-से-कम दो डिस्टिंक्शन आपको दूँगा!''

''क्या! डिस्टिंक्शन इंगलिश में''? आज तक तो ऐसा हुआ नहीं।'' प्रिंसिपल मखीजा हैरान थे।

''पर जो कभी नहीं हुआ, वह भी तो कभी-न-कभी होता ही है।'' जोशी सर हँसे। उनकी हँसी में इतनी दृढ़ता और आत्मविश्वास था कि प्रिंसिपल को उनकी बात माननी पड़ी और उन्होंने 'हाँ' कर दिया। हालाँकि जोशी सर के लिए यह कितना बड़ा चैलेंज रहा होगा, इसका अंदाजा अब हमें हो रहा था!

हमने उनके पैर छूकर विदा ली। फिर जिस दिन इंगलिश का पेपर था, उससे एक दिन पहले भी मैं और सुबोध उनके घर गए। हम दोनों का कंधा थपथपाकर उन्होंने कहा, ''मुझे यकीन है, तुम दोनों ही कुछ-न-कुछ कमाल इस बार करोगे। तुम्हें किसी से घबराने की जरूरत नहीं है। अगर मुश्किल से मुश्किल परचा आ जाए, तो भी कोई तुम्हें अंग्रेजी में डिस्टिंक्शन लाने से नहीं रोक सकता। आखिर तुम मेरे सबसे लायक स्टुडेंट हो!''

इतना बड़ा उम्मीदों का भार उन्होंने हमारे सिर पर रख दिया था कि उसे उठाते हुए हमारे पैर काँप रहे थे। पर जब हाईस्कूल का रिजल्ट आया तो वह

सपना हकीकत बन चुका था, जिसकी कल्पना करते भी हम डरते थे। उस साल पहली बार इंगलिश में दो डिस्टिंक्शन आई थीं और हमारे स्कूल में वाकई एक नया रिकॉर्ड बना था। सुबोध और मैं पूरे स्कूल में चर्चित हो गए थे।

यों जोशी सर जैसे पढ़ाते-पढ़ाते ही बूढ़े हुए। रिटायर होकर भी वे रिटायर कहाँ हुए थे? उनके घर पढ़नेवाले छात्रों का ताँता पहले की तरह ही लगा रहता और वे खूब मजे में पढ़ाते। उनके साथ के अध्यापक शिक्षा की दुकानें लगाकर बैठे थे और जोशी सर ज्ञान की नदी बहा रहे थे। कोई भी अंजलि भर-भरकर उसका जल ले सकता था।

हालाँकि उनके परिवार के लोग, खासकर पिता जो रिटायर्ड सरकारी अफसर थे, इस सब से खुश नहीं थे। ''लोगों ने ट्यूशन कर-करके हवेलियाँ खड़ी कर लीं, और तुम···! बस, यही छोटा सा घर है न तुम्हारे पास।'' एक बार पिता उनसे मिलने आए तो अपनी नाखुशी उन्होंने जाहिर कर दी।

जोशी सर हँसकर बोले, ''नहीं-नहीं पिताजी, छोटा सा कहाँ? हमारे लिए तो इतना ही काफी है। इससे बड़ा हो तो कौन सँभालेगा?''

और सच तो यह है कि उनका वह छोटा सा घर भी हर वक्त किताबों से अँटा रहता। मिसेज जोशी—जोशी सर जिन्हें दमयंती कहकर बुलाते थे—ज्यादा पढ़ी-लिखी तो न थीं, पर वे भी सौभाग्य से बहुत स्नेहिल थीं और समय-असमय डेरा जमानेवाले हम जैसे स्टुडेंट्स से कतई चिढ़ती न थीं। कई बार वे भी वहीं आकर बैठ जातीं। हमारी और जोशी सर की बातें सुनतीं और मुसकराती रहती थीं। सच तो यह है कि हमने बहुत-से घर देखे, पर प्रेम से बना घर भी कोई हो सकता है, यह अहसास तो बस जोशी सर के घर जाने पर ही होता था।

जोशी सर का बेटा सुकांत इधर बरसों से अमेरिका में था। उसने इलाहाबाद से इंजीनियरिंग की और कोई अच्छी जॉब उसे मिली। कंपनी ने पाँच साल के लिए उसे अमेरिका भेज दिया और फिर वहीं अपनी पसंद की लड़की से शादी करके, उसने अमेरिका में ही बसने का फैसला कर लिया। रह गए सिर्फ पति-पत्नी···यानी जोशी सर और मिसेज जोशी। भीतर तक सरलता और प्रेम से भिदे हुए आदर्श हिंदुस्तानी दंपति।

कई बार हम लोग सोचते, ''घर पर इतना समय हम जोशी सर का लेते हैं। कहीं इससे मिसेज जोशी परेशान न होती हों?'' पर वे अपने पति और उनकी प्यारी-सी सनक को जानती थीं और यह भी कि इसी से वे जिंदा हैं। इसीलिए सुकांत ने भले ही बीसियों बार उन्हें अमेरिका बुलाया, पर वे नहीं गए। मिसेज

दमयंती जोशी भी इस मामले में जोशी सर से कुछ कम न थीं।

कोई तीन बरस पहले मिसेज जोशी गुजरीं हार्ट अटैक से। उनके जाने के बाद पहली बार जोशी सर हमें थोड़े कमजोर और टूटे हुए-से लगे। वे कहीं न कहीं अकेले पड़ते जा रहे थे। हालाँकि उनकी हिम्मत और जीवन-लय टूटी नहीं थी। मैंने कभी उन्हें दूसरे रिटायर्ड लोगों की तरह मौजूदा वक्त या नई पीढ़ी को कोसते नहीं देखा। कहा करते थे, ''हर दौर में समय अपना मिजाज खुद तय करता है। हाँ, हम पुराने समय के लोग हैं, तो अपना तरीका छोड़ नहीं सकते।'' इस उम्र में भी सारे काम खुद करके उन्हें खुशी मिलती थी। बेटे सुकांत की ज़िद, ''पापा, आप चौबीस घंटे का कोई नौकर रख लीजिए। पैसे की बिलकुल चिंता मत कीजिए। मैं सारा खर्चा दूँगा।'' इस पर जोशी सर का जवाब कि ''बेटा, सुबह से रात तक धीरे-धीरे ही सही, सारे काम करता हूँ तो गाड़ी चल रही है। एक बार बैठा तो फिर बैठा ही रह जाऊँगा। तब कोई नौकर कुछ नहीं कर पाएगा। और अमेरिका में बैठे हुए तुम भी भला कितना कर लोगे?''

इस बीच बेटे सुकांत का अमेरिका आने का आग्रह निरंतर बढ़ता गया। पर जोशी सर की जिद अपनी जगह। सारे स्टुडेंट, जो उनसे मार खा-खाकर पक्के हुए थे, हर दिन उनका हालचाल पता करते ही रहते थे। उनमें बैंक मैनेजर से लेकर सेक्रेटरी जैसे ऊँचे ओहदों पर बैठे हुए लोग भी थे, जो बड़े गर्व से बताते कि हम जोशी सर के स्टुडेंट हैं। और जब उनके स्टुडेंट मिलने आते, तो जोशी सर की खुशी बाँध तोड़कर बह निकलती। बातें करते हुए एकदम जवान हो जाते, जैसे उम्र के पहाड़ को उतार फेंका है।

अभी कोई साल भर पहले की बात, मैं और सुबोध उनसे मिलने गए थे। जोशी सर इतने खुश हुए कि खुशी उनके भीतर-बाहर से फूट रही थी।

''कैसे हो तुम लोग?'' उन्होंने कँपकँपाते होंठों से पूछा। देर तक घर-परिवार के बारे में पूछते रहे।

फिर खुद ही चाय बनाने के लिए उठनेवाले थे कि उन्हें बड़ी मुश्किल से हमने इस बात के लिए राजी किया कि चाय मैं और सुबोध मिलकर बनाएँगे।

थोड़ी देर बाद चाय का प्याला मैंने उनके आगे रखते हुए मैंने कहा, ''सर, हम भी तो आपके बेटे हैं।'' सुनकर उनकी आँखें थोड़ी भीग गईं।

''तुम लोग अच्छे शिष्य हो, वरना आजकल कौन याद करता है किसे?'' कहते हुए जोशी सर का स्वर भीग गया था।

''नहीं सर, ऐसा न कहें। आपने हमें बनाया है। खुद अपने हाथों से आपने

हमारा व्यक्तित्व गढ़ा है, जिससे कभी कोई गलत काम नहीं हुआ हमसे और कभी हम किसी के आगे झुके नहीं।" सुबोध ने कहा।

मुझ से तो इतना भी नहीं कहा गया। पता नहीं क्या कहना चाहता था? गला रुँध गया! होंठों से कोई बोल निकला ही नहीं।

"इंजीनियरिंग में आकर वह इंगलिश तो छूट ही गई जिस पर आप जोर देते रहे, पर जोशी सर, मैं आज भी वहाँ सबसे अच्छी अंग्रेजी लिखता-बोलता हूँ!" सुबोध ने कहा तो उनके चेहरे पर अजब-सी आर्द्रता थी। यह आत्मदया नहीं, अपने भरे-पूरे होने और टूटकर जीने का अहसास था।

मुझे याद आई बरसों पहले कही गई जोशी सर की बात कि "देखो परेश, मैंने तुम्हें इतना पक्का और मजबूत बेस दिया है कि तुम्हें कहीं किसी के आगे झुकने की जरूरत नहीं है। यह कभी मत भूलना कि तुम मेरे स्टुडेंट हो।"

मैंने उन्हें याद दिलाया तो हँसने लगे। एक कमजोर-सी हँसी, लेकिन मिठास से भरी हुई।

पर अगले ही पल न जाने कैसे मुझे नवें दरजे का मुरगा न बननेवाला प्रसंग याद आ गया। मैंने ठिठोली की, "और हाँ सर, मुझे मुरगा बनने की भी जरूरत नहीं है—भले ही मुझे आपके या फिर किसी और के आगे सत्याग्रह करना पड़े!"

सुनकर वे उस दुर्बलता की हालत में भी खिलखिलाकर हँस पड़े थे। फिर कुछ रुककर बोले, "परेश, सच कहूँ तो उसी दिन से मेरे मन में तुम्हारी एक अलग इमेज बनी। तुमने देखा नहीं कि पंद्रह मिनट में पूरी क्लास मुरगा बनी। सब मुरगा बनते गए और अपनी अपनी सीट पर बैठते गए। यहाँ तक कि सुबोध भी। लेकिन उस दिन का बाकी पूरा पीरियड और अगला पीरियड भी तुम्हारे साथ झिक-झिक करते बीता। उसी दिन मैं समझ गया था, तुम्हारी जिंदगी किन रास्तों पर चलेगी। और आज तुम्हें बता रहा हूँ कि उस दिन मैंने हार मानी थी तुमसे। तुम छोटे थे, पर कुछ ऐसी बात थी तुममें कि मुझे हारना पड़ा। वह अब भी है तुममें और मैं चाहूँगा कि हमेशा बनी रहे।"

चलते हुए मैंने और सुबोध ने पैर छुए, तो उन्होंने आशीर्वाद दिया, "खुश रहो और जीवन में बहुत बड़े काम करो…!"

फिर सुबोध को इशारे से पास बुलाकर कहा, "देखो सुबोध, मुझे पता है, तुम तो सब सँभाल लोगे। पर मुझे परेश की अब भी कभी-कभी चिंता होती है। अगर कभी वह किसी मुसीबत में पड़े तो तुम उसे सँभालना।" और सुबोध का हाथ मेरे कंधे पर कस गया था।

यह सब इतना आकस्मिक था कि मैं हक्का-बक्का रह गया। लगा, खुद को नहीं रोका, तो अभी फूट-फूटकर रोने लगूँगा।

उन्हें प्रणाम करके हम निकले, तो बाहर आकर गाड़ी स्टार्ट करते हुए सुबोध ने कहा था, ''मेरा मन कहता है परेश, अब ज्यादा समय नहीं है। ज्यादा-से-ज्यादा शायद साल-छह महीने। देख नहीं रहे थे, कैसे उनके हाथ कँपकँपा रहे थे चाय पीते वक्त!'' कहते-कहते उसकी आँखें भर आई थीं, मेरी भी।

और आज···! उसी सुबोध को फोन करूँ और फोन पर सूचना दूँ कि हमारे प्यारे और लाजवाब जोशी सर नहीं रहे, यह जिम्मा मुझ पर है। लेकिन···कैसे कहूँ, कैसे कि सुबोध, हमारे जोशी सर अब नहीं रहे? शब्द मेरे गले से निकलेंगे?

मैंने फोन का चोगा उठा लिया है, पर हाथ अब भी काँप रहे हैं—थर-थर···थर-थर। भीतर अंधड़ में आँसुओं से भीगी कोई आवाज है जो रो रही है।

□

अंकल को विश नहीं करोगे

यह कहानी शुरू करने से पहले एक निवेदन कर दूँ। डॉक्टर की जो भी कल्पना आपके जेहन में है, पहले उसे अच्छी तरह झाड़ दें। और जो इस कहानी का खासमखास डॉक्टर है, यथासंभव उसी के आस-पास रहें—यानी अपनी दिलचस्पी उसी तक महदूद रखें। क्योंकि इसके अलावा शायद ही दुनिया का कोई और डॉक्टर यहाँ चल सके, कम-से-कम मैंने तो देखा नहीं अपनी लंबी जिंदगी के ऊबड़खाबड़ ग्राफ में।

यों जैसा कि आप आगे चलकर देखेंगे, किसी ऊबड़खाबड़ ग्राफ से भी ज्यादा ऊबड़खाबड़ है उस डॉक्टर का कैरेक्टर!···मगर वो डॉक्टर है ही कहाँ? वह तो···खैर छोड़िए। कहानी पढ़ रहे हैं तो खुद ही जान जाएँगे। मैं क्यों इस झमेले में पड़ूँ?

देखने में तो वह साधारण सा ही है—पिद्दी सा। हालाँकि नाक-नक्श बुरे नहीं। बातचीत में और भी धीमा, कमजोर। उसकी बेसिर-पैर की बातचीत में मजा लेना मुश्किल है और बहुत देर में पता चल पाता है कि वह असल में कहना क्या चाहता है। हालाँकि एक बात अच्छी है उसमें जो शुरू-शुरू में थोड़ी अटपटी भी लग सकती है—नोट्स लेने की आदत! आप यों समझ सकते हैं कि अपनी इस आदत का वह करीब-करीब गुलाम है। उसकी जेब में कुछ और हो न हो, एक डायरी और पेन हर वक्त मिलेगा। बातचीत में जो भी सूचना या मिसरा उसे अच्छा लगता है, वह तुरंत उसकी डायरी में दर्ज हो जाता है। और उसकी पसंद कुछ बुरी नहीं, यह आप उसके निकट हों तो जान जाएँगे। आखिरी सूचना यह कि कभी-कभी आप उसे रजनीश मार्का आदर्शवादी प्रवचन घोकते देखें, तो उसकी आँखों में उभर आई अजीब-सी चमक से डरें नहीं। यह क्षण भर के लिए कौंधती है फिर किसी उदास दरिया में बिला जाती हैं।

शुरू में पत्नी ने बताया कि डॉक्टर मिलना चाहता है तो थोड़ी हैरानी, थोड़ी असुविधा महसूस हुई थी। क्यों मिलना चाहता है मुझसे? आखिर क्या कॉमन फैक्टर हो सकता है मुझमें और उसमें? उसकी तमाम चारित्रिक विशेषताएँ जो ऊपर लिख आया हूँ, तब तक मालूम नहीं थीं। मैं डॉक्टर को सिर्फ डॉक्टर समझता था—यानी पैसा ऐंठनेवाली क्रूर और हिंस्र मशीन। फायदे-नफे की दुनिया की बातें वैसे भी मुझसे सध नहीं पातीं और मैं चिढ़ जाता हूँ। लिहाजा मैं किसी डॉक्टर-वाक्टर से मिलने को उत्सुक नहीं था।

लेकिन यहाँ बात कुछ और ही थी। शायद पत्नी ने बता दिया था कि मैं लेखक हूँ और बच्चों की पत्रिका में काम करता हूँ। तभी उसने मिलने की इच्छा प्रकट की थी, "भाईसाहब से कहिएगा, कभी आएँ तो मिलें। या फिर मैं ही चला आऊँगा कभी आपके घर। एक कप चाय तो पिलाएँगे न!"

कुछ भी हो, बात चौंकानेवाली तो थी ही। आज के जमाने में किसी लेखक या बच्चों की पत्रिका में काम करनेवाले पत्रकार से भला कौन मिलना चाहता है! और फिर डॉक्टर क्यों? डॉक्टरों के बारे में मेरा अपना अनुभव यह है कि उनमें से आधे से ज्यादा तो खुद बीमार होते हैं। चिड़चिड़े, घमंडी और एक किस्म के तानाशाह! इस हद तक हृदयहीन कि वे दूसरों का दर्द महसूस ही नहीं कर सकते। यानी उनमें से आधों को तो आप एकबारगी खारिज कर सकते हैं कि वे आदमी ही नहीं हैं। और दिलचस्प बात यह है कि फिर भी वे दूसरों का इलाज करने का दम भरते हैं। खैर···

पत्नी रोज सुबह बेटी को स्कूल बस के स्टेंड तक छोड़ने जाती थी। बस डॉक्टर की दुकान के पास ही रुकती थी। लिहाजा वहीं डॉक्टर से मुलाकात हो जाती होगी। ऐसी मैंने कल्पना कर ली थी।

अगले दिन सुबह मैंने ऋचा के साथ चलने का इरादा बनाया। झूठ क्यों कहूँ, डॉक्टर से मिलने की उत्सुकता भी थी। देखा, बच्चे डॉक्टर की दुकान के पास ही घेरा बनाए खड़े हैं। कुछ वहाँ पड़ी कुरसियों और बेंचों पर जम चुके हैं। उनकी मम्मियाँ पास ही गंभीर स्टेचू की तरह मुँह लटकाए खड़ी थीं। इस कदर गंभीर कि उन्हें देखकर सिर्फ हँसी आ सकती थी।

मेरी बेटी ऋचा भी दौड़ती हुई गई और खाली पड़ी बेंच के एक कोने पर बस्ता पटककर खड़ी हो गई। शायद वह डॉक्टर से कुछ ज्यादा हिलमिल गई थी, इसलिए काफी कुछ अधिकार जैसा भाव उसमें आ गया था।

डॉक्टर कुरसी के सहारे एक ओर खड़ा अखबार पढ़ रहा था। मैंने उचटती निगाहों से उसकी ओर देखा, फिर सड़क पर नजर दौड़ा दी। बस आज लेट थी, इसलिए बच्चों की मम्मियाँ 'तार सप्तक' में भुनभुना रही थीं।

कुछ देर बाद डॉक्टर का ध्यान टूटा। अखबार परे सरकाकर इधर-उधर देखने लगा। उसकी आँखों में विचित्र चौकन्नापन था। ऐसा चौकन्नापन जो बड़ी तेजी से संवाद के लिए किसी को खोजता है। उसके माथे पर उलझी हुई रेखाओं का पूरा एक जाल था।

मैं कुछ कहना ही चाहता था कि तब तक ऋचा के पास मुझे खड़ा देख, डॉक्टर मुसकरा दिया। पास आकर बोला, "तो आप हैं न, ऋचा के पापा···?"

"हाँ।" और क्या कहूँ, मेरी समझ में नहीं आया।

"इनकी मम्मी बता रही थीं, प्रभात टाइम्स में हैं न आप? भई, अखबारवाले ही हैं आज वक्त में जिन पर सारी उम्मीदें टिकी हैं मुल्क की। अच्छा, कैसे खबरें बनाते हैं आप? कभी समझाइएगा मुझे।"

वह शायद अब तक भूल गया था कि मैं बच्चों के लिए कहानियाँ लिखता हूँ। समाचार बनाना मेरा काम नहीं है। पर मैंने मुसकराकर टाल देना उचित समझा। डॉक्टर उसी रौ में बोले जा रहा था, "मैं तो रोज नियम से अखबार देखता हूँ साहब, लेकिन सच कहता हूँ, देखने की इच्छा नहीं होती। रोज कत्ल, हत्याएँ, बलात्कार···और अब तो आत्मदाह। अजीब सिलसिला चल निकला है साहब, जैसे किसी जिंदा आदमी का जलना कोई बात ही नहीं, कोई घटना···! ये नेता जो हैं न, ये बदमाश हैं साले। मैं आपसे ठीक कहता हूँ, ये लोगों को मरवा देंगे, देखना आप! फिर आजकल के लड़के भी तौबा-तौबा। ये वैसे लड़के नहीं है, जैसे हमारे-आपके जमाने में हुआ करते थे या जैसे हम हुआ करते थे। हालात भी आप देखते हैं साहब, दिन-ब-दिन बिगड़ते जा रहे हैं। एक तो अनएंप्लायमेंट है इतना, फिर फ्रस्ट्रेशन···! इन्हीं सारी चीजों ने तो अ···वो···वो क्या कहते हैं, दुस्साहसी बना दिया है लड़कों को। वरना कोई हिम्मत कर सकता है खुद आग में जलने की। कोई खेल तो नहीं है आत्मदाह! कोई-न-कोई तो बड़ा कारण है इसके पीछे—क्यों साहब?"

डॉक्टर ने अचानक यह सवाल उछाल दिया था मेरी तरफ! मैं खुद इसी मसले को लेकर बहुत उत्तेजित था। लेकिन कोई दूसरा उत्तेजित हो, तो मेरी आदत है शांत हो जाना। खुद पर काबू पाते हुए धीरे से कहा, "मंडल कमीशन मेरे खयाल से बुरा नहीं था। लेकिन वह जिस चिढ़ानेवाले अंदाज में पेश किया

गया—राजनीतिक अस्त्र के रूप में, वह गलत था। कोई हथियार आप चलाते हैं और उलटकर वह आपकी ही गरदन काटने लगता है, तो हाय-तौबा क्यों?''

''तो आप मंडल समर्थक हैं या···?'' डॉक्टर थोड़ा अचकचा गया।

''देखिए, इसका कोई बना-बनाया जवाब तो है नहीं मेरे पास। इतना जरूर लगता है कि इसे थोड़ा और बैलेंस्ड किया जा सकता था। और लागू करने से पहले इसके सभी पहलुओं पर डिबेट होती, तो शायद ऐसे हालत न बनते।''

कुछ देर बाद शायद उसे खुद-ब-खुद खयाल आ गया कि मैं बच्चों की पत्रिका में काम करता हूँ। शरमाकर उसने बताया कि दस-बारह बरस पहले तक वह भी बच्चों की यह पत्रिका नियमित रूप से पढ़ता रहा है और अब भी मिल जाए तो देख लेता है। फिर बोला, ''बच्चों के लिए जो आप कर रहे हैं, वह बड़ा पुण्य का काम है। बच्चों को बनाना, उन्हें नए-नए खयालात देना बहुत जरूरी है, वरना···''

''वरना···क्या···? जिस जगह वह रुक गया था, वहाँ मेरे मुँह से अपने आप मुड़े-तुड़े से ये शब्द निकले।''

''वरना···देश वैसे ही हो जाएगा जैसी मेरी हालत है। आप देख रहे हैं न मुझे! मैं कहीं से लगता हूँ कि डॉक्टर हूँ? मैं तो एक सहज आदमी तक नहीं हूँ, सच्ची!''

मैंने देखा, उसकी आँखें मेरे देखते ही देखते सूखे कुएँ में बदल गई थीं, जिसमें जंगली घास और झाड़ियों की झुरमुराती गंध थी और तड़कता हुआ बीहड़ अंधकार!

मैं चौंक गया।

कुछ और गौर से देखना, समझना चाहता था उसे। लेकिन तब तक सब फैला हुआ तिलिस्म समेट लिया था उसने। यानी कि पट-परिवर्तन! यह आदमी एक कुशल अभिनेता भी है—ऐसा मुझे लगा।

फिर वह एकाएक सब भूल-भालकर स्कूल बस का इंतजार कर रहे बच्चों से बोलने-बतियाने लगा। बल्कि बच्चों में जरूरत से ज्यादा रुचि लेने लगा। यह भी शायद कुछ छिपाने की प्रक्रिया का ही कोई हिस्सा हो—मैंने सोचा।

वह जोकर जैसा मुँह बनाकर हँस-हँसकर सब बच्चों से जबरदस्ती बात करने की कोशिश कर रहा था, ''किस क्लास में पढ़ते हो बेटा? नाम क्या है तुमाला? अले, अंकल को विश नहीं कलोगे? अंकल प्रजेंट देंगे तुम्हारे बर्थ डे

पर! अच्छा···डेट आफ बर्थ क्या है तुमाला? लिखवा दो मुझे···जल्दी!'' और उसने सचमुच अपनी डायरी निकाल ली थी। पेन खोलकर लिखना शुरू कर दिया था।

हालाँकि बच्चों से ज्यादा तो बच्चों की मम्मियों में हलचल मची थी, जिसे वे चालाक कनखियों में छिपाने में लगी थीं। अभी तक स्टेचू बनी मम्मियाँ अब हरकत में आ गई थीं और चंचल आँखों से ध्वनि-तरंगें एक-दूसरे की ओर सरकाने लगी थीं। वे ध्वनि तरंगें थोड़ी-थोड़ी देर बाद एक सवाल में बदल रही थीं कि ऐसा आदमी क्या ठीक-ठाक लगता है? ठीक-ठाक माने मानसिक रूप से···खि खि खि!

अब वह मेरी बेटी से मुखातिब था, ''अच्छा बेटे, नाम बताओ? विश नहीं किया अंकल को!···शाब्बाश! मनुजी की बेटी हो न। मैं समझ गया था, समझ गया···अच्छा, डेट आफ बर्थ बताओ बेटे! मैं तुम्हारे बर्थ डे पर ग्रीटिंग कार्ड भेजूँगा। क्यों, ठीक है न?''

लेकिन जब तक डॉक्टर नोटबुक को आगे सरकाए, ऋचा शिकायत दर्ज करनेवाली मुद्रा में आ गई, ''पर अंकल, आप पहले भी पूछ चुके हैं।''

और डॉक्टर का पेन ठिठका-सा रह गया।

''ऐं! अच्छा, लेकिन लिखा नहीं होगा मैंने, खाली सुन लिया होगा। तो वह भूल गया। मैमोरी जरा वीक है न मेरी, इसलिए तो डायरी पास रखता हूँ।'' डॉक्टर के चेहरे पर हलकी झेंप है।

''नहीं अंकल, लिखा भी था। दो बार लिखा था, मम्मी के सामने।'' ऋचा भी हार नहीं मानना चाहती थी।

''तब तो जरूर रजिस्टर में दर्ज हो गया होगा। मैं रोज रात को डायरी का मैटर रजिस्टर में उतारकर ही सोता हूँ।''

डॉक्टर ने फिर चौंका दिया है मुझे। भला, इसे क्या जरूरत है यह सब गोरखधंधा करने की? पहले डायरी में नोट करेगा, फिर रजिस्टर···अजीब आदमी है!

इतने में बस आ गई, तो बच्चे उधर लपके। बच्चों की मम्मियाँ ड्राइवर पर भुनभुनाईं। खूब हंगामा-सा मचा।

बस के जाने के बाद डॉक्टर ने कहा, ''आइए, आपको दुकान दिखा दूँ।''

अब के मैंने गौर किया—बाहर से वह डिपार्टमेंटल स्टोर था जहाँ रोजमर्रा के इस्तेमाल की सारी चीजें मिल जाती थीं, बिंदी-कंघी से लेकर गारमेंट्स तक।

बच्चों के स्कूल बैग, बॉटल, पेन-पेंसिल, कापियाँ भी मिल जाती थीं। छोटी-मोटी डायरियाँ और ग्रीटिंग कार्ड्स भी। और अभी हाल में दाल-चावल-चीनी, पनीर और सूखे मेवे भी मिलने शुरू हो गए थे। डॉक्टर बता रहा था, ''दो काउंटर हैं। उन पर दोनों बेटे बैठते हैं···और मिसेज आ जाती हैं दोपहर में। मेरा तो कभी-कभार का चक्कर लगता रहता है, जब इनमें से कोई न हो या फिर किसी फालतू आदमी की जरूरत हो।''

मैं 'फालतू' शब्द की अर्थ-व्यंजना पर विचार कर ही रहा था कि डॉक्टर मुझे उस दुकान के भीतर एक छोटे से केबिन में ले गया, जिसमें मुश्किल से दो-तीन लोगों के बैठने की जगह थी। धूल में सनी मेज पर स्टेथोस्कोप, दवा की शीशियाँ और कुछ सिरिंज बिखरी पड़ी थीं। कुछ दवा की शीशियाँ साथवाली अलमारी में—बेतरतीब।

डॉक्टर अब भी उसी तरह अपनी आदत के मुताबिक बोलता जा रहा था। लेकिन मुझे जाने क्या हुआ कि कुछ सुनाई पड़ता था, कुछ नहीं। मैं जाने क्या-कुछ सोचने लग गया था।

तभी पता चला कि डॉक्टर पंजाब सरकार की अच्छी-खासी लगी-लगाई नौकरी छोड़कर चला आया, जरा सी बात पर। अफसर से मामूली झगड़ा हो गया था। डॉक्टर ने कहा, ''तू क्या समझता है? तू मेरा मुकद्दर तो नहीं बदल सकता।'' यह भी पता चला, यहाँ फ. नगर में उसके भाई हैं। सबकी अपनी अपनी फैक्टरियाँ हैं। खूब अच्छे खाते-पीते हैं, पर डॉक्टर पंजाब से उजड़कर आया तो किसी से कुछ नहीं लिया और अपने बलबूते पर यह दुकान खोल ली। अब तक किसी से हार नहीं मानी थी, लेकिन अब···

तब तक डॉक्टर का शायद बड़ावाला बेटा भी दुकान में चला आया था। एक लंबा, स्वस्थ युवक, जिसके चेहरे से भरा-भरा आत्मविश्वास फूट रहा था। डॉक्टर ने परिचय कराया, ''ये लेखक-पत्रकार हैं बेटा। इनके साथ खास रियायत करनी है, जितनी भी हो सके।''

''जी अच्छा!'' लड़के ने ओढ़ी हुई विनम्रता से कहा, जो दूसरों की उपस्थिति में मजबूरी की तरह ढोई जाती है।

''अच्छा, मैं चल रहा हूँ। कोई मरीज आ जाए तो घर भेज देना···या मुझे बुला लेना।'' डॉक्टर ने चलते-चलते कहा, तो लड़के के चेहरे पर अजीब-सी मुसकान उभर आई। बड़ी ही काँइयाँ मुसकान सामनेवाले को उसकी तुच्छता का अहसास करा देनेवाली।

घर आकर मैंने पत्नी से कहा, ''डॉक्टर तो एकदम सीधा है…''

''और विचित्र भी?''

''नहीं, उस रूप में नहीं, पर मेरा मतलब है…एक अलग कैरेक्टर तो है। दूसरों से इस कदर अलग कि…''

''सिर्फ अलग, एब्नॉर्मल नहीं?'' लगता है, पत्नी ने भी उस पर विचार किया था। अपने नतीजों से मेरे नतीजे का मिलान करना चाहती थी।

''नहीं, एब्नार्मल नहीं।'' कुछ सोचते हुए मैंने कहा, ''लेकिन प्रेक्टिस चलती होगी क्या? मुझे तो संदेह है। धूल, इस कदर धूल जमी पड़ी थी सब चीजों पर। चलते-चलते लड़के को कहकर गया कि कोई मरीज आए तो घर भेज देना।''

''बेचारा!'' पत्नी के मुँह से यह शब्द इस कदर अनायास निकला कि मैं तड़पकर रह गया, ''क्यों…बेचारा क्यों?''

''मरीज तो कभी कोई नजर नहीं आया, लेकिन इसका इंतजार जैसे चलता है। उस दिन सुषमा के साथ मैं कुछ सामान लेने गई थी, तो हमारे सामने भी यही बोलकर गया। सुषमा कह रही थी, दीदी, कोई पेशेंट तो दिखाई पड़ता नहीं, जबकि कहकर हमेशा यही जाता है कि…''

''अजीब बात है। तो फिर यह कहता क्यों है?''

''बस, इंतजार…! या फिर अतीत में जीने की आदत। अपने डॉक्टर होने का अहसास छूटता नहीं, इसीलिए पेशेंट जरूरी है। यह चीज लगता है, उसके वजूद से जुड़ी है…''

पता नहीं, क्या हुआ कि लगा, आँखें खुश्क होती जा रही हैं। अजीब सी चिनचिनाहट। ''ऋचा के बर्थ डे पर कोर्ड भेजने के लिए कह रहा था। अब पता नहीं, यों ही कह रहा था या भेजता भी है?'' मैंने बात बदलने के लिए कहा।

''दो बार मुझसे भी पूछ चुका है। मेरे खयाल से भेजता ही होगा। दुकान तो अच्छी-खासी चल रही है। कोई कमी तो है नहीं।'' फिर जैसे बात खत्म करने का बहाना तलाश रही हो, पत्नी रसोई के काम में जुट गई।

थोड़ी देर बाद—कुछ याद आया, तो बरतन साफ करते-करते बीच में यह बताने के लिए चली आई, ''लेकिन लड़के बड़ा अपमान करते हैं बाप का। और माँ की पूरी शह रहती है। खुद रोज लिपस्टिक-पाउडर थोपकर बैठी रहती है दुकान पर। पति की कोई परवाह ही नहीं। मुझे लगता है, सब मिलकर उपेक्षा करते हैं जान-बूझकर…!''

"पर क्यों, मिसेज सोनी क्यों?"

"इसलिए कि आज उसे पति की तुलना में बेटे ज्यादा सबल नजर आने लगे हैं, ज्यादा बड़ा सहारा। पति अव्यावहारिक है, किसी काम का नहीं।" कुछ देर बाद, जैसे खुद-ब-खुद फैसला ले रही हो, वह बोली, "लेकिन पछताएगी यह औरत एक दिन, देख लेना। लड़के इसकी भी कोई कम दुर्गति नहीं करेंगे। आएगा वो वक्त भी जल्दी ही, बस, इसे नजर नहीं आ रहा।"

इसके दो-चार दिन बाद सुबह-सुबह छोटी बेटी के लिए बैग लेने गया तो डॉक्टर को तन्मयता से झाड़ू लगाते पाया। मुझे देखकर उसने झेंप मिटाने के लिए बोलना शुरू कर दिया, "आइए मनुजी, आइए। सुबह-सुबह कैसे? भई सुबह-सुबह झाड़ू-बुहारी की ड्यूटी हमारी रहती है। आजकल के लड़के आठ-नौ बजे से पहले कहाँ उठते हैं? मिसेज को भी घर के काम-काज निपटाने होते हैं। एक मैं खाली होता हूँ तो चला आता हूँ।" फिर जाने क्या तरंग आई कि बात को किसी और दिशा में उछाल दिया, "मैं तो जी फ्री स्टाइल आदमी हूँ। जीवन अपनी मरजी से जिया और लड़के जो भी करें, अपनी मरजी से, मैं नहीं टोकता।"

फिर कुछ देर बाद सोचते हुए कहा, "आप लड़कों के लिए लिखते हैं। उन्हें सिखाते हैं, यह तो बहुत अच्छा है। लड़के सँभल जाएँ, तो सब ठीक···कहीं कोई मुश्किल ही नहीं।"

मैंने गौर किया, पिछली दफा भी यही कहा था डॉक्टर ने, पर इस दफा कुछ अलग अर्थ खुलने लगे थे इन्हीं शब्दों के।

कुछ देर बाद डॉक्टर ने जैसे खुद को ही सुनाना चालू कर दिया, "जमाना बदल गया है, साहब। अब वो दिन कहाँ रहे साहब, न वो बात। हमारे वक्त में बाप का डर होता था पूरे घर में। कोई आँख तो मिला ले। बाप आता था तो हम छिप जाते थे, सामने नहीं आते थे। माँएँ डराया करती थीं बच्चों को कि तेरे बापू आएँगे तो ये कहूँगी, वो कहूँगी।···और आजकल? बाप की अपनी इच्चत बची रहे तो बड़ी बात है।"

कहते-कहते डॉक्टर चुप हो गया। पर साफ लग रहा था, वह रुका है, उसका आवेश चुका नहीं। चेहरा आरक्त।

मुझे याद आया, छुटकी के लिए स्कूल बैग लेना है। लग रहा था, खरीदूँ और जाऊँ, पर उसकी अधूरी बात यों छोड़कर···

डॉक्टर ने अब तक झाड़ू लगाकर बुहारी एक ओर रख दी थी। मुझे उत्सुक नजरों से देखता पाकर बोला, "अब लड़के आजकल के अपनी लिमिटेशंस तो

देखते नहीं, एंबीशंस बहुत हैं। बड़ावाला कहता है—कार ले दो। अब पी.एफ. का पैसा तो मैं कार में लगाने से रहा। मैंने कह दिया कि 'काम फैलाओ। बचत करो। कार लायक पैसे हो जाएँ, तो जरूर खरीदो। मगर यह भी देख लेना, पेट्रोल का खर्चा भी निकलता है कि नहीं?'···क्यों साहब, लड़कों को स्वतंत्रता चाहिए तो अपने बाप की स्वतंत्रता पर हमला करके ही वे इसे हासिल करेंगे?''

''शायद दिल्ली से सामान लाने में दिक्कत होती हो।'' उसे शांत करने की गरज से मैंने कहा।

''हाँ, सो तो है। लेकिन और कनवेंस भी हैं ही, और लोग करते ही हैं। लड़कों का तो यह काम करने का वक्त है, स्ट्रगल से कैसा घबराना? हमने भी किया है साहब। सुविधा से जीने की बात अभी नहीं सोचनी चाहिए। हालाँकि मेरे सोचने से क्या होता है?'' फिर एक पराजित मुसकान।

''लड़के ही लाते हैं सामान? आप नहीं।'' मैंने यों ही पूछ लिया।

''हाँजी, मैं तो अनफिट हूँ।'' डॉक्टर का चेहरा विद्रूप हो गया, ''सामान लेने जाऊँ तो कहा जाता है, मैं गलत चीज ले आया, गलत दामों में ले आया। बेचने बैठूँ तो कहा जाता है, मैंने सस्ते में सब लुटा दिया। अब झिकझिकबाजी तो मुझे अच्छी लगती नहीं मनु साहब। मेरा तो ये उसूल है कि हर चीज में टेन परसेंट मुनाफा आप ले लो—ज्यादा नहीं। लेकिन हर पीढ़ी का अपना कायदा होता है। हमारा कुछ और था, इनका कुछ और···!''

मुझे लगा, इस तरह तो काफी देर हो जाएगी। मैंने उसे याद दिलाया कि मैं छोटी बेटी के लिए स्कूल बैग लेने आया हूँ। तब तक लड़का भी आ गया था। डॉक्टर ने लड़के से कहा, ''बेटे, अंकल को दिखा कोई अच्छा-सा बैग।''

लेकिन लड़के के व्यवहार में उपेक्षा बड़ी साफ थी। वह बड़ी देर तक सामान इधर-से-उधर रखता रहा। फिर मुझ पर नजर पड़ती तो बोला, ''अंकल, आप खुद ही निकाल लीजिए न, जो ठीक लग रहा है।''

साफ लग रहा था कि पिता की उपेक्षा का एक हिस्सा उसने पिता के मित्र के खाते में भी दर्ज कर दिया है। बगैर बैग लिए मैं घर लौट आया।

इस बार डॉक्टर कुछ हिला हुआ सा लगा। मैं रास्ते भर उसी के बारे में सोचता रहा। पता नहीं, कुछ ही दिनों में उसके साथ मेरा यह कैसा रिश्ता बन गया था कि उसका दर्द मुझे विकल कर रहा था। मैं साफ तौर से अशांत था, बेचैन। और इसका कारण उसकी बेचैनी थी। उसके साँवले चेहरे पर रेखाओं का जाल कुछ और कस गया था। हँसी उदास कि जैसे कोई हँसते-हँसते हक्का-

बक्का छूट गया हो और आगे की यति-गति भूल गया हो।

डॉक्टर का चित्र मेरे जेहन में बार-बार एक ही तरह से बन रहा था, जैसे धीरे-धीरे कालिख में गुम होता हुआ कोई तारा।

इसके बहुत दिनों तक डॉक्टर से भेंट नहीं हुई।

पत्नी से दो-एक दफा पूछा, तो पता चला कि अब वह दुकान पर कम ही आता है। मिसेज सोनी और बच्चे ही ज्यादा बैठते हैं। फिर जैसे कुछ याद आया हो, बोली, ''चार-छै रोज पहले शाम को एक दिन देखा था, बड़ा ही बदहवास सा। लड़कों से कुछ कहा-सुनी हो रही थी और मिसेज सोनी दूर बैठे-बैठे देख रही थी।''

''मिसेज सोनी का मन नहीं पसीजता पति की हालत देखकर? क्यों मार रहे हैं एक अच्छे-भले आदमी को ये लोग?''

''पैसा-पैसा···पैसा, एक अंधी दौड़! और क्या? मुझे तो लगता है, मिसेज सोनी की पूरी-पूरी शह है। वरना लड़के, मजाल है जो···'' पत्नी ने गुस्से से तिलमिलाते हुए कहा।

इसके कुछ रोज बाद डॉक्टर से मेरी भेंट हुई, तो मैं चौंक गया। उसके चेहरे की आड़ी-तिरछी रेखाएँ जैसे युद्ध-मुद्रा में आ चुकी थी। वह बहुत उत्तेजित था। अपने आस-पास से बहस करने, कुछ कर डालने के लिए उद्धत। कुछ-कुछ उस कैदी की तरह, जिसके पैरों में बेड़ियाँ हों और हाथ हवा में फड़फड़ा रहे हों।

''यह देश, यह कंट्री कैसे चलेगा···बताइए, आप जरा? जब लोगों की नैतिकता का यह हाल है। ये जो नेता हैं, चोर हैं ससुरे! ये मरवा देंगे सबको, मैं आपसे ठीक कहता हूँ। यह देखिए, एक ओर सरकार ने योजना बनाई है कि जो डॉक्टर अपना नर्सिंग होम खोलना चाहे, उसे दस लाख तक का अनुदान मिल सकता है। दूसरी ओर ये नेता! मैं आपको बताऊँ मनुजी, मंत्री तक सीधे-सीधे रिश्वत माँग रहे हैं—कैन यू इमेजिन?''

उसके हाथ में अखबार फड़फड़ा रहा था। जैसे अखबार नहीं, कोई परमाणु अस्त्र हो। वह अखबार सिर्फ पढ़ता ही नहीं था, जड़ और ठस होते समाज में एक नैतिक अस्त्र के रूप में मानो उसे फहरा रहा था।

मैं खामोशी से देखता रहा, देखता रहा—जैसे धुंध साफ हो रही हो। अब मुझे समझ में आ गया उसके उद्वेग का रहस्य। उसके भीतर का 'डॉक्टर' जोर

मार रहा था। पत्नी और लड़कों का महज सेवक होने की बजाय वह कुछ होना चाहता था। कुछ जो कि उसके वजूद से जुड़ा हो। और उसे एक फालतू आदमी न समझा जाए। लेकिन···

लेकिन उसका आत्मविश्वास छीज चुका था—एक बहुत ही कमजोर आदमी, जिसकी ताकत निचोड़ ली गई हो।

थोड़ी देर बाद वह शांत हुआ तो उसके चेहरे पर मुझे हलका भय उतरता दिखाई दिया।

''मैं अभी आता हूँ।'' कहकर हड़बड़ाता हुआ वह चल दिया। सड़क के दूसरी ओर के एक मकान की तरफ। लस्टम-पस्टम चाल।

मैं समझ गया, अखबार किसी और का था। वही लौटाने गया है। नहीं तो उस आदमी के बिगड़ने का डर होगा।

अखबार से न मिसेज सोनी का कोई लेना-देना था, न लड़कों का। जब पढ़ते ही नहीं, तो भला क्यों पैसे खरचें—उस आदमी के लिए जो कुछ कमाता नहीं, जिसकी 'सेल वेल्यू' कुछ भी नहीं। वह इस्तेमाल होते-होते इतना घिस चुका है कि अब वह सिर्फ है। वह किताबी भाषा में, कानूनी भाषा में पति है, पिता है। लेकिन जिनका पति है, पिता है, उनके दुनियावी शब्दकोश में तो उसके लिए एक ही टीप लिखी है—'एक फालतू बोझ'।

मुझे मिसेज सोनी पर गुस्सा आने लगा। वह चाहती तो इस आदमी की यह हालत न होती। पत्नी सम्मान न करे तो लड़कों के दिमाग तो बिगड़ ही जाएँगे।

मैं डॉक्टर की मानसिक स्थिति के बारे में सोचने लगा था। उसमें विक्षेप तो कहीं था नहीं, लेकिन उत्तेजना के कारण थोड़ी सी असामान्यता जरूर आ गई थी। थोड़ा सा प्यार, थोड़ा सा आदर इस आदमी को चाहिए जो शायद दवाओं से भी ज्यादा असर करेगा—मैंने सोचा।

इतने में ही स्कूल बस आ गई और ऋचा भी धक्कामुक्की करती हुई बस में घुसी। अब वह हाथ हिला रही थी। कुछ देर के लिए मैं अपने बचपन में लौट गया, जब चीजों को बदलने की जिद अजीब-सा आवेश भर देती थी और मैं बैठा-बैठा सोचता रहता कि···

मैं लौटने ही वाला था। इतने में सामने नजर गई। सड़क के दूसरी ओर डॉक्टर झुका हुआ कुछ कर रहा था। मैंने गौर से देखा, वह बड़ी तन्मयता से कुछ बटोरता हुआ, रूमाल में रखता जा रहा था।

और उसका चेहरा स्याह था। किसी चिथड़ा बादल के टुकड़े की तरह। यह क्या? यह कंकड़ क्यों बीनने लगा? तो क्या यह पागल हो गया? सचमुच!

मेरे भीतर तो चक्की चल पड़ी, दगड़...दगड़...दगड़...दगड़...और फिर कहीं से आकर एक हथौड़ा-सा बजा—द न् न् न् न् न्...न!

इतने में डॉक्टर पास आया, तो मैं तेजी से सोचने लगा, इससे किस तरह बात की जाए? यानी कितना डिस्टेंस रखकर।

मगर डॉक्टर तो डॉक्टर था। एकदम पास सरक आया। आँखों में सतर्क चौकन्नापन।

"साहब, ये देखिए, ये...देख रहे हैं न आप? ये क्या चीजें हैं भला...?" कहकर उसने झट से रूमाल खोला।

जैसे कोई जादू का खेल हो रहा हो।

मैंने देखा, पंद्रह-बीस कीलें थीं, छोटी-बड़ी।

कीलें!...यकीन मानें आप।

मैं चकित होकर उसका मुँह देखने लगा। तो क्या यह शख्स सड़क पर झुका हुआ कीलें ही इकट्‌ठी कर रहा था। मगर क्यों?

"रोज यहाँ इतनी गाड़ियाँ बर्स्ट होती हैं...साइकिल-स्कूटर पंक्चर हो जाते हैं। क्यों? कभी सोचा है आपने?" मेरे सवाल की ठीक बगल में उसका यह सवाल आकर बैठ गया था। अब उसकी उत्तेजना को फिर बात करने के लिए रास्ता मिल गया है, "ये बताइए साहब, कि सफाई का महत्त्व हम लोग कब समझ पाएँगे। क्या हम लोग अपना काम करते हैं पूरी ईमानदारी से? चलिए, सफाई कर्मचारी तो नाम मात्र के हैं, मेहतर नहीं आता समय से—तो क्या हम कुछ नहीं कर सकते? अगर हर कोई अपने घर के आगे का हिस्सा साफ रखे तो गंदगी कहाँ रह जाएगी? मगर हम तो ऐसे मनहूस हैं कि हमारा घर चमकता रहे, बाहर चाहे कूड़े के ढेर विराजमान रहें।...अच्छा बताइए, यह साइकिल, स्कूटर जो यहाँ अभी-अभी खामख्वाह पंक्चर हो गया होता, यह तो किसी का भी हो सकता है न साहब? यह मेरा सोचना है। वैसे आप देखें। आप अखबारवाले तो हमेशा मौलिक आइडियाज ही लाते हैं।"

मैं मुसकरा भर दिया—कहा कुछ नहीं, तो उसे लगा जैसे किसी ने थाप लगा दी हो। वह एक दूसरे बिंदु पर फिसल गया, "अच्छा, एक बात बताइए, यह जो सेल्फ डिसिप्लिन है जिसे क्या कहते हैं हिंदीवाले? आत्मानुशासन—ठीक है न! तो वह आत्मानुशासन कहाँ है हमारे देश में? हर कोई दूसरे का

फायदा उठा रहा है। हर कोई दूसरे का इस्तेमाल कर रहा है, और यह सिर्फ बाहर नहीं, अब तो घर में भी होने लगा है। तो क्या ये मौरेल वेल्यूज हैं हमारे मुल्क की जिनका दुनिया भर में डंका पिटता है? मुझे तो लगता है, सिरे से ही गड़बड़ है। चीजें क्यों नहीं सुलझतीं, समस्याएँ क्यों बढ़ती जा रही हैं? क्योंकि कोई दूर नहीं करना चाहता, इच्छा ही नहीं है। कई बार लगता है, गुलाम देश में हम आजाद थे। आजादी ने हमें गुलाम बना दिया··· !''

''पापाजी, अब बस भी करिए।'' बड़े लड़के ने जो ऊबा हुआ देर से सुन रहा था, अचानक बीच में टोका, ''एक बॉटल दे दीजिए इन साहब को। कितनी देर से तो खड़े हैं।'' और उसने खुद को तत्क्षण किसी महिला को कार्डीगन दिखाने में व्यस्त कर लिया।

इस हिंस्र हमले में डॉक्टर अकबका गया। अब आजादी और गुलामी के बड़े-बड़े संदर्भों को छूनेवाले डॉक्टर के चेहरे पर रिरियाहट थी। वह आजादी और गुलामी के कौन-कौन से भेद खोल गई, क्या उसे कभी शब्दों में कह पाऊँगा?

इसके बाद महीनों गुजर गए। हम लोग डॉक्टर की शक्ल देखने को तरस गए। उसकी बातें गहरी गूँज-अनगूँज बनाती हुई सिर पर चक्कर काटती सी लगती थीं और सवाल पूछती थीं, पर जवाब नदारद।

लेकिन चिंता तो थी ही।

''हमें पता तो करना चाहिए, चाहे जैसी भी स्थिति हो।'' मैंने पत्नी से कहा।

उधर मन में तरह-तरह के खयाल आ रहे थे। पता नहीं, कैसी व्यूह-रचना हुई हो और उसमें उलझा-फँसा रह गया हो वह। मुझे महाभारत के अकेले अभिमन्यु और सात-सात महारथियों की कथा याद आ रही थी। और किसने कहा कि औरत महारथी नहीं हो सकती, कम-से-कम आज के जमाने में? और वह पत्नी भी हो, तो क्या?

पत्नी मेरे स्वर के गीले-गीलेपन को जैसे समझ गई। बोली, ''कल मैं मिसेज सोनी से पता करके बताऊँगी।''

अगले दिन पत्नी ऋचा को छोड़कर आ रही थी कि तभी मिसेज सोनी से उसकी मुलाकात हुई। अब वही रोज सुबह-सुबह डॉक्टर की जगह दुकान पर आने लगी थी। लौटकर पत्नी ने बताया, ''मैंने पूछा तो था मिसेज सोनी से, वह बोली कि तबीयत ठीक नहीं है उनकी। घर पर आराम कर रहे हैं, पर···मुझे तो

यकीन नहीं होता।''

फिर एक बार शाम के समय हम लोग सपरिवार दुकान पर पहुँच गए, कुछ पेंसिलें खरीदने के बहाने। हालाँकि भीतर उथल-पुथल तो वही मची थी।

''डॉक्टर साब नहीं नजर आ रहे, क्या बात है?'' मैंने यों ही हवा में सवाल उछाला।

लड़के चुप थे। और उनकी चुप्पी सायास ज्यादा लग रही थी। जवाब मिसेज सोनी ने ही दिया, अपने स्वर को यथासंभव सहज रखते हुए, ''अब उनसे नहीं होता भाईसाहब, तो मैंने कहा कि आप आराम करिए, हम लोग हैं ही करने को। तबीयत भी कुछ ठीक नहीं रहती उनकी।''

''तबीयत?···क्यों क्या हुआ?'' मैंने बात पकड़ी।

''ऐसे ही, कुछ ढीले से रहते हैं।'' कहकर मिसेज सोनी ने चतुराई से बात समेट ली।

हम लौट आए, लेकिन एक उधेड़बुन थी जो खत्म होने का नाम ही नहीं लेती थी। मेरे सारे विषय जैसे खत्म हो गए। ऑफिस से घर आते ही पहला सवाल होता, कुछ पता चला डॉक्टर का? रात में उसी की बातें। सुबह दफ्तर जाने से पहले कमजोर सा अनुरोध, ''जरा पता करना, अगर मालूम पड़ता हो किसी से तो···!''

अब पत्नी के नाराज होने की बारी थी, ''इसीलिए तो कुछ बताती नहीं हूँ तुम्हें। इस कदर इनवाल्व हो जाते हो कि···''

लेकिन अंदर ही अंदर वह मेरी हालत समझ रही थी। बोली, ''अच्छा, करूँगी कोशिश!'' और उसने की भी। सोनी के पड़ोस में मिसेज मेहता रहती थीं। टीचर थीं, मॉडल स्कूल में। थोड़ा-बहुत परिचय था। उन्हीं से संपर्क साधा। मिसेज मेहता ने बताया, ''मैं खुद सोच रही थी, कई दिन से। कुछ गड़बड़ है। डॉक्टर तो सारे-सारे दिन सोता रहता है। कोई आवाज तक नहीं···''

''पहले भी कभी ऐसा हुआ क्या?'' मैंने पूछा।

''नहीं, पहले तो ऐसा कभी नहीं हुआ। हाँ, एक दिन मिसेज सोनी की आवाज आई थी। डाँट रही थी डाक्टर को कि ज्यादा बड़-बड़ की तो बेहोशी का इंजेक्शन लगवा देंगे। फिर पड़े रहना सारे दिन! तब से यही हाल है। डॉक्टर थोड़ी देर चीखता-चिल्लाता है, प्रतिरोध करता है—फिर इंजेक्शन के असर में सो जाता है।''

''लेकिन यह तो ठीक नहीं है। इससे उसकी जान के लिए खतरा हो सकता

है। अजीब बात है, परिवारवाले हैं कि दुश्मन···?''

''वो तो इंतजार में हैं कि मरे तो खलासी हो।'' मिसेज मेहता बोलीं।

''लेकिन···लेकिन उसका कसूर क्या है?'' मैं बदहवास सा खुद से ही यह सवाल पूछ रहा था। और जवाब नदारद था, ठीक वैसे ही जैसे डॉक्टर के सवालों के जवाब अकसर नदारद होते थे।

और यह 'लेकिन' बड़ा होता गया। इस कदर कि लगा, मैं खुद इसके घेरे में आ गया हूँ। क्या मैं एक भले आदमी के लिए कुछ नहीं कर सकता, कुछ भी नहीं? एक आदमी—जिसे जान–बूझकर पागल बनाने पर जुट गए हैं उसके घरवाले, क्योंकि वह सोचता है, अपने ढंग से सोचता है। और उसके सोचने और जीने की अपनी शैली है। कैसा वक्त आ गया है? क्या केवल नपी–तुली मुसकानोंवाले मशीनी आदमी ही जाएँगे इक्कीसवीं सदी में और सारे जिंदा आदमी पागलखाने जाएँगे? वहाँ होगा इलाज उनका?

इन दिनों पत्नी भी बहुत भन्नाई हुई रहती थी। मिसेज सोनी की शक्ल तक से नफरत हो गई थी उसे, ''कुतिया···! और किसे कहते हैं कुतिया! जो अपने पति तक के साथ धोखा कर सकती है। और मैं कहती थी न, मैंने खुद देखा है, अब लड़के अपनी माँ को डाँट देते हैं। बड़ावाला परसों ही डाँट रहा था कि मम्मी, आपको समझ नहीं है कि चीजें कैसे रखनी चाहिए तो हाथ मत लगाया करो अलमारी को! यही होना था इसके साथ। और अभी तो शुरुआत है, देखना आगे–आगे···!''

पर चिंता तो डॉक्टर की थी। पत्नी ने मिसेज मेहता से बात की। मिसेज मेहता ने मिस्टर मेहता से। आखिर तय हुआ कि कुछ करते हैं।

एक दिन हम लोग सुबह–सुबह पहुँच गए तो मिसेज सोनी हक्की–बक्की। लड़के दुकान पर गए हुए थे।

''क्या हालचाल है डाक्साब का?'' पूछते हुए हम लोग भीतर आ गए।

''यों ही जरा ढीले से रहते हैं।'' कहकर मिसेज सोनी बात पलटतीं, तब तक हम भीतरवाले कमरे में पहुँच गए थे जहाँ डॉक्टर लेटा हुआ था। और ठीक–ठाक था। कम–से–कम न दवाइयों की गंध थी और न ऐसा वातावरण जो बीमार आदमी के आस–पास होता था।

मिसेज सोनी को इस हमले की उम्मीद न थी। बदहवासी में उन्हें बात बदलनी पड़ी थी, ''सच बात तो यह है कि भाईसाहब, इनका दिमाग चल गया है। घरवालों को तो तंग करते ही हैं। दूसरों को तंग न करें, इसलिए···''

"तो क्या बेहोशी के इंजेक्शन लगवा रहे हैं?" मिस्टर मेहता ने पूछ लिया।

मिसेज सोनी चुप। चेहरा तमतमाया हुआ।

"पर यह तो कोई इलाज न हुआ। आप डॉक्टर को दिखा सकती हैं, मानसिक चिकित्सा भी हो सकती है आजकल तो..." मैंने बात बढ़ाई।

"हो तो सब जाता है भाईसाहब, पर कौन कराए? लड़कों को तो आप जानते हैं, दुकान पर फुरसत नहीं है!" मिसेज सोनी अब अपनी मजबूरियों का बखान करने लगी थी।

और मैं सोच रहा था, निर्लज्जता जब फटती है तो उसकी सड़ाँध झेल पाना कितना मुश्किल...

"ठीक है, कल मैं लिए जाऊँगा। जी.बी. पंत हॉस्पीटल में मेरे एक डॉक्टर परिचित हैं। वहाँ दिखा दूँगा।" मैंने गंभीरता का कवच पहन लिया।

अब मिसेज सोनी कुछ-कुछ लाचार नजर आ रही थीं।

डॉक्टर सो रहा था। उसे उठाना बेकार था। हम लोग चले आए।

अगले दिन डॉक्टर को मैं साथ ले गया। मेरे मित्र नीलमणि ठाकुर ने जो मानसिक चिकित्सक हैं, ठीक से देखा और कहा, "कुछ नहीं, थोड़ा नर्वस डिसऑर्डर है। ज्यादा तनाव से हो जाता है। कोई चिंता की बात नहीं। दवाएँ लिख दी हैं, देते रहिए। जो मन में आए खाएँ, चलें-फिरें। ज्यादा स्ट्रेस न लें, बस।"

नीलमणि ठाकुर ने मुझे अलग बुलाकर एक बात और बताई जो उसने खोद-खोदकर डॉक्टर से पूछ ली थी। वह यह कि पी.एफ. का पैसा निकलवाने के लिए बड़े लड़के ने डॉक्टर को छड़ों से पीटा था। छोटे लड़के और मिसेज सोनी ने हाथ-पैर कसकर पकड़ रखे थे। डॉक्टर उस वक्त इस कदर भौचक्का रह गया था कि चीख तक नहीं पाया। कई दिनों तक यों ही लानत-मलानत चलती रही और मिसेज सोनी का पत्थर चेहरा हर बार घुड़कता, "चुपचाप, वरना...!" लड़के अलग घूरते रहते। डॉक्टर को भयानक सदमा पहुँचा, जैसे अच्छे-बुरे, स्याह-सफेद सभी चित्रों के एक-दूसरे में गड्डमड्ड होने के बाद शायद होता हो। पर भीतर कहीं कोई चेतावनी दे रहा था, "खबरदार, डॉक्टर! पी.एफ. का पैसा नहीं देना। जो इस समय तेरे साथ जानवर की तरह पेश आ रहे हैं, वे बाद में तो...! तब तो तू भिखारी हो चुका होगा डॉक्टर। और भिखारी को कौन पूछता है, चाहे वह पिता हो, पति हो, कोई भी!"

अब मेरी समझ में कुछ-कुछ आ गया था, डॉक्टर की यह स्थिति कैसे

बनी और आगे मेरी भूमिका क्या होगी।

मैंने डॉक्टर को घर छोड़ा। मिसेज सोनी से कहा, ''यह बिलकुल ठीक-ठाक हैं। बस, मन बदलाव की जरूरत है। कल से मैं रोजाना सुबह-शाम आ जाया करूँगा।''

मेरे आखिरी शब्दों का धमकी जैसा असर हुआ मिसेज सोनी पर। आस-पास के लोग सब जान गए हैं, कहीं यह आशंका भी थी। अब वह पति-भक्ति का नाटक कर रही थी। दवा मैंने डॉक्टर को पकड़ाई और चला आया।

दस-पंद्रह दिनों से ऐसा हुआ कि जब भी मौका मिलता, मैं डॉक्टर के घर पहुँच जाता हूँ। डॉक्टर भी जैसे मेरा इंतजार ही कर रहा होता है। खूब बोलता-बतियाता रहता है, विषय चाहे कद्दू की भाजी हो या नए रूस के निर्माण में गोर्बाचौफ की भूमिका। मिसेज सोनी को जाहिरा तौर पर कोई परेशानी नहीं है, लेकिन उसके माथे पर बराबर सलवटें पड़ी रहती हैं। डॉक्टर के बेटे कतराते हुए निकल जाते हैं। अकसर सामने नहीं पड़ते।

डॉक्टर ने अपनी अलग दुकान जमाने का फैसला कर लिया हैं। एक परिवर्तन उसमें और हुआ है, वह खूब बोलता है और फटकारती हुई भाषा में अपनी बात कहता है, खासकर मिसेज सोनी को। और खीजकर ही सही, मिसेज सोनी और लड़के इस परिवर्तन को स्वीकार करने के लिए खुद को तैयार कर रहे हैं।

मैं सोचता हूँ, अब रोज न भी जाऊँ तो भी चलेगा। रोशनी जब खंजर की तरह तीखी हो जाए, तो डरना तो अँधेरे को चाहिए।

मुझे कल्पना में डॉक्टर फिर छोटे-छोटे स्कूली बच्चों से खेलता नजर आने लगा है, ''अले बेटा, तुमाला नाम क्या है···अंकल को विश नहीं करोगे? तुमाला डेट ऑफ बर्थ···?''

□

टूटे कपों का कोरस

आज सुबह से ही सुमि के पाँव जमीन पर नहीं पड़ रहे हैं। खुशी की एक हिलोर-सी उसे उड़ाए लिए जा रही है। कमरा करीने से व्यवस्थित करते हुए अचानक उसके होंठों पर एक अस्फुट मुसकान आ गई है।

आज पहली बार अमित भैया उसके घर आ आ रहे हैं। दो दिन पहले ही उनकी चिट्ठी आई थी, जिसमें उन्होंने अपने दिल्ली के टूर की सूचना दी थी। फैक्टरी के किसी काम से वे कुछ दिनों से दिल्ली में ही रुके हुए हैं। वहीं से गुड़गाँव आ जाएँगे।...बस थोड़ी देर ही रुकेंगे। सुमि और देवेश से मिलकर लौट जाएँगे।

चिट्ठी के औपचारिक अक्षरों ने उसे कुछ धक्का-सा पहुँचाया।...और एकाएक पुराने दिनों में लौट गई वह।

उसे याद आया, शादी से पहले अमित भैया कितना प्यार करते थे उसे। हर वक्त, उनके होठों पर सुमि का नाम रहता था, 'सुमि, यह लाओ! सुमि, वह बनाकर लाओ! सुमि, जरा अपनी पेंटिंग्स तो दिखाना। भई, पूरी कलाकार हो गई तुम तो, देखना एक दिन... !'

पर शादी के बाद इन सात-साठ महीनों में ही क्या कुछ नहीं बदल गया। भैया ही नहीं, माँ और पिताजी के लिए भी अब वह पहलेवाली सुमि नहीं रही। सबकी निगाहें एकाएक बदल गईं। और जहाँ प्यार था, वहाँ संदेह की काली, सर्पिल घटाएँ जैसे फुफकारने लगी थीं। संदेह की एक जाली के नीचे सब धुँधला गया। जैसे अब वह इस घर की बेटी न होकर कोई और हो गई है, जिससे बस एक तटस्थ, औपचारिकता का निर्वाह कर दिया जाता है। जैसे दूर-दराज के रिश्तेदारों से...या अचानक मिल गए परिचितों, अपरिचितों से।...और बस!

: 2 :

तो भी···भैया आ रहे हैं, और पहली बार आ रहे हैं। क्या भैया का आना इस बात का गवाह नहीं कि उन्होंने उसे माफ कर दिया है और उसके फैसले को पहली बार मन से स्वीकृति दी है।

भैया के आने पर वह क्या-क्या बनाए, किस तरह उत्साह और उमंगों से उनका स्वागत करे? भले ही उसकी आर्थिक हालत अच्छी नहीं है, भले ही, लेकिन···! हर बार प्रश्न के साथ मन में एक नई उत्फुल्ल लहर। लहर पर लहर। यही सब सोचकर सुबह से वह घर के भीतर और बाहर बीसियों चक्कर लगा चुकी है। उसे लगा कि वह पहलेवाली सुमि होती जा रही है।

सुबह देवेश से कहकर उसने कुछ जरूरी सामान मँगवा लिया था, "देव, भैया आ रहे हैं, सो कुछ तो खास बनना ही चाहिए। दो-तीन तरह की सब्जियाँ ले आना। कुछ सेब और केले भी, फ्रूट चाट बना लूँगी। और सुनो, कोई अच्छी सी मिठाई भी ले आना! भैया कलाकंद के शौकीन···!"

देवेश ने एक चुप नजर उसे देखा था, कुछ सोचते हुए। फिर मुसकराते हुए चला गया था।

फल, सब्जियाँ और मीठा···! गुलाबजामुन और कलाकंद ही नहीं, बजाज स्वीट्स से ताजा बनी इमरतियाँ भी। जितना कुछ उसने कहा था, देवेश उससे ज्यादा ही ले आया था। तो भी उस टोकरी को देखकर कहीं-न-कहीं एक खालीपन सा उसकी आँखों में आ गया था। क्या भैया ये पसंद करेंगे? भैया को मटर-पनीर की सब्जी बहुत पसंद है, पर कैसे वह देवेश को मटर और पनीर खरीदकर लाने को कहती? मटर आजकल सत्तर-अस्सी रुपए किलो से कम नहीं हैं और पनीर खरीदना तो और भी मुश्किल है महीने के इस आखिरी हफ्ते में। आखिर देवेश की तनख्वाह ही कितनी है, कुल आठ हजार रुपए महीना।

कुल आठ हजार···!

खूब फाइव स्टार सुविधाओं और शान-शौकत से रहने के आदी उसके भैया यहाँ ढेर से अभावों और महज आठ हजार रुपए की बँधी-बँधाई तनख्वाह के बीच चल रही किसी आँखमिचौनी जैसे उसकी गृहस्थी को देखकर कैसा महसूस करेंगे? सोचकर अज्ञात संकोच से वह जड़-सी हो गई थी।

हठात इन खयालों से पिंड छुड़ाकर उसने कमरे की सफाई कर लेनी चाही। अलमारियों को झाड़-पोंछकर अखबार बिछा दिए। सामने की अलमारी में उसने कपड़े ठीक से तह करके रख दिए, ताकि बेढंगे न लगें। बीच में अपना

और देवेश का फोटो रखकर उसने घर की दूसरी चीजें भी अलमारी में ढंग से जमा दीं। अलमारी में ऊपरवाले खाने में देवेश की किताबें और पत्रिकाएँ करीने से लगा दीं।

कमरे के एक कोने में ही बनी रसोई को भी खूब चमकाकर साफ और व्यवस्थित कर लिया। फिर उसकी निगाह कमरे के उस कोने की ओर गई, जहाँ कुछ दवा की शीशियाँ, डब्बे, अखबार और कपड़े की छोटी-छोटी गठरियाँ पड़ी थीं। उनमें घर के रोजमर्रा के इस्तेमाल की कुछ चीजें थीं। इन्हें रखने के लिए कमरे में कोई और अलमारी नहीं थी, इसलिए ये चीजें एक कोने में पड़ी रहती थीं। उसने झटपट वे डब्बे वगैरह उठाकर चारपाई के नीचे सरका दिए। फिर उस जगह को कपड़े से झाड़-पोंछ दिया।

अब उसने कमरे पर एक आलोचनात्मक नजर डाली। कमरा पहले की तुलना में वाकई कुछ अच्छा लगने लगा था। फिर भी कुल मिलाकर कितना साधारण था यह। दरिद्रता की छाया जैसे छिप नहीं रही थी। जगह-जगह से अभाव और गरीबी की मैली, बदरंग रेखाएँ झाँक रही थीं।

सामने मैले, जर्जर स्टूल को देखकर उसका जी खराब हो आया। उसने जल्दी से वह स्टूल कोने में सरकाया और पड़ोस की रमाजी से उनकी सनमाइकावाली महँगी मेज माँग लाई। अभी तक वह स्टूल से ही जैसे-तैसे काम चला रही थी। देवेश ने कहा था कि अगली तनख्वाह मिलते ही वह एक अच्छी सी मेज लेकर आएगा। पर भैया के सामने वह यह हिलता हुआ, खड़खड़िया स्टूल भला कैसे रख सकती थी? कहीं उनकी तीखी, व्यंग्यात्मक नजरें··· !

: 3 :

अचानक उसके सामने दरिद्रता की इन परतों को फाड़ता हुआ किसी चकाचौंध की तरह उस घर का नक्शा आ गया जिसे शादी से पहले वह गर्वपूर्वक 'अपना घर' कहा करती थी, और जहाँ की शानशौकत और सुविधाओं की वह अभ्यस्त हो चुकी थी। उसके पापा ने आगरा के नई राजामंडी इलाके में चार कमरोंवाली खूबसूरत कोठी खरीदी थी, तब आस-पास कोई मकान उतना आलीशान नहीं था। और फिर महँगा और बड़ावाला फ्रिज, शानदार टेलीविजन सेट, कंटेसा कार···सभी चीजें एक के बाद एक आती गई थीं। पापा का व्यापार तेजी से बढ़ता जा रहा था, इसलिए घर में किसी चीज की कमी नहीं थी।

उस आलीशान फ्लैट की तुलना में उसका यह घर, बल्कि एक छोटा कमरा जिसे वह घर कहती है, माचिस की अधजली, बेकार तीलियों की तरह लगता था। हालाँकि उसने देव से कभी किसी दु:ख, किसी अभाव की शिकायत नहीं की थी। पर क्या वह इस घर और इन हालात को कभी पूरे मन से स्वीकार कर सकी थी?

उसे लगा कि वह ऐसे ही सोचती रही तो उसकी आँखों में आँसू छलछला आएँगे। नहीं, आँसू नहीं आने चाहिए। 'अच्छा बुरा जैसा भी है, आखिर यह घर मेरा है।' उसने खुद को समझाने की एक और कोशिश की, 'और फिर यहाँ प्यार है, देवेश का प्यार, जो मेरे लिए सबसे ज्यादा कीमती है। मेरे और देवेश के दिल में जो प्यार की इमारत है, जो सपना है, उसके आगे ये अभाव कुछ नहीं हैं, कुछ भी नहीं! फिर खुद मैंने ही तो देवेश को चुना है। उसकी फक्कड़ मस्ती और अभावों के बीच खिलखिलाते प्यार को···!'

उसे याद आया, जब उसने पहली बार कॉलेज के एनुअल फंक्शन में देवेश को कविता-पाठ करते देखा था, तो वह किस कदर सम्मोहित-सी हो उठी थी। उसके उलझे हुए घुँघराले बालों और गहरी उदास आँखों के समंदर में वह खो गई थी। हालाँकि देवेश की कविता कतई रोमांटिक नहीं थी। उसमें आज के वक्त की कड़वी सच्चाइयाँ थीं जिन्हें कहना खतरनाक था, तकलीफदेह भी।

जितनी देर देवेश कविता पढ़ता रहा था, वह उसके होठों से झरनेवाले शब्दों और उन शब्दों के अर्थ से बेपरवाह भावनाओं की नील झील में डूबती-इतराती रही थी। पता नहीं क्यों उसे लगा था, 'काश, मैं इन आँखों की उदासी दूर कर पाती और इनमें ढेर सारी खुशियाँ भर देती!'

कार्यक्रम के बाद वह अपनी प्यारी सहेली सुहासिनी के साथ देवेश के पास गई थी। पर उसके पास आकर कुछ अचकचा-सी गई थी। तब सुहासिनी ने ही हँसते हुए 'अब बोल न, क्या कहना चाहती है!' कहकर उसे उबारा था। हालाँकि थोड़ी देर के लिए शर्म से उसके कानों की लवें तक लाल हो गई थीं। हलके से संकोच के साथ उसने अटपटे ढंग से देवेश की कविता और कविता पढ़ने के ढंग की तारीफ की थी। फिर कहा, ''क्लास में आपको अकसर शांत, गुमसुम, कुछ सोचते हुए से देखा था। लगता था कि आप जरूर कुछ लिखते होंगे। पर आप इतना अच्छा लिखते हैं और इतना अच्छा पढ़ते हैं कि···''

आगे कुछ कहना उसके के लिए संभव नहीं था। और शायद उसके गालों पर तेजी से फैलती लालिमा ने आगे की बात पूरी की थी।

पर देवेश पर इस तारीफ का शायद कोई खास असर नहीं हुआ था। हाँ, जवाब में उसने एक भरी-भरी सी, चुप्पा निगाह उस पर डाली थी। कितनी सादा, कितनी अर्थपूर्ण और स्नेहिल थी वह निगाह। कहीं कोई बनावट नहीं, काई दुराव नहीं। और जो शायद कह रही थी, 'तो क्या तुम मेरा साथ दोगी जिंदगी भर के लिए? मन और संपूर्ण व्यक्तित्व की माँग पूरी करने के लिए, सहयात्री बनकर! तैयार हो? या फिर केवल ऊपर-ऊपर के ही शब्द?…लिप सर्विस!'

और देवेश का यही बेबनाव रूप उसे उसके करीब ले आया था। इतने करीब जहाँ आकर शायद प्यार के साथ-साथ जीवन के नए-नए सूक्ष्मतर अर्थ खुलने, जगमगाने लगते हैं। नई से नई छवियाँ।

एम.ए. करने के बाद दोनों ने एक साथ रिसर्च का काम शुरू कर दिया था। दोनों के शोध-प्रबंध का विषय भी आधुनिक साहित्य और उसके सामने दरपेश चुनौतियों को ही लेकर था। इसलिए दोनों अपने-अपने विषयों पर आपस में खूब विचार-विमर्श करते थे। और हर बार उनकी बात यहाँ आकर खत्म होती कि आज की कविता-कहानियाँ हों या उपन्यास, वे आम आदमी की जिंदगी के कितने पास आ गए हैं। यह इस सदी का शायद सबसे बड़ा आश्चर्य है!

कुछ दिनों बाद देवेश को आर्थिक तंगी के कारण एक स्कूल में नौकरी कर लेनी पड़ी थी। इसके बावजूद वे पहले की तरह मिलते रहे थे। देवेश स्कूल से यूनिवर्सिटी आता और यूनिवर्सिटी के खुले लान में वे साथ-साथ चाय पीते हुए बातें किया करते थे।

कितना कुछ उनके पास कहने के लिए था जिसे कहकर वे एक अजानी तृप्ति से भर उठते थे। पर जितना वे कहते, उससे ज्यादा चाय के प्याले और निगाहों की खामोशी के बीच छूट जाता था। इस बीच हर तरह का फासला खत्म करके उनके मन मिल जाने के लिए कसमसा उठते थे। पर वे विवश थे और इंतजार कर रहे थे कि रिसर्च खत्म होने के बाद कहीं कोई अच्छी नौकरी मिले। फिर वे अपना एक छोटा सा घर बना लें, अपने सपनों को खूबसूरत आकार दें।

पर एक दिन सुमि आते ही फूट-फूटकर रो पड़ी थी, "देवेश, ऐसे कब तक चलेगा? अब और बरदाश्त नहीं होता!"

"क्यों, क्या हुआ?" देवेश हक्का-बक्का रह गया था।

"देव, घरवाले मेरी शादी की बात चला रहे हैं। अभी तक मैं इनकार करती रही हूँ, पर अब…! अब करीब-करीब तय हो गया है। परसों वे लोग

मुझे देखने आ रहे हैं। लड़का इंजीनियर है। घरवाले कहते हैं कि इससे अच्छा लड़का नहीं मिल पाएगा, शादी इसी से करनी है!'

देवेश यह सुनकर किसी पत्थर की मूर्ति की तरह निर्वाक, जड़-सा रह गया था। वह क्या कहे, क्या नहीं, समझ नहीं पा रहा था।

"तो क्या तुम्हें भी वह···?" उसने पता नहीं क्या कहना चाहा था।

पर सुमि सब समझ गई थी, "क्या बात करते हो, देवेश? मेरा तो विवाह बहुत पहले हो चुका है—तुमसे। जब सिद्धि सरोवर के जल को साक्षी मानकर हमने साथ-साथ शपथ खाई थी, कभी अलग न होने की। उस जगह अब कोई और नहीं आ सकता। मैं मर जाऊँगी, पर यह नहीं होगा—कभी नहीं!" वह देवेश के कंधों पर सिर रखकर सिसकने लगी थी।

आखिर दोनों ने कोर्ट मैरिज का फैसला किया था। यह एक छोटी-मोटी प्रलय थी। भारी विरोध और उथल-पुथल। याद करो तो सिर अब भी चकराने लगता है। दोनों के घरवालों ने भी हारकर स्वीकृति दे दी थी, पर आधे-अधूरे मन से।

यों मुश्किल सुमि के घरवालों की तरफ से ज्यादा थी। खासकर पापा तो बुरी तरह नाराज थे। तब उसने पहली बार पापा और अमित भैया की आँखों में नागफनी के काँटे देखे थे, जिन्होंने जैसे अब तक के सारे स्नेह-सूत्रों को छलनी कर दिया था।

और फिर वह एक छोटे, बहुत छोटे से किराए के कमरे में देवेश के साथ रहने लगी थी। देवेश स्कूल से आकर कागजों, किताबों में डूब जाता। रिसर्च के साथ-साथ उसका अपना लेखन भी चल रहा था। वह ग्लोबलाइजेशन के इस जमाने में बेरोजगारी के धक्के खा रहे आज के एक पढ़े-लिखे युवक को केंद्र में रखकर उपन्यास लिख रहा था। बहुत कुछ आत्मकथात्मक उपन्यास, पर उसमें पूरी युवा पीढ़ी का दर्द था। सुमि के शोध-कार्य में वह अपनी ओर से भरसक मदद करने की कोशिश करता था। दोनों रात देर-देर तक रिसर्च के अपने-अपने टॉपिक्स को लेकर डिस्कस करते। और इस बातचीत में काफी अच्छी चीजें सूझतीं।

लिहाजा शादी के बाद के ये दिन उनके लिए बेफिक्री या मौज-मस्ती के नहीं, हाड़-तोड़ मेहनत और कठिन संघर्ष के दिन थे। पर्वत की खड़ी चढ़ाई जैसे। देवेश अपनी मेहनत से अपना घर-संसार बनाना, सँवारना चाहता था।···एक छोटे से साफ-सुथरे घर से बड़ा उसका कोई पारिवारिक सपना नहीं था और

बड़ा आदमी हो जाने की कोई महत्त्वाकांक्षा तो कतई नहीं। इसलिए किसी की सिफारिश से कोई बड़ी नौकरी लेने की बात उसने कभी सोची तक नहीं।

अपने उस छोटे से घर-संसार में वे दोनों खुश थे। पर कहीं-न-कहीं, किसी-न-किसी क्षण वह जैसे उससे अलग या तटस्थ होकर सोचने लगती तो एक अनजाना तनाव उसमें भर जाता। और वह झल्लाकर जैसे अपने आपसे पूछती—क्यों इस घर को वह पूरी तरह अपना घर नहीं मान पा रही है?

उसने कई बार सोचा कि देवेश जिस तरह अभावों को हँसकर झेल जाता है, वह नहीं कर पाती। शायद उसके मन में अब भी उस पुराने आलीशान और नौकरों-चाकरोंवाले घर के संस्कार बाकी हैं, जो आड़े आ जाते हैं। देवेश हर पल एक दूसरी ही दुनिया में खोया रहता था। यह नए सपनों और विचारों की दुनिया थी। यह नहीं कि वह इस दुनिया से अपरिचित हो, पर वह उसमें इस कदर खो नहीं पाती थी। सच तो यह है कि बचपन से लेकर बड़े होने तक उसने अभावों को कभी जाना ही नहीं। और इसलिए जब उसने देवेश से 'साथ निभाने' का वादा किया था, तो शादी के बाद अचानक आनेवाले इन अभावों की उसने ठीक से कल्पना ही नहीं की थी।

यहाँ तक कि घर में एक छोटा सा कलर टीवी भी नहीं था और उसका मन कई बार मसोसता। पर देवेश अपने छोटे से ट्रांजिस्टर के साथ खुश था। कभी सुमि को उदास देखता तो कह उठता, "जरा देखो तो, हमारा छोटा सा ट्रांजिस्टर कहीं ज्यादा खुशी दे सकता है। कम-से-कम उलटे सीधे और भौंडे धारावाहिक देखने से तो बचे।"

उसके घर में हर काम के लिए अलग-अलग नौकर थे। कार, टेलीविजन, फ्रिज, कूलर, आधुनिकता की किसी भी सुविधा से वह कभी वंचित नहीं रही। यहाँ तक कि खुद सब्जी लाने की बात भी कभी उसके घर में सोची ही नहीं जा सकती थी। पर यहाँ तो सब्जी-दाल ही नहीं, आटा तक खुद पिसवाकर लाना पड़ता था।

यहाँ तक कि एक बार खाना बनाते-बनाते कुकिंग गैस खत्म हो जाने पर वह खुद उसे लेने गई। और कोई तीन-चार मील दूर गैस एजेंसी 'आनंद फ्लेम्स' से रिक्शे पर सिलेंडर को लाने-ले जाने के झंझट और शर्म से वह पानी-पानी सी हो गई। फिर महँगाई इतनी अधिक थी कि देवेश की थोड़ी सी तनख्वाह घर की जरूरतों के सामने मजाक जैसी लगती थी। अभाव मुँह खोले खड़े थे और उनका मुँह चौड़ा होता जा रहा था। और उसकी समझ में नहीं आ

रहा था कि ऐसे में वह करे क्या?

यों उसे देवेश से कोई शिकायत नहीं थी। देवेश ने कभी उसे सुख-सुविधाओं का सब्जबाग नहीं दिखाया, बल्कि वह हर बार उसे समझाता रहा था कि अपने आपको अच्छी तरह तोलकर, परखकर देख लो। मेरे साथ रहने से अभाव और संघर्ष ही साथी होंगे, दुनियावी सुख-सुविधाएँ नहीं।...शायद कभी नहीं।

और देवेश के प्यार में उसने एक क्षण के लिए भी कहीं कोई विचलन या कमी महसूस नहीं की थी। वह आज भी वैसा है, वैसा ही स्नेहिल और स्फूर्तिमय। उसी तरह उसकी ठहाका लगाने और हर मुश्किल को बातों-बातों में हवा में उड़ा देने की आदत है।

तो भी यह क्या है जो उसे असंतोष और तनाव से भर देता है? क्यों उसे अपने घर की दीवारें हिलती हुई नजर आती हैं?...भला क्यों?

: 4 :

'पिऊँ...पिऊँ...पिऊँ...!'

जरूर भैया की कार का म्यूजिकल हॉर्न है। बिलकुल कोयल का सा सुर। वह जल्दी से पैरों में चप्पलें डालकर भागी-भागी बाहर आती है—भैया ही हैं। वह 'भैया...भैया...' कहकर उनसे लिपट जाती है। अमित भैया प्यार से उसके सिर पर हाथ फेरते हैं, "भई, बड़ा चक्कर काटना पड़ा गलियों में। तुमने भी कहाँ कमरा ले रखा है?"

"बस, भैया, जहाँ मिल गया आसानी से। यह तो इन बातों के बारे में ज्यादा कभी सोचते नहीं हैं।" उसने अटकते हुए कहा था।

"और कोई कमी तो नहीं है? तुम लोग ठीक से हो न!" भैया दुलार से पूछते हैं।

"जी।" कहते हुए न चाहे भी उसकी आँखें डबडबा आईं। भैया से उन्हें छिपाने के लिए वह दूसरी ओर देखने लगी थी। उसे लगा था कि वह भैया से आँख नहीं मिला पा रही है।

एक अँधियारे गलियारे को पार करने के बाद कोने के इस छोटे से कमरे को देखकर भैया चौंककर खड़े हो गए थे। जैसे हँफनी चढ़ गई!

"बस, यही एक छोटा सा कमरा है तुम्हारे पास?...बड़ा अँधेरा-सा है। कमरे में कोई ढंग का वेंटिलेटर तक नहीं!" भैया को जैसे वहाँ बैठने में

असुविधा हो रही थी। उसने चुपचाप 'हाँ' में सिर हिला दिया था।

"कोई ज्यादा सामान भी नहीं दिखाई पड़ रहा।" भैया कमरे में हर ओर अपनी आलोचनात्मक निगाहें दौड़ाते हुए बोल रहे थे।

वह क्या कहती? चुप रही। थोड़ी देर बाद जैसे बोलने की कुछ तैयारी करके उसने कहा, "भैया, इनके जीवन के कुछ अपने उसूल हैं। ये कहते हैं कि जितनी कम-से-कम चीजों में गुजारा हो सकता है, करना चाहिए। हम एक गरीब मुल्क के रहनेवाले हैं, जहाँ लोग…"

"जहाँ लोग भूखे और नंगे रहते हैं, यही न? तो फिर सभी भूखे-नंगे रहने लगें क्या? कैसी वाहियात बातें हैं! मैं कहता हूँ कि मुझे ऐसे आदमी कभी अच्छे नहीं लगते, कोरे हवाई! क्या मिला तुम्हें इससे शादी करके? क्या मिला, बोलो, क्या मिला…?" अचानक भैया गरज पड़े थे।

जैसे बहुत समय का उनका जबरन रोका हुआ गुस्सा अब एक साथ सौ बमों की लड़ियों की तरह फट पड़ा हो और…

उसे लगा था कि भैया के क्रोध का विस्फोट इतना ज्यादा है कि उसके छोटे-से घर की दीवारें, खिड़की, दरवाजे थरथरा उठे हैं। जैसे यह घर अभी टूटकर बिखरने हीवाला है।

प्रलय…! फिर एक और प्रलय! उफ, पहली प्रलय तो शादी के तुरंत बाद ही झेलनी पड़ी थी।

तभी अचानक—जादू! किसी जादू-मंतर की तरह उसकी निगाह सामने अपने और देवेश के उस फोटो की ओर गई जिसमें देवेश आँखों में बेहिसाब प्यार लिए उसकी ओर देख रहा है। वह अनथक, उद्दाम प्यार जैसे उसकी दुर्बलता को दूर करके उसे बड़ा बनाता जा रहा है।

उसके चेहरे पर एक क्षण के लिए आहत स्वाभिमान और क्रोध की हलकी सी लाली आई। फिर वह एक अलग किस्म की दृढ़ता में बदल गई। उसने भैया की ओर सीधे देखते हुए एकदम शांत, निष्कंप आवाज में कहा, "पर भैया, मैं यहाँ खुश हूँ, बहुत खुश। मुझे तो कोई शिकायत नहीं है। फिर मैंने तो आपके बड़े, आलीशान घर से अपने लिए कभी किसी चीज की अपेक्षा नहीं की न! आपसे कभी कुछ माँगा तो नहीं? तो फिर…आपको मेरी इंसल्ट करने का हक क्या है?"

भैया को जैसे अचानक अपनी गलती महसूस हुई थी। वे उससे आँख नहीं मिला पा रहे थे। इसलिए अखबार उठाकर वे उस पर नजर दौड़ाने लगे

थे। इस बीच वह चाय बनाकर ले आई। साथ ही अलग-अलग प्लेटों में बिसकुट, नमकीन, कलाकंद···भैया की पसंदीदा मिठाई!

भैया ने अनमने ढंग से चाय का कप उठा लिया है।

: 5 :

इसी बीच मानो आपातकाल में बड़ी राहत की तरह देवेश आ गया। भैया को देखते ही वह बड़े जोश और उत्साह से मिला।

"अरे वाह भैया, आपका आना बड़ा अच्छा लगा। सुमि तो सुबह से इस घर में नाच रही है, जैसे छोटी बच्ची बन गई हो!" उसने हँसते हुए कहा।

उसके खुले और बेबनाव व्यक्तित्व को देखकर भैया का संकोच कुछ कम हो गया। अब वे भी खूब खुलकर हँसते हुए बातें कर रहे थे।

देवेश के लिए वह एक कप चाय बनाकर दे गई है। मेज पर रखे तीनों कप अलग-अलग तरह के हैं। देवेश यह देखकर मजाक कर उठता है, "देखो भैया, हमारा घर बिलकुल हमारे देश की तरह है। यानी अनेकता में एकता···! कोई दो कप एक जैसे नहीं मिलेंगे।"

सुनते ही भैया के साथ-साथ अचानक उसकी भी हँसी छूट जाती है। देवेश के इस प्रफुल्ल और अभावों में भी खिलखिला सकनेवाले स्वाभिमानी चेहरे की एक छवि वह चुपके से आँखों में बंद कर लेती है।

कुछ देर बाद भैया उठे हैं। उसे और देवेश को आशीर्वाद देकर जाने लगे, तो सुमि ने धीरे से हाथ जोड़ दिए।

तभी भैया को अचानक कुछ याद आया। वे बैग खोलकर माँ-पिताजी का भेजा हुआ सोने का हार और चूड़ियाँ निकलते हैं। गुलाबी काँच की पारदर्शी डिबिया में दूर से ही उनकी चमक ध्यान खींचती है। भैया वह डिबिया उसकी ओर धीरे से सरकाते हैं, "लो सुमि, मम्मी ने भेजा है तुम्हारे लिए।"

पर सुमि का साफ इनकार, "नहीं भैया, इन्हें पसंद नहीं।···और इस बार तो मैं ले ही नहीं सकती। जब आप बगैर दया दिखाए मेरे घर आएँगे, तब देखूँगी।"

उसने देखा, भैया के चेहरे का रंग उतर गया है। वे कुछ कहना चाहते हैं, पर कह नहीं पा रहे।

फिर वह और देवेश उन्हें कार तक छोड़ने जाते हैं। कार स्टार्ट कर अब भैया पीछे देख रहे हैं। सुमि ने देखा, उनकी आँखें कुछ गीली हैं या···या शायद···!

पर सुमि कुछ समझ पाती, उससे पहले ही भैया का चेहरा तेजी से घूम गया है।

चलने से पहले उन्होंने सुमि के सिर पर हाथ फेरा था। और शायद कहना चाहा, "सुमि, किसी चीज की जरूरत हो तो बताना···!" पर जाने क्या था सुमि के चेहरे पर कि ये शब्द उनके मुँह से निकल ही नहीं पाए।

पर हाँ, उनके जाते ही सुमि को लगा, अलग-अलग रंग-आकारवाले उसके कप एक साथ मिलकर खिल-खिल हँसे हैं। उस मीठी खिल-खिल में उसे सुनाई दी अपनी ही आवाज, "मैं बहुत सुखी हूँ भैया, मेरी चिंता न करना। और आगे कभी आओ तो मुझ पर दया दिखाने के लिए नहीं, इस घर को घर समझकर आना!"

रात का अँधेरा फिर आया था। काफी काली, स्याह रात। पर उसमें बीच-बीच में कौंध उठते थे अलग-अलग रंग-आकार के कप, एकदम तुकबंदी विहीन। एक अभावों भरी गृहस्थी का सुख।

अचानक उसे लगा, धोने के बाद फर्श पर कोने में रखे गए उन कपों के कान एकाएक किसी जादू से गायब हो गए हैं। और टूटे कानोंवाले वे कप जलतरंग के प्यालों में बदल गए हैं। अभी-अभी उनमें से एक सुरीली जल-तरंग सी फूटी है। मीठी, बहुत ही मीठी—निनादमय!

और अनजाने ही वह मुसकरा दी है।

□

यात्रा कहीं खत्म नहीं होती

गाड़ी चल पड़ी है, और गाड़ी के साथ वह भी। शायद वह नहीं, उसकी देह-मात्र। थकी, खंडित, बोझिल और भीतर की ओर मार करती हुई। लड़ाई से पहले ही पराजित और टूटी हुई देह। पर मन नहीं और मन के भीतर गहरे धँसीं, जोरदार ढंग से अपने होने का एहसास कराती दो आँखें नहीं। वे अभी वहीं हैं, स्टेशन पर।

वे जिन दो और आँखों को देख रही हैं, वे झुकी और उदास हैं। भीतर ही कुछ खोजती, पलटती हुई। कुछ कहना चाहती हैं, पर विवश हैं। शायद वे अपनी बात अपने, बिलकुल अपने ढंग से कहना चाहती हैं। पर इतने लोगों की भीड़ देखकर असमंजस में हैं, हताश और चुप हैं।

गाड़ी चली जा रही है और स्टेशन अब लगभग छूटने को है। वह दरवाजे पर खड़ा होकर बाहर देखने लगता है।···

शुभा अभी भी बेंच पर उसी तरह बैठी है। थकी और उदास। उसका मन बुझने, नहीं—अजीब तरह से सनसनाने लगता है। रक्त के भीतर कुछ जलता हुआ-सा, फट पड़ता-सा!

उसे लगता है, पाँवों के पास अभी कोई काँच का गुलदस्ता टूटा है जिसकी अशुभ, निर्मम आवाज और किरचें शरीर के भीतर रेंगने लगी हैं। काले, डरावने और लहरीले साँपों की तरह।···उसे अपने हाथ, पाँव, सारा शरीर चोटिल महसूस होता है, थरथराता हुआ। उसे लगा कि वह गाड़ी से कूद जाए और शुभा से कह दे कि नहीं, उसे कहीं नहीं जाना। नहीं जाएगा वह घर और न घरवालों की मरजी से इंटरव्यू देने। अब उससे नहीं होता। नहीं देखी जाती रोज-रोज की हार। वह कुछ भी कर लेगा। कोई भी छोटी से छोटी नौकरी करके गुजारा कर लेगा, पर···

पर···स्टेशन छूटता चला जा रहा है और अब शुभा दिखाई नहीं दे रही है। भीतर विवशता, दीनता और प्रतिहिंसा बुरी तरह कोंचती है और वह तिलमिलाने लगता है।

: 2 :

गाड़ी चली जा रही है और गाड़ी के साथ वह। वह रास्ते के तजी से भागते हुए पेड़ों, खेतों, झाड़-झंखाड़, ऊबड़-खाबड़ टीलों और अपनी मस्ती में सही मायनों में आजाद चिड़ियों और गिद्धों पर कसके निगाहें जमाए खड़ा है। पूरी ताकत के साथ, कि जैसे इनमें कुछ मिलेगा जो खो गया है, हँसकर अचानक बिखर गया है। उसका सुख-चैन, उसकी शक्ति, उसकी शांति··· सबकुछ। कितनी कड़वाहट भर गई है उसके भीतर, कितनी बेचैन छटपटाहट? और उसका आक्रोश जो कहीं और टकरा नहीं पाता, लौटकर उसी के टुकड़े-टुकड़े करके बिखेर देना चाहता है, धूल में, हवा में···!

पेड़ों की पत्तियाँ अचानक हिलती हैं और वह बुरी तरह चौंक जाता है। "शुभ···शुभ···!" उसके मुँह से निकलते-निकलते रह जाता है। पेड़ों की हिलती पत्तियों में उसे अभी शुभा दिखाई दी थी। हँसती हुई। हाथ हिलाती हुई। पास आती हुई। और यहाँ—माथे पर, जहाँ उसने छुआ था, उसे अपने बाल उड़ते-सरसराते हुए लगे।

···तो क्या शुभा आई थी यहाँ? यहाँ कैसे!

नहीं, वह तो स्टेशन पर थी। वहाँ भीड़ की नजरों से अपनी उदासी और बेचैनी को बचाती हुई वह उठी होगी और उस लाल शर्ट पहने चालू से दिखनेवाले लड़के से—जो देर से उसे अकेला पाकर घूर रहा था, बचती-बचाती हुई घर गई होगी। घरवालों की नजरों से बचकर बिस्तर तक चली गई होगी। अँधेरे के खिलाफ जलती हुई आँखों से एक अजीब विडंबना को समझने-परखने की कोशिश कर रही होगी।

काश! वह शुभा को अपने साथ घर ले जा सकता। अपना, बिलकुल अपना बनाकर। कहता माँ से कि माँ देखो, देखो इसे, इसमें कोई खोट नहीं है, कोई बनावट नहीं। कोई चालाकी, कोई स्वार्थ नहीं। बिलकुल वैसी है जैसी तुम्हारी दूसरी बहुएँ हैं, दीदी हैं, बल्कि जैसी तुम हो···तुम खुद! और जैसा तुम्हारा यह बेटा है जिसे तुम लाड़ला कहती हो। काश, यह सब स्वप्न न रहता, यह सब हो सकता होता। पर···

पर क्या गलत है इसमें? क्यों नहीं हो सकता यह? कौन इसके लिए जिम्मेदार है? वह सोच नहीं पाता। बस, मनहूसियत के खोल के भीतर लटक जाता है और खुद को उधेड़ने लगता है···

: 3 :

जीवन में कितना लुटा-पिटा, अपमानित हुआ और हारा है वह। कितना कुछ खोया है उसने। कहाँ-कहाँ भटका है, अँधेरी और अँधेरी घाटियों में। विकृतियों के रक्त-मुख प्रेतों के बीच। चारों ओर स्वार्थों की भयानक सड़ाँध महसूस करता हुआ लगातार खत्म होता गया है वह। एक अजीब पथरायापन व्याप्त हो गया है उसके संपूर्ण अस्तित्व में। अकसर वह अपने भीतर एक जहरीला धुआँ महसूस करता है, लगातार फैलता हुआ, जिसने उससे उसके बोध को, 'स्व' को छीन लिया है।

हालाँकि यह ठीक है कि आज वह पहले की तरह अकेला नहीं है। शुभा, उसकी शुभा है उसके साथ। एक-एक क्षण उसके साथ है वह, उसकी असफलताओं और मनोव्यथाओं में सांत्वना देती, धीरज बँधाती हुई। उसकी अंतर्वेदना को जीकर उसे जिंदगी का अर्थ देती हुई। उसने वह सब महसूस किया है, जाना है पहली बार—पूरी कृतज्ञता के साथ। पर अब उसके साथ ऐसी जिम्मेदारी भी तो है जिसे उसने जीवन में पहली बार महसूस किया है—कॅरियर! नहीं तो कॅरियर के बारे में, जीविका के बारे में, अपने निजी घर के बारे में कब सोचा था उसने। सोचता था, मुझे क्या करना है कुछ कमाकर, या···पैसा क्या चीज है मेरे लिए? बस, पढ़ने-लिखने, लोगों को पढ़ाने-समझाने में ही सारी उम्र निकाल दूँगा और दो रोटी का इंतजाम तो कहीं-न-कहीं हो ही जाएगा। इसलिए दुनियादारी का कुछ पता ही नहीं था उसे।

पर अब? अब वह अपने और शुभा के लिए एक छोटा सा घर चाहता है। अब वह अपने भविष्य को नजदीक से देख रहा है। उलझनों के बीच से निकलने और जीने का उसे एक रास्ता दिखाई पड़ने लगा है। ठीक-ठीक महसूस होने लगा कि इस बार टूटा तो टूट जाएगा। फिर कभी सँभल नहीं सकेगा और हमेशा के लिए खत्म हो जाएगा।

···और आज स्टेशन पर शुभा का उदास चेहरा याद करके उसका मन बुरी तरह टूटने लगा है। वह अपनी विवशता और दीनता के बारे में और अधिक कांशस हो गया है। उसने कहाँ लाकर पटक दिया है शुभा को? क्या

इसी रोज-रोज की मानसिक तकलीफ के लिए वह उसे अपनी जिंदगी में लाना चाहता है।

: 4 :

यों आज सुबह तो काफी उत्साहित लग रही थी शुभा। बल्कि वही कुछ ढीला पड़ रहा था, "मुझसे परफॉर्मेंस कुछ ठीक नहीं बनेगा, शुभ। मैं पहले रिसर्च का काम पूरा कर लूँ। फिर इंटरव्यू को ठीक से फेस कर सकूँगा। वैसे भी कुछ भरोसा तो है नहीं। जाने किस-किस की सिफारिशें आई होंगी। कुछ नहीं होगा—बस वही चालाक मुद्राएँ, बोले सवाल। जाना और आना ही है, कोई फायदा नहीं।" उसने तर्क दिया था।

पर शुभा ने उसकी किसी बात को नहीं सुना था। एक ही बात वह बार-बार बदल-बदलकर कहती रही थी, "लेकिन···सोचो तो! हर्ज आखिर क्या है? तुम्हें सिर्फ वहाँ हो आना है। तुम यह सोचो ही नहीं कि तुम्हारा वहाँ सेलेक्शन हो सकता है। उम्मीद लेकर जाओ ही नहीं। तब निराशा नहीं होगी। फिर घरवालों ने कितने आग्रह से लिखा है पत्र। अविनाश, उनका खयाल तो तुम्हें करना चाहिए, अगर मेरा नहीं···"

"तुम्हारा क्यों नहीं? क्या कहती हो शुभ?" वह बेहद संजीदा हो आया था। स्वर काँपने लगा था उसका।

"अरे, मैं तो वैसे ही कह रही थी और तुम···? वाह जी, प्रतिभा-पुरुष!" शुभा अचानक हँस दी थी।

प्रतिभा-पुरुष!···

शुभा के पास उसका मजाक उड़ाने का और प्रशंसा का भी, बस यही एक सटीक संबोधन था।

फिर उसने भी सोचा था कि शायद उसी की बात ठीक हो। शायद वह अपने इंटरव्यू से लोगों को प्रभावित कर सके। शायद बिना सिफारिश के ही सेलेक्शन हो। शायद भाग्य जैसी कोई चीज उसके जीवन में भी हो, शायद कुछ हो ही जाए। और अगर हो जाता है तो···? तो कितना कुछ बदल जाएगा एक क्षण में। मात्र एक क्षण में वह उखड़े हुए पत्थर की जगह आदमी हो जाएगा। जीता-जागता, महसूसता हुआ···और कभी-कभी हँसता हुआ भी। आज की तरह नहीं कि उसका हँसना रोने से भी अधिक दीन और बदतर है।···फिर वह शुभा को साथ लेकर जाएगा। वे विवाह कर लेंगे। उनका एक छोटा सा घर

होगा, उनके अपने सुख और तृप्ति से छलछलाता हुआ।···

और उसने तय किया कि वह जाएगा। इसलिए नहीं कि अब उसे उम्मीद हो आई थी, बल्कि इसलिए कि बाद में अवसर खो देने की ग्लानि और पश्चात्ताप न हो। वह आगरा जाएगा, इंटरव्यू देगा और इसी बहाने घरवालों से और माँ से मिलकर लौट आएगा।

उसने हाँ कर दी थी। और इस 'हाँ' में स्वप्न सँजोने का एक और अवसर हाथ में आता देख, शुभा खुश हो गई थी।

फिर वे पैदल घूमते हुए ब्रह्म सरोवर पर आए थे। वही ब्रह्म सरोवर जिसे खुशनुमा पलों में वहाँ टहलते हुए वे 'शहर का दिल' कहा करते थे।

उसने हौले से शुभा का हाथ पकड़ लिया था। दूर तक वे हाथ पकड़े हुए साथ-साथ चलते जा रहे थे। विचित्र-सी तृप्ति और आत्मगौरव से भरे हुए। सामने सरोवर के पानी पर एक लय में तैरते हुए जलविहगों की क्रीड़ा और गर्व जैसे उनमें सिमट आया हो। फिर उसने अचानक शुभा को पास सटा लिया था। उसका माथा चूम लिया था और···और खड़ा रहा था। फिर जैसे कुछ नहीं रहा था, एक अपार्थिव अस्तित्व-तरंग के सिवा। जैसे जीवन की सारी पहचानें और छवियाँ उसके भीतर व्याप गई हों।

"हम विवाह करेंगे। जरूर करेंगे।···कर लेंगे न?" शुभा ने आवेश में उसके कंधे पकड़कर हिला दिए और जलती हुई आशा से आँखों में झाँका था।

"हाँ!" अंदर की धनीभूत उत्तेजना की वजह से उससे कुछ भी नहीं बोला गया था।

"कोई नहीं रोक सकता हमें, कोई नहीं। कोई बीच में नहीं आ सकता, कोई हमें दूर नहीं कर सकता।"

"तुम्हें भी लगता है न अविनाश···मेरा मतलब है, पूरी तरह से!" शुभा लगभग चिल्ला पड़ी थी।

"हाँ शुभा, हम एक-दूसरे के लिए बने हैं। मैं बहुत भावुक होकर नहीं कह रहा। मैं सोच नहीं पा रहा, लेकिन मैं देख रहा हूँ। मैं देख रहा हूँ कि···हम दो नहीं, एक हैं। हम एक-दूसरे की संपूर्णता हैं, किसी बड़े निमित्त के लिए। सृष्टि का कोई गहरा अर्थ थाहने के लिए हमारा साथ है।" अपनी उत्तेजना पर काबू पाने के लिए उसे बेहद शक्ति लगानी पड़ रही थी।

"यह तुम कह रहे हो, अविनाश तुम—यह ठीक है न? यह सच है न! साक्षी है सूरज, साक्षी है आकाश, साक्षी है जल!" उसने कहा तो लगा जैसे

ऋग्वेद की कोई ऋचा दोहराई हो।

फिर शुभा उसे सरोवर के मध्य बने मंदिर में ले गई थी। वहाँ उसने अविनाश से हाथ जोड़ने के लिए कहा था और खुद आँखें बंद करके थरथराते होंठों से पूजा के कुछ श्लोक पढ़े थे। वह अधमुँदी पलकों से अचानक रहस्यमय हो आए उस वातावरण को देखता रहा।

''कर्पूरगौरं करुणावतारं संसारसारं भुजगेंद्रहारं, सदावसंतं हृदयारविंदे भवम् भवानीसहितं नमामि···!'' लहरों की तरह हिलोरें लेता हुआ एक-एक शब्द उसे कहीं और···कहीं और ले जा रहा था। उसकी आँखें मुँदती चली गई थीं। अचानक वह चौंका था। शुभा उसके पैरों पर झुक आई थी, हाथों से उसके पैरों को छूकर वह अब उन्हें माथे से लगा रही थी। कि···त···ना···छोटा महसूस किया था उसने। इतना बड़ा सम्मान! क्या वह इसके योग्य है?

अचानक दिल में बहुत तेजी से कुछ उमड़ने लगा था, बाहर फूट निकलने के लिए। उसने बहुत रोका, पर आँखें छलछला आईं।

: 5 :

छक्-छक् छक्छक्···छक्छक्छक्···! गाड़ी चल रही है, चलती जा रही है। ऊपर से देखने पर सीधी-सपाट, लेकिन भीतर बेतरतीब अनियंत्रित आवेश दबाए। फौलादी पहियों से वक्त की रीढ़ पर गहरी अग्नि-रेखाएँ खींचती हुई। और इसके साथ तरह-तरह की शक्ल और आकारों के पेड़। खेत। झाड़-झंखाड़। अपनी संवेदना की धुकधुकी छिपाए सपाट टीले और उनके दुःख-दर्द की कथाएँ बाँचती चिड़ियाँ। सब जैसे मिलकर जीवन की अक्षुण्ण कहानी, अनजानी संवेदना को आकार देना चाहते हैं। जैसे किसी एक की वेदना किसी सीमा पर आकर किसी एक की नहीं रह जाती। मनुष्य मात्र की पिघलती हुई संवेदना, कोंचता हुआ सवाल बन जाती है।

—उफ, कितनी मुश्किल से काटे हैं ये दिन उन्होंने? यूनिवर्सिटी के चुस्त, भड़कीले 'लिबासों' की शोख फ्रेंडशिप और फैशनेबल मुसकराहटों के बीच एक जोड़ा उनका भी था। बेहद सादा, सीधा और निरीह। शुभा अकसर किसी साधारण, बदरंग सलवार-कमीज में होती और वह ढीली-ढाली पैंट पर मैला, लंबा-सा कुरता लटकाए साथ-साथ चल रहा होता। अकसर ही सबकी निगाहों में, सबके मजाक भरे स्वर में वे उभरते। कितने अजीब हैं ये? लोगों की निगाहों में एक अजीब-सा व्यंग्य मुसकराता—नागफनी के नुकीले काँटों

की तरह। और वे चप्पलें फटकारते हुए परेशान से गुजर जाते।

शुभा के घर कुछ रुक-रुककर शादी की बातचीत चल पड़ती। विरोध करते-करते वह उद्विग्न और उन्मत्त तक हो जाती। "मुझे नहीं करनी शादी। अभी नहीं करनी!" वह जोरों से प्रतिवाद करती। लेकिन कुछ भी घर पर बता नहीं सकती थी और न उन्हें उसके लिए पति तलाश करने की निरंतर कोशिशों से विरत कर सकती थी। अगले दिन डिपार्टमेंट में आते ही वह फूट-फूटकर रोने लगती। उसे सहारा देते-देते वह खुद बेचैन हो जाता।

वह समझ नहीं पा रहा था, क्या करे, किससे कहे! किस सहारे पर शुरू करे जीवन? एक छोटी और मामूली शुरुआत तक नहीं कर सकता वह। कहीं पैर रखने को भी जगह नहीं। अभावों के प्रचंड आकाश के नीचे सख्त दोपहर में, इतने अंगारे हैं पैरों के नीचे···कि इस झुलसते हुए दाह को अब और बरदाश्त कर पाना नामुकिन है।

लेकिन···रास्ता?

: 6 :

कैंट···! आगरा···आगरा कैंट!!

आगरा कैंट स्टेशन आ गया है। वह खुद को और कंधों पर लटके थैले के बोझ को अनचाहे खींचता हुआ, रिक्शा पर बैठ जाता है। सर्दी की ठिठुरन हड्डियों तक को कँपा रही है। फिर भी थैले से स्वेटर निकालकर पहनने का मन नहीं होता।

घर पहुँचने पर वह अपराधी जैसे भाव से उतरता है रिक्शे से। ऐसा पहले कभी नहीं हुआ। पर आज वह चाहकर भी एक अबूझे द्वंद्व से निकल नहीं पा रहा है। अपने घर आकर भी उसे लग रहा है कि किसी बेगाने घर आया है, दो-तीन दिन रुकने के लिए और यहाँ उसका कोई हक नहीं है। कोई उसे समझनेवाला नहीं है। वह अपनी भाषा बाहर भूल आया है और गूँगा होकर घर में दाखिल हो रहा है। उसकी संवेदनशीलता, स्नेह, समझदारी सभी उसे छोड़कर जड़ बना गए हैं।

उसने दरवाजा खटखटाया। एक बार, फिर दूसरी बार। भीतरवाले कमरे की बत्ती जली है। फिर कदमों की आवाज। जरूर पिताजी ही हैं। दरवाजे के पास आकर वे पूछते हैं, "कौन···?"

"मैं, अविनाश···!" उसे लगा, शब्द उसके गले में फँस गए हैं।

पिताजी दरवाजा खोलते हैं तो वह हड़बड़ाकर पैर छू लेता है। पिताजी

हमेशा की तरह प्रसन्न होकर आशीर्वाद देते हैं। किस गाड़ी से आए हो? कोई तकलीफ तो नहीं हुई? हर बार की तरह पूछते हैं। हर बार की तरह ये सवाल ताजे और जीवंत लगते हैं जिनमें ऊपरी सपाटता के भीतर दिल की गहन ऊष्मा छलछलाती है।···पर इस बार न जाने क्यों उसे कोई जवाब नहीं मिल पा रहा।

माँ पहले की तरह उसे छाती से चिपका लेती हैं, उसका सिर चूमती हैं और देर तक 'हे शुकरे, हे शुकरे' (ईश्वर का शुक्र है!) कहकर उसकी पीठ पर हाथ फेरती हैं। उसे अपने साथ ही भीतर रजाई में लेकर माथा थपथपाने लगती हैं। वह भीतर से पिघलने लगता है—आह! वह माँ तक से कितना कुछ छिपा रहा है, नहीं बता सकता कि···!

वह जोर लगाकर अपने भीतर उमड़ते हुए इस तूफान को तोड़ देना चाहता है। इसलिए आँखें बंद करके सोने की कोशिश करने लगता है। माँ खाना बनाने के लिए उठती हैं, तो वह औपचारिक ढंग से रोकता है, "भूख नहीं है माँ, मथुरा स्टेशन पर पूड़ियाँ खा ली थीं।"

"क्यों?···ए वी कोई गल्ल ए!" माँ डाँटती सी हैं।

फिर रसोईघर में स्टोव जलता है, बरतन खड़कते हैं। पहले की तरह। माँ खाना बनाकर ले आती हैं। खाना खाते-खाते साथ में चाय भी—पहले की ही तरह।

माँ उसकी यह आदत भूली नहीं हैं।

खाने के बीच माँ के ढेरों सवाल। वहाँ किस तरह रहता है, खुश और स्वस्थ रहता है कि नहीं। कपड़े कभी-कभी धो लेता है या नहीं। बाल तब से क्या एक बार भी नहीं बनवाए? नहाता तो रोज है न और आरती भी करता है क्या? चेहरा कैसा पीला पड़ गया है। नाश्ते में क्या लेता है, रोज रात को दूध लेने की उनकी आज्ञा में कोई गड़बड़ी तो नहीं हुई···और इसी तरह की दूसरी चीजें। वह हाँ-हूँ में किसी तरह जवाब देता है।

"के गल्ले ऐ···बिमार रियाँ एँ?" माँ उसकी उदासीनता ताड़ लेती हैं और अंदर तक पहुँचना चाहती हैं—पहले की तरह।

"न···न, बिलकुल ठीक।" वह हँसने की कोशिश करता है। हँस नहीं पाता।

"वाह, बीमार ताँ हैं ईं, मुँह वेख नाँ किवें हो गया है, पीला परत। हुण मैं पूरे महीने जाण नईं देणा। खवा-खवा के तगड़ा बणा के भेजाँगी।" माँ उमड़ते हुए स्नेह से कहती हैं और पास बैठकर माथा दबाने लगती हैं।

वह न जाने कब सो जाता है।

: 7 :

अगले दिन वह इंटरव्यू के लिए गया तो वहाँ पहले से एक लंबी कतार थी। लगभग बीस लोग थे। वह चुपचाप एक कोने में बैठ जाता है और सबके चेहरे पढ़ने की कोशिश करने लगता है। सबके चेहरे जिस ढंग से उड़े हुए और बदरंग हैं, उससे उसे अजीब-सी दहशत, करुणा, दया, पता नहीं क्या-क्या महसूस होता है। कभी वह एकदम नर्वस हो जाता, कभी प्रतियोगिता के भाव से उद्धत और उत्साहित और कभी-कभी हिंसक भी।

कभी लगता, इतने लोग निराश और खाली हाथ लौटेंगे। उनमें वह हो या न हो, क्या फर्क पड़ता है? इनमें हर किसी का एक अपना संपूर्ण संसार है, एक व्यथा, एक निजी दु:ख है, जैसा उसका है। पर एक का दु:ख दूसरे के लिए निरर्थक, उपेक्षणीय! और दुनिया ऐसे ही चलती है।

"अविनाश अरोड़ा···!" उसका नाम बुलाया जाता है और वह खुद को चार-छह चिढ़े हुए, चालाक चेहरों के सामने कुरसी पर बैठा हुआ पाता है।

"अपने जगूड़ी को तो पढ़ा होगा?" उसके रिसर्च का टॉपिक जानकर एक चेहरा इंटरव्यू की टोन में पूछता है।

"बहुत अच्छी तरह।"

"आपने जगूड़ी की ये लाइनें पढ़ी हैं, आमाशय, यौनाशय, गर्भाशय···!"

"महाशय, ये जगूड़ी की नहीं, कुँवरनारायण की पंक्तियाँ हैं।" वह सुधार देता है, एक चुनौतीभरे आक्रामक लहजे में। फिर किसी की पूछने की हिम्मत नहीं होती। हेड झिझकते हुए 'छायावाद का अर्थ' एक्सप्लेन करने के लिए कहता है। बता चुकने के बाद एक मिनट का मौन। अब प्रिंसिपल का नंबर है।

"यह आप दाढ़ी क्यों रखे हैं जी? अनौपचारिक-सा सवाल है। बुरा नहीं मानिएगा।" वह मुसकराते हुए कहता है।

"बस, यों ही। अच्छा लगता है, यही समझिए।"

"आप क्या कम्युनिस्ट है?"

"जी, नहीं।"

"तो···?"

"तो क्या?"

"कुछ नहीं। मैं तो यों ही जरा बस पूछ रहा था।"

वह गुस्से और उत्तेजना में उठकर बाहर आता है। फिर बिना रुके घर चला आता है।

: 8 :

अब सारा दिन उसके पास खाली है। पर वह किसी दोस्त के पास नहीं जाता। दो-चार किताबें लेकर ऊपरवाले कमरे में बंद हो जाता है। कुछ देर बाद उठकर बिना बात कमरे में घूमने लगता है वह। उसे अपने साथ-साथ कमरा घूमता हुआ लग रहा है। लगता है, माथे की नसें फट पड़ेंगी और वह लड़खड़ाकर गिर पड़ेगा।

थककर वह कुरसी खींच लेता है। बार-बार शुभा सामने आ जाती है, कभी उदास, बुझी हुई, झुकी हुई आँखें। कभी हँसती, उत्सुकता से देखती और जल्दी-जल्दी आगे बढ़ती हुई। क्या कहेगा वह उससे? कैसे आगे जाने के लिए उत्साह जुटा पाएगा? दोनों कैसे एक-दूसरे को फेस करेंगे? थरथराते हुए पास आएँगे, एक मजबूरी से बँधे, न रोने को मजबूर। कौन किसको सांत्वना देगा? कैसे कहेंगे, किस भरोसे पर कि नहीं, नहीं, हम एक-दूसरे के लिए बने हैं। कोई हमें दूर नहीं कर सकता! वह नहीं छीन सकता कि जो मणि है, अर्थ है, जिजीविषा!

शुभा का उदास चेहरा। चेहरा पर बिखरे हुए बाल। वह खुद में डूबती जा रही है, जैसे दूर जा रही है—घुल रही है हवा में! नहीं-नहीं, यह नहीं हो सकता।

इच्छा हुई, बहुत तेज इच्छा—कि माँ से कह दे सारी बातें साफ-साफ। रो-रोकर, पैरों पर पड़कर मनवा ले, कह दे कि माँ मुझमें और इसमें अब कोई फर्क नहीं है। मुझे मानती हो तो इसे भी स्वीकार कर लो माँ!

पर फिर माँ का चेहरा…?

पिछली बार उसके मुँह से निकल ही गया था, ''माँ, शुभा वहाँ मेरा खयाल रखती है, साथ ही रिसर्च कर रही है।'' माँ ने उत्सुकता से सुना था, पर वह ब्राह्मण है, सुनते ही उनके चेहरे का रंग बदल गया था। कोई बेहद सख्त भाव आँखों में आ गया था और…और…

: 9 :

खिड़की के पीछे से फिर झाँकती है शुभा, आँखें उठाकर देखती है। वे आँखें गीली हैं। फिर भी वे उसे सांत्वना देती हैं, ''जिंदगी बहुत बड़ी है अविनाश, कुछ-न-कुछ जरूर होगा।''

और फिर—''साक्षी है सूरज, साक्षी है आकाश, साक्षी है जल…! तुम बस आ जाओ, प्रसन्न और स्वस्थ। मैं तुम्हें अंक में ले लूँगी, पूरी सामर्थ्य दूँगी,

शक्ति दूँगी! तुम अगली बार और अच्छी तरह खुद को एक्सप्रेस कर सकोगे। अभी तुम आकर आराम से रिसर्च का काम करो।''

वह किताबें समेटता है और अटैची में मुड़े-तुड़े कपड़े और किताबें भर लेता है। पाँवों में चप्पल पहनकर अटैची लिए नीचे आ जाता है।

''माँ, आज ही जाना है, वहाँ जाकर काम करना है।'' वह काँपती हुई आवाज में कहता है। इससे पहले कि माँ कुछ कहें, वह जल्दी से बात आगे बढ़ाता है, ''अगली बार जल्दी आऊँगा और काफी दिनों के लिए। तुम चिंता न करो माँ। मैं वहाँ अच्छी तरह हूँ। थोड़ा सा पढ़ना-लिखना और खूब खाना-पीना, सोना। कोई किसी किस्म का दुःख तो है नहीं।'' वह फीकी हँसी के साथ बात खत्म करता है और आँखों को दूसरी तरफ फेर लेता है।

''वहाँ भी मेरी एक संरक्षिका है माँ, तुम्हारी प्रतिनिधि। तुम्हारी करुणा है उसमें। मुझे वह टूटने नहीं देगी!'' यह बात वह कह नहीं सकता था, नहीं कह पाया।

: 10 :

छुटकू रिक्शा ले आया है। वह एक बार मुड़कर आर्द्र नजरों से घर को देखता है। फिर माँ की गहरी स्नेहिल, पनीली आँखों से बचता हुआ चोरी से उनका चेहरा देखता है और प्रणाम करके चलने लगता है।''

अचानक उसे याद आता है कि शुभा ने कहा था, मेरी तरफ से माँ के पाँव जरूर छू लेना। वह लौटता है और दुबारा माँ के पाँव छू लेता है। माँ कुछ नहीं समझतीं, कुछ नहीं कहतीं सिवाय इसके कि सेहत का खयाल रखूँ, इस बार दुबला होकर आया हूँ इसलिए दूध जरूर पीता रहूँ। माँ डबडबाई आँखों से विदा करती हैं, रिक्शे पर बैठाकर पीठ पर हाथ फेरती हैं।

उसने अपने होंठों को भींच लिया है, दोनों हाथों को कस लिया है—पूरी ताकत से। जैसे भीतर का अवसाद जो तेज दबाव के साथ फट पड़ना चाहता है, इससे रुक जाएगा। दोनों हाथ आपस में उलझ गए हैं और उँगलियाँ चरमरा पड़ना चाहती हैं। रिक्शा रेलवे स्टेशन की ओर चल पड़ा है।

□

कुनु

आज सुबह से फिर कुनु की याद। अपने उस लाड़ले बेटे का लड़ियाना याद आया आज फिर। आज फिर कुनु की मरती हुई आँखें याद आईं।

जाने क्या बात है, जब-जब बाहर की मार और घमासान से भीतर का कोई हिस्सा मरता है, भीतर का कोई बेशकीमती, मूल्यवान और अंतरंग हिस्सा''' या फिर ऐसे ही किसी मरे हुए की, ऐसी ही अपनी किसी मौत की याद आती है, तो उस बेतरह छटपटाहट में कुनु पूँछ हिलाता हुआ सामने आ खड़ा होता है। फिर कुछ ऐसी अजब-सी प्यार भरी आँखों से देखता है कि मैं एक साथ हँसता हूँ, रोता हूँ। रोता हूँ, हँसता हूँ और उस पर निसार जाता हूँ।

कुनु! आखिर क्या था कुनु मेरे लिए? उसकी कहानी भी क्या किसी कहानी जैसी कहानी में आएगी? और मैं किसे सुना रहा हूँ उसकी कहानी''' किसलिए? क्यों? लेकिन सुनाए बिना रह भी तो नहीं सकता।

कुनु—यही नाम दिया था शुभांगी की ममतालु पुचकार ने उसे। पता नहीं कहाँ से फूटा था यह उसके भीतर से। मिट्टी और चट्टानों को फोड़कर आए किसी शांत, भीतरी सोते की एक लहर की तरह, कुनु! जंगल में गूँजती किसी आकुल पुकार की तरह—कुनु! कुनु! कुनु! और हमें लगने लगा था, हम दोनों को—कि इससे शानदार नाम इस शानदार जीव का कोई और हो ही नहीं सकता।

आज फिर मेरी कलम उसके 'होने' और 'न होने' के बीच थरथरा रही है।

आखिर क्या था कुनु मेरे लिए, मेरे और शुभांगी के लिए? हमारे दांपत्य जीवन के पहले ही अध्याय में, जो धूल-धक्कड़ और आँधियों से सना हुआ था!''' मगर आखिर यही समय क्यों तय किया था उसने हमारे घर, हमारी जिंदगी के उदास रंगमंच पर प्रवेश के लिए। और आया भी तो ऐसा क्यों, कैसे होता चला गया कि उसके बिना जीना हमें अपराध लगने लगा।

उफ! आज फिर कुनु के मरती हुई आँखें याद आ रही हैं। और उन आँखों में छलछलाता प्यार, मनुहार, जिदें—सभी कुछ।

एक छोटा सा जीवन जिसने छह-आठ महीनों में मार तमाम ऊधम मचा के रख दिया था। कू-कू-कू से लेकर भौं-भौं-भौं तक। जब उसे नुकीली चोंचों से हलाल करने को तैयार, शैतान 'काक मंडली' से बचाया था, तब क्या पता था कि वह नन्हा-सा काला चमकीला पिल्ला इस कदर घर बना लेगा हमारे भीतर···कि हर वक्त होंठों पर 'कुनु···कुनु!' और कुनु यहाँ, कुनु वहाँ···कुनु कहाँ-कहाँ नहीं। हर जगह वह मौजूद था। हमारे पूरे घर में नटखट स्नेह और शरारतों की शक्ल में व्याप्त थी उसकी उपस्थिति। और वह इस कदर लाड़ला हो गया था कि जोर-जबरदस्ती से अपनी जिदें मनवाने लगा था। हमारे बाहर जाने पर वह रोता था। अकुलाकर पंजे मारता था दीवारों पर, खिड़कियों पर और सात तालों के बावजूद किसी जादूगर की तरह निकल आता था बाहर!

ओह, जिस क्षण बिजली की तरह दौड़ता और खुद को विशालकाय शेरनुमा जबर कुत्तों से बचाता हुआ, वह सड़क पर आकर हमारे पैरों पर लोट जाता था, उस क्षण का गुस्सा, प्यार, गर्व, रोमांच···! वह सब, अब क्यों कहें, कैसे! अलबत्ता सबकुछ भूलकर उस क्षण हम उसे सारे रास्ते भीमकाय कुत्तों से बचाने और सुरक्षित घर ले आने की पारिवारिक किस्म की चिंताओं से घिर जाते थे। हालाँकि कुनु के गर्वोद्धत चेहरे पर जरा भी डर तो क्या, एक शिकन तक नजर नहीं आती थी। जैसे इन बड़े-बड़े झबरीले कुत्तों को चरका देना उसके बाएँ हाथ का खेल हो। और घर में तो वह शेर होता ही था। चाहे बगलवाली सड़क पर हाथी आए या ऊँट या विशाखनंदन या शूकर, कुनु की भौं-भौंवाली गुर्राहट से बचकर जाना मुश्किल था। पट्ठा पूरा दम लगाकर भौंकता था। और उसकी उम्र के लिहाज से वह इतना ज्यादा होता था कि कभी-कभी कोई पक्की उम्र का बंदा या पग्गड़धारी राहगीर मुसकराकर टोक भी देता था, "बस कर···हुण बस कर, थक गया होएँगा।"

कुनु की सबसे खास बात यह थी कि वह कुनु था। महज एक पिल्ला नहीं, वह कुनु था। उसकी अपनी एक शख्सियत थी और इसे वह हर तरह से साबित करता था। मसलन रसोईघर के एकदम द्वार पर बैठकर गरम फुल्का खाना उसे प्रिय था और साथ में गुड़ भी हो, तो क्या कहने! ऐसे क्षणों में उसकी आँखों से आनंद, अनहद आनंद बरस रहा होता और जरा छेड़ते ही उसकी 'गुर्र-गुर्र' चालू हो जाती। जैसे वह जता देना चाहता हो कि इन क्षणों में छेड़ना

या डिस्टर्ब किया जाना उसे सख्त नागवार है।

कभी सुबह की रोटी दोपहर या दोपहर की रात को मिल जाए, तो न सिर्फ उसकी भूख-हड़ताल चालू हो जाती, बल्कि उसके चेहरे पर एकदम सत्याग्रहियोंवाला भाव नजर आने लगता। शांत और मौन प्रतिरोध… ! वह उठता, रोटी के पास जाकर अनमने ढंग से उसे सूँघता और फिर इस तरह अपनी बोरी पर आकर बैठ जाता, जैसे कि वह रोटी उसके लिए नहीं थी। या वह रोटी जैसी चीज के अस्तित्व से पूरी तरह बेखबर हो। कभी घर में उसकी पसंद की कोई चीज बने, खासकर गाजर का हलवा, जो कि सर्दियों में दस-पंद्रह दिन में एकाध बार बनता था, तब देखो उसकी बसब्री। ऐसे वक्त में उसे दूसरे कमरे में बंद करके रखना पड़ता था, वरना न जाने क्या कर डाले। और हलवा बनते ही गरम-गरम गपक जाने की कोशिश में अकसर वह जीभ जला बैठता।

उफ, बावला। एकदम बावला… !

सच तो यह है हमने उसे बिलकुल अपना बेटा ही मान लिया था।

हमारे वे दुःखभरे दिन थे। कुछ अजीब-सी आत्महीनता और अर्ध-बेरोजगारी के दिन। और हम कुछ तो समय और कुछ अपने आदर्शों के मारे थे। हालाँकि इसी आदर्शवाद ने हमें जिलाया भी था। इसी आदर्शवाद ने हमें, यानी मुझे और शुभांगी को मिलाया भी था और एक-दूसरे के लिए जरूरी बना दिया था। तपती हुई सड़कों पर साथ चलते-चलते हम एक छोटे से घर तक आ पहुँचे थे।…

हाउसिंग बोर्ड का किराए का वह छोटा सा मकान हमारे सुख-स्वप्नों का आशियाना था, जहाँ हमें अपनी बिखरी हुई दुनिया के तिनके समेटने थे और एक अदृश्य भविष्य को आकार देना था। वहीं हमें कुनु मिला था। और कुछ इस कदर आत्मीयता से गदबदाया हुआ-सा वह मासूम जीव शुभांगी की गोद में आ टपका था, मानो शादी के फौरन बाद ही उसकी गोद भर गई हो।

लेकिन जैसा कि ऊपर बताया गया है, वे सख्त, बहुत सख्त दिन थे और हम तिल-तिल जल रहे थे। हमारे आदर्शवाद ने हमें उन्हीं 'महान् जी' के खिलाफ खड़ा कर दिया था जिनके निर्देशन में हम रिसर्च कर रहे थे।…हेड ऑफ द डिपार्टमेंट!

हेड साहब के दिमाग में न जाने कैसे यह बात बैठ गई थी या बैठा दी गई थी कि शुभांगी और मैंने यह जो खुद अपनी मरजी से विवाह किया है, इसमें जरूर कोई भारी गड़बड़ है। और इससे यूनिवर्सिटी की मर्यादा की नींव हिल

गई है, जिसे जमाए रखना उनका महान् कर्तव्य है।

तो मर्यादा की उस हिलती हुई नींव को फिर से सधाने के लिए उन्होंने हमें कानूनी फर्रा पकड़ा दिया कि आप लोगों के खिलाफ क्यों न अनुशासनहीनता की कार्रवाई की जाए और क्यों न आपका स्कॉलरशिप रोक दिया जाए?···यह साँसों की उस डोर को काट देने की कोशिश थी, जिसके सहारे हम जिंदा थे। लिहाजा हमें भड़कना ही था। और हमारे भड़कने का सीधा नतीजा यह हुआ कि शादी के तुरंत बाद हमें हेड साहब की ओर से यह तोहफा मिला कि शुभांगी का स्कॉलरशिप बंद कर दिया गया।

अब हमारे घर का जो बुनियादी गणित था, वह यह कि चार सौ जमा तीन सौ बराबर सात सौ···यानी घर! घर की शांति। घर की सुरक्षा। शुभांगी का स्कॉलरशिप बंद होने से हमारे घर की जो दो मुख्य कड़ियाँ थीं, उनमें से एक टूट गई। सात सौ में से तीन सौ रुपए निकल गए, तो नतीजा एकाएक देखने को मिला। घर की दीवारें डगमगाने लगीं, छत हिलने लगी और हवा में अपकशुन होने लगे।

यह हमारा दुःख से सहमा हुआ दांपत्य जीवन था, जिसकी शुरुआत ही एक 'निजी प्रलय' से हुई थी और एक तीखा भय हमारे भीतर उतर गया था। अकसर मुझे लगता, कोई अनजान छाया हमारा पीछा कर रही है और हमें मार डालेगी। हमें इस बात की सजा मिलेगी कि हमने अपनी मरजी से विवाह क्यों किया? मैं खाना खाने बैठता तो लगता, अभी हेड साहब का लंबा और शक्तिशाली हाथ आगे आएगा और मेरे सामने रखी खाने की थाली उठाकर भाग जाएगा। मेरे हाथ का कौर हाथ में रह जाता और आँखों से आँसू टपकने लगते। खाना खाना मुश्किल हो जाता।

यही वे दिन थे, जब कुनु हमें मिला था। और उसका मिलना भी कुछ ऐसा था, मानो वह किसी महानाटक का ऐसा अध्याय हो जो खासकर हमारे लिए ही लिखा गया है।

हम एक दिन सुबह-सुबह घूमकर आए और सदा की तरह किताबों की चर्चा और दिन के कार्यक्रम की रूपरेखा तैयार करने में व्यस्त थे, कि दूर से ही देखा—वह है। एक छोटा सा, बेचारा-सा काला जीव। मुश्किल से दस-पंद्रह दिन का रहा होगा। वह काक-मंडली का भोजन बना हुआ था और मूक आँखों से गुहार कर रहा था। शायद कौओं की कुछ चोंचें भी उसके शरीर में गड़ी थीं

और वह मारे पीड़ा के तिलमिला रहा था। लेकिन हलकी, बहुत हलकी और अस्पष्ट 'गुर्र-गुर्र' के सिवा उसके मुँह से कोई शब्द नहीं निकल रहा था।

शुभांगी ने उसे देखते ही, बगैर वक्त खोए झपटकर उठा लिया और माँ जैसी ममता से भरकर छाती से लगा लिया।

उफ! उस क्षण किस कदर सिंदूरी आभापूरित था शुभांगी का चेहरा। किसी स्त्री का जिसे आप प्यार करते हैं, माँ बन जाना क्या होता है, शायद पहलेपहल उसी क्षण मैंने जाना था।

और हमारा जीवन तनाव के जिन दो मोटे लौह-शिकंजों में कसा हुआ था, पहली बार उनकी जकड़न से छूटकर एक कदम आगे बढ़ा। बहुत दिनों से रुकी हुई मुसकान फिर से हमारे होंठों पर थी और मैंने शुभांगी को और शुभांगी ने मुझे एक नई ही पुलक भरी दीठ से देखा।

और वह घर जिसमें किताबें थीं और ज्यादातर किताबों पर ही बातचीत होती थी, धीरे-धीरे एक बच्चे की उपस्थिति से गुलजार होने लगा।

हमारा वह बच्चा कुनु था, जो कभी बाहर लॉन में मेरी कुरसी के चारों ओर दौड़ता, कलामुंडियाँ खाता और नाचता फिरता, कभी दूर बैठा पूँछ हिलाता अपनी उपस्थिति जतलाता रहता। जरा सा पुचकारो तो उछलकर गोद में बैठता। मैं और शुभांगी गंभीर शोध-विषयक चर्चा में लगे होते, तो वह जरूर कुछ-न-कुछ ऐसा करता कि हमारी गंभीरता की ऐसी-तैसी हो जाती ओर अकसर कुनु और उसकी खरमस्तियाँ ही हमारी बातचीत का केंद्रीय विषय हो जातीं। ऐसे में अकसर शुभांगी ही उसे बढ़ावा देती और तब उसकी सर्कसबाजी, जोकरबाजी, नाचना और कभी-कभी पीठ के बल लेटकर पंजे हिलाना और लड़ियाना ऐसे तमाम खेल-तमाशे शुरू हो जाते। और उफ! आँखें किस कदर चमक उठती थीं उसकी।…शैतान! महाशैतान!!

कभी-कभी वह ज्यादा छूट ले लेता और जिस चारपाई पर मैं पढ़ रहा होता, उसी पर आकर एकदम मासूम बच्चे की तरह लेट जाता और अत्यंत तरल और आग्रहयुक्त आँखों से मुझे देखता रहता। असल में उसे यह बेहद प्रिय था कि मैं एक हाथ में किताब पकड़े पढ़ता रहूँ और दूसरे हाथ से उसे चुपचाप सहलाता रहूँ। ऐसे क्षणों में एक घरेलू अपनापन और अधिकार उसके व्यवहार में नजर आता। और यही अपनेपन का अधिकार उसमें तब भी नजर आता, जब शुभांगी रसोई में खाना बना रही होती। ऐसे में वह दौड़कर आता और एक सभ्य बच्चे की तरह मूक आँखों से खाना माँगता और रसोई की

चौखट पर बैठ, चुपचाप खाना खाने लगता।

फिर थोड़ा बड़ा हुआ, तो उसने एक विचित्र चाल यह निकाली कि रोटी खाने की इच्छा न होती, तो अपने हिस्से की रोटी लेकर दौड़कर बाहर चला जाता और थोड़ी ही देर बाद खरामाँ-खरामाँ टहलता हुआ लौट जाता। काफी दिन बाद हमें इस 'रहस्य' का पता चला कि वह रोटी कहीं छिपाकर आता है, ताकि ज्यादा भूख लगने पर यह आपात-काल में काम आ सके।

यानी अपने भविष्य के लिए ऐसी दुर्दम्य चिंता! शायद अपने मित्र कुत्तों से उसने यह सीखा था।...लेकिन हमें हँसी आती। एक असुरक्षित घर में भला कैसे उसने भविष्य की सुरक्षा की जरूरत भाँप ली थी!

सोने के रात और दिन के कुछेक घंटों को छोड़ दें, तो कुनु ज्यादातर सक्रिय रहता था। यानी कुनु का मतलब था, गति...छलाँग! वह दिन भर घर के दोनों कमरों और बरांडे में इधर-से-उधर घूमता रहता और कहीं जरा भी खड़का होते ही दौड़कर वहाँ पहुँच जाता। खासकर दरवाजे पर किसी के आते ही उसकी गर्व से लबालब 'भौं-भौं' शुरू हो जाती।

लौटकर आता तो पूँछ उठी हुई और आँखें शाबाशी का भाव लेने को उत्सुक। मानो कोई वीर बाँका युद्ध के मैदान से लौटा हो!

कभी ज्यादा मूड में होता तो वह घर भर की चीजें छेड़ता फिरता। खासकर जूते, चप्पलें, किताबें...! हालाँकि जूते या चप्पलें उसने चाहे भले ही काटे हों, यह गनीमत थी कि किताबें कभी नहीं फाड़ीं।

हाँ, मेरी ही तरह उसे भी लगभग रोज आनेवाली चिट्ठियों की तलब रहती थी। कोई चिट्ठी आती और मेरे ध्यान से छूट जाती तो दौड़कर आता। मेरे और दरवाजे के बीच उसके कई चक्कर लग जाते, जब तक कि मैं दरवाजे तक आकर वह चिट्ठी, अखबार या पत्रिका उठा न लेता।...

लेकिन हैरानी की बात यह है कि जब मैं गंभीरता से कुछ लिख या पढ़ रहा होता, तो वह अकसर शोर मचाने या छेड़खानी से परहेज करता और दूर बैठा, टकटकी लगाए देखता रहता। इतना सतर्क, चौकन्ना कि अगर मक्खी भी उड़कर मेरे माथे या नाक तक आए, तो उसे पीस डाले।

मैं हैरान था कि ऐसी यह 'महान् शुभचिंतक आत्मा' किस दुनिया से चलकर मेरे इतने निकट आ गई है! न जाने किस जन्म का पुण्य था, जो इस जन्म में कई गुना होकर प्रतिदान के रूप में मिल रहा था। और मैं चकित था, मुग्ध!

शायद मेरा और शुभांगी का यही भाव रहा होगा, जिसके कारण बाज दफा हमें अजब-से हालात का सामना करना पड़ता था। मसलन जब भी हमारे मेहमान, खासकर रब्बी भाई सपरिवार आते, अपनी पत्नी सविता और बिटिया अंजू के साथ, और कुनु को देखकर दूर-दूर से पैर बचाते हुए निकलते, "अरे भई, इस कुत्ते को देखना!" टाइप वाक्य उच्चारते हुए, तो हमें बड़ा अजीब लगता। मानो हमें अपने कानों पर विश्वास ही न हो रहा हो! इसलिए कि हमारा खयाल था, यह तो कुनु है, इसे भला कुत्ता कैसे कहा जा सकता है?

हमारी दीवानगी की हालत तो यह थी कि जब कोई मेहमान हमारे घर आकर अपने बच्चों और उसकी चंचल शरारतों का जिक्र करता, तो हम तत्काल दोगुने गर्व से भरकर कुनु की प्रशंसा का पुराण ले बैठते। सामनेवाले के माथे पर बल पड़ जाते, भला हमारे बच्चों की मनमोहक अदाओं की तुलना में कुनु—एक कुत्ता कैसे सामने ला खड़ा किया जा सकता है!

पर हम जिस दीवानगी में थे, उसमें ऐसी छोटी-छोटी बातों पर भला ध्यान कैसे जा सकता था। आज जाता है, तो जाने क्यों, बुरी तरह हमारी हँसी छूट निकलती है!

लेकिन उस दुष्ट ने हमें तंग भी कम नहीं किया।

एक दिन देखा, पूरे घर में से एक बेहद सड़ी हुई गंध उठ रही है। उस नागवार गंध से दिमाग भन्ना गया।

दौड़कर इधर-उधर देखा, तो लॉन में एक किनारे पर ढेर-सा सड़ा हुआ मांस पड़ा था। थोड़ी देर के लिए तो हम भौचक्के ही रह गए। यह क्या! बदबू के मारे नाक सड़ी जा रही थी। शायद सामनेवाले मैदान में कोई कुत्ता या सूअर मरा था और आस-पास के सब कुत्तों की जमकर दावत हुई थी। तब अपना यह नन्हा कुनु भी शौर्य प्रदर्शन करके अपने हिस्से का मांस ले आया था। और उसे कोई और छीन-झपट न ले, इसलिए लॉन के एक कोने में···

इससे पहले भी उसे उस मौसम में कूड़े के ढेर पर कुछ तलाशते हुए, घूमते-भटकते देखा था। पर उसकी तलाश इस चीज के लिए है, यह हमें पता न था।

थोड़ी देर बाद कुनु मेरे पास आया, तो मैंने देखा, वही सड़े हुए मांस की गंध उसके मुँह से भी आ रही है। मैंने गुस्से में आकर उसे डाँटा, 'जा, भाग जा···!' और वह कू-कू-कू करता भाग गया।

बड़ी मुश्किल से पड़ोसी से फावड़ा माँगकर और नाक जबरन बंद करके

उस सड़े हुए मांस से मुक्ति पाई गई।

वह दिन मेरे और शुभांगी के लिए यातनाभरा दिन था। हमें एक साथ दुःख भी था, गुस्सा भी! हालाँकि कुनु बेचारा यह सब क्या जाने! अगर मांस हमने उसे नहीं खिलाया, तो क्या मांस खाने की अपनी जैविक प्रवृत्ति ही भूल जाएगा?

हम यह जानते थे, पर अपने गुस्से के आगे लाचार थे।

थोड़ी देर बाद वह आया, तो मेरा गुस्सा एकाएक भड़क गया। मैंने एक के बाद एक, तड़ातड़ कई चाँटे उसे लगाए और गुस्से में चिल्लाकर कहा, ''जा, भाग जा···अब कभी यहाँ मत आना।''

हमारे शब्दों का मतलब वह जानता हो या न जानता हो, पर गुस्से का मतलब तो जानता ही था। एक छोटे बच्चे की तरह वह सिर झुकाए चुपचाप मार खाता रहा। और उसे जी भर पीटने के बाद मैं दुःखी होकर अपनी आरामकुरसी पर ढह गया। कुनु चुपचाप लॉन के एक कोने में जाकर लेट गया और दिन भर वहीं लेटा रहा।

इसके बाद कम-से-कम घर में तो वह मांस कभी नहीं लाया। लेकिन मांस खाने का उसका शौक बना रहा। और उसके लिए सामने मैदान में कूड़े के ढेर पर उसकी खोज जारी रहती। खराब मांस खाने के कारण ही शायद यह रोग उसमें पनपा कि उसे भूख लगनी बंद हो गई और वह जब-तब उलटी कर देता। फिर एक दुःखी या उदास सा चेहरा लिए हुए एक तरफ बैठा रहता और उसकी प्रिय चीज, मसलन गुड़ या चीनी-रोटी उसके आगे रखी जाती, तो भी वह अपनी जगह से न उठता। सिर्फ गरदन उठाकर देखता और निढाल-सा पड़ जाता।

कुछ दिनों बाद थोड़ी ठीक और सामान्य हालत में होता, तो हमें खुशी होती, पर जल्दी ही वह फिर रोग की चपेट में आ जाता।

इसी के साथ एक रोग ने उस पर और जोर-शोर से आक्रमण किया—खुजली। और उसके बाल गिरने शुरू हो गए। लिहाजा उसे पानी में डिटॉल डालकर नियमित रूप से हर इतवार को नहलाने का क्रम जारी हो गया।

इससे उसे निस्संदेह फायदा हुआ। पर कुनु को नहलाना एक बड़ी तपस्या और धैर्य की माँग करता था। क्योंकि नहाना उसे एकदम नापसंद था और हमें उसके लिए तैयारियाँ करते देख, अकसर वह हमें चकमा देकर भाग निकलता था। और फिर बड़ी देर तक काबू में नहीं आता था। नहाते समय भी तमाम उछल-कूद, पर आखिर वह समर्पण कर देता था। डिटॉल से शायद उसे खुजली

से कुछ राहत मिलती हो।

नहाने के बाद उसकी शक्ल बहुत बुरी निकल आती थी और वह एक पतली हड्डीनुमा विचित्र आकार ग्रहण कर लेता था। पर थोड़ी देर की भाग-दौड़ के बाद, फिर उसमें धीरे-धीरे वही पुराना 'कुनु' लौट आता था, जो हमारा रोज का जाना-पहचाना था। और फिर वह वैसी ही जिंदादिल शरारतों और छेड़छाड़ पर उतर आता था।

कुनु का एक दिलचस्प किस्सा तब का भी है, जब हम मकान बदल रहे थे।...

हाउसिंग बोर्ड के अपने किराए के मकान को खाली करके, हमें एक दूसरे मकान में जाना था। लिहाजा बड़ी तत्परता से हम किताब को बाँध रहे थे। बरतन बाँध रहे थे। कपड़ों की छोड़ी-बड़ी पोटलियाँ बाँधी जा रही थीं। गरज यह कि घर का सब सामान इधर-से-उधर हो रहा था। और यह कुनु को बेहद नागवार लग रहा था। हर बार सामान खिसकाने पर वह भौंक-भौंककर अपना गुस्सा और नाराजगी जताता। शायद उसकी समझ में नहीं आ रहा था कि यह क्या उखाड़-पछाड़ हो रही है, किसलिए? हो सकता है कि इसमें उसे किसी भावी अनर्थ की भी छाया दिखाई दी हो।

यही हालत उसकी तब भी थी, जब ये गठरियाँ उठा-उठाकर ताँगे पर रखी जा रही थी। उसने भौंक-भौंककर हमारी नाक में दम कर दिया। लेकिन जब ताँगा चला, और आगे राह दिखाने के लिए साइकिल पर दो-एक थैले टाँग, मैं आगे-आगे हो लिया, तो कुनु भी दौड़कर आ गया और ताँगे के आगे-आगे मेरी साइकिल के समांतर दौड़ने लगा, मानो घर का खास प्राणी होने के कारण उसे भी ताँगे का मार्गदर्शन करने का हक हो। यह दीगर बात है कि जब तक घर नहीं आ गया, मेरी जान साँसत में फँसी रही कि कहीं यह नन्हा जीव मेरी साइकिल या फिर ताँगे के पहिए या घोड़े की टापों के नीचे न आ जाए!

लेकिन कुनु के दुस्साहस की एक घटना तो ऐसी है कि आज भी मन रोमांचित हो उठता है।

हुआ यह कि एक दिन हमें शहर जाना था, शुभांगी के माता-पिता से मिलने। रास्ते में कुत्तों से बचाते हुए कुनु को साथ ले जाना सचमुच किसी आफत से कम नहीं था। लिहाजा कुनु को चुपके से कमरे में बंद किया और हम बाहर आ गए। हालाँकि दूर तक और देर तक उसका हृदयद्रावक क्रंदन

हमारा पीछा करता रहा।

शहर में सासजी के हाथ की बनी बेहद मीठी, नायाब चाय पीते हुए भी, कानों में कुनु की कू-कू-कू ही बसी हुई थी। यहाँ तक कि हमारी उदासी भाँपकर उन्होंने पूछ लिया कि क्या बात है, तुम लोग कुछ परेशान से हो। और हमारे बताने पर द्रवित होकर बोलीं, "अरे, तो तुम लोग ले आते उसे! लाए क्यों नहीं उस नटखट को?"

महीनों पहले जब कुनु एकदम छोटा था, हम उसे गोदी में लेकर आए थे और गली के कुत्तों ने हमारी आफत कर दी थी। और अब तो उसे गोदी में लाना ही मुश्किल था। पैरों पर चलकर आता, तो क्या यहाँ पहुँच सकता था? रास्ते में धड़धड़ाती गाड़ियोंवाले स्टेशन को पार करना होता था। और फिर मोटरें, गाड़ियाँ, ट्रकों और ताँगों की रेल-पेल और पों-पों, पैं-पैं वाली खतरनाक सड़क। वहाँ लोगों का चलना ही मुश्किल था, तो फिर यह नन्हा जीव···!

अभी हम यह सब सोच ही रहे थे कि अचानक सासजी का ध्यान गेट पर गया। चौंककर बोलीं, "अरे, वो तो रहा कुनु! वो···देखना, कुनु ही है न।"

और अभी हम कुछ सोच पाते, इससे पहले ही कुनु बारी-बारी से मेरे, शुभांगी के, सासजी के, ससुरजी के···और घर में जितने भी छोटे-बड़े थे, सबके आगे लोट-लोटकर प्यार जता रहा है। और कुछ ऐसी आवाज निकाल रहा है, जैसे वह एक साथ रो रहा हो और उल्लास और खुशी के नशे में भी हो।

बड़ी देर तक हमारी समझ में ही नहीं आया कि यह हुआ क्या! कुनु वहाँ से आ गया—कैसे? और जब समझ में आया तो एक अविश्वसनीय आनंद के धक्के से हमारी ऊपर की साँस ऊपर, नीचे की नीचे! शुभांगी तो उसे गोद में लेकर बाकायदा रोने ही लग गई थी, "मूर्ख!···पागल!! कैसे आया तू? सड़क पर कुत्ते नहीं पड़े तेरे पीछे? और किसी बस के, ट्रक के पहिए से कुचल जाता तो?"

और वह शुभांगी की छाती से लगा, पूँछ हिला रहा था, किलक रहा था और उसकी आँखें खुशी और आनंद से चमक रही थीं।

छोटा सा कुनु उस दिन से हमारा बच्चा ही नहीं, हमारे परिवार का 'हीरो' भी बन गया था।

एक बार, बस, एक बार—याद पड़ता है, उसे पीटा था मैंने, जब उसने मेरी हवाई चप्पल दाँतों से चबा डाली थी। पूरे पचीस रुपए का खून!···देखकर मेरी आँखों में खून उतर आया था और फिर हाथ में जो भी चीज आई, उससे

मैंने उसे पीटा, बल्कि धुन दिया। तब शुभांगी का बड़ा गुस्सा मुझे झेलना पड़ा था। तीन दिन तक शुभांगी मुझसे बोली नहीं थी और तीन दिन तक एक 'गिल्ट' मुझे खाता रहा था। तब हमारे बच्चे नहीं थे और कुनु ही हमारा बेटा था। हम बोलचाल में उसे 'बेटा' कहकर ही बुलाते थे और इस बारे में खुशी-खुशी दोस्तों का मजाक भी सह लेते थे। पर शुभांगी ने उसे सच में बेटा मान लिया था, मुझे क्या मालूम?…अलबत्ता उसे पीटने के बाद दो-तीन दिन जो कुछ मैंने सहा, जो संताप मैंने झेला, उस सबको याद करके अभी रुलाई आती है। कुनु भी मुझसे रूठा-रूठा रहा दो-चार रोज, लेकिन फिर मेरे पुचकारने पर गोदी में आ गया। और बड़ी अजीब निगाहों से मुझे देखने लगा था, जिनमें 'जा, माफ किया… !' वाला फटकारता भाव भी था।

हाँ, एक आखिरी बात और! कुनु की बात करता हूँ जब भी, तो विनी की बड़ी याद आती है। हमारे पड़ोस की एक चंचल, खिलंदड़ी लड़की विनी। बिलकुल गुलाबी-गुलाबी, गुलाब के फूल की तरह। तब होगी कोई छह-सात बरस की। दिन भर हमारे घर रहती थी। दिन भर खेलती, दिन भर बातें करती कुनु से। कभी अपने घर जाएगी तो थोड़ी ही देर में फिर दौड़ी चली आएगी 'कुनु…कुनु' पुकारती। मानो कुनु ही एकमात्र उसका सखा हो। अंततः हमारे बहुत कहने और माँ-बाप का डर दिखाने पर शाम को वह जाती थी।

जाते-जाते (सर्दियों के दिन थे)…उसे कुनु को सर्दी लग जाने का भय सताता था। वह एक बड़ी सी बोरी की ओर इशारा करके कहती थी, "कुनु को इसमें बड़ा दूँ अंकल?" और आखिर कुछ हिंदी, कुछ पंजाबी में कुनु को बड़े आराम से और आहिस्ता से बोरी में 'बड़ाकर' (घुसाकर) ही वह घर जाती थी।

विनी की गुलाबी देह और 'गुलाबी सेहत' वाली अल्ट्रा माडर्न मम्मी को बड़ा अजीब लगता था विनी का दिन-दिन भर हमारे घर रहना। पर न विनी को कुनु के बगैर चैन था और न कुनु को…

ओह, समय किस तरह से आता है, किस तरह से जाता। और कैसे साबित करता है कि अंततः वही बादशाह है, हम सब उसकी सूइयों से बँधे हुए हैं।

गुलाम! पूरी तरह गुलाम और अदने जीव।

याद आता है फिल्म 'वक्त' का गाना, 'वक्त के दिन और रात…' और उसी गाने की एक और पंक्ति, 'आदमी को चाहिए वक्त से डरकर रहे!' अच्छे वक्तों में अपने पुट्ठों पर ताल ठोंकता बलराज साहनी, 'ओ मेरी जोहरा जबीं,

तुझे मालूम नहीं, तू अभी तक है हसीं और मैं जवाँ…!' और बुरे वक्तों में भूख-प्यास से बेहाल, सड़क पर चलता हुआ, आफत का मारा बलराज साहनी। आँखें में भयावह खालीपन, किसी रोते हुए खँडहर जैसा—

'आदमी को चाहिए, वक्त से डरकर रहे!'

संगीत थम गया है। संगीत अब विलाप है।

वही वक्त एक दिन ले गया कुनु को, जिसने कभी एक दिन शुभांगी की वत्सल गोदी में उसे टपका दिया था दूध की, अमृत की एक बूँद की तरह!

धीरे-धीरे ठंडी होती आग। और आग के बगैर जीवन मिट्टी! मिट्टी होने से पहले उसने जो एक लाचार नजर मुझ पर डाली, उसमें क्या था? सामने के मैदान में, पेड़ के नीचे मिट्टी होने से पहले एक कमजोर-सा आग्रह कि उसे अकेला छोड़ दिया जाए। शायद हाँ। शायद…

आ-खि-री-स-ला-म…!! ओ नन्हे से फरिश्ते…नन्हे से फरिश्ते…नन्हे से फरिश्ते…!

कुनु की वे मरती हुई आँखें मेरे भीतर से कभी नहीं गईं। ठीक वैसे ही…जैसे कभी नहीं गई माँ की मिट्टी हुई देह मेरे भीतर से, जिसे आग को सौंपना था। माँ भी यों ही देखते ही देखते चली गई थीं। अभी तीन दिन पहले मैं उनसे मिलकर चला आया था। लौट रहा था तो उन्होंने टोका, "फिर मैं तैनूँ नहीं मिलना पुत्तर!"

हँसकर मैंने कहा था, "नहीं माँ, जल्दी आऊँगा!" और सचमुच जल्दी ही तो आया मैं, सिर्फ तीन दिन बाद। और मुझे मिली माँ की मिट्टी हुई देह जो कह रही थी, "पुत्तर, मैं तैनूँ कहया सी न!" मिट्टी हुई माँ, जिस पर मैं पछाड़ें खा रहा था, हा-हा-हा-हा…हा-हा-कार!

ओह, मिट्टी हुई माँ और मिट्टी हुआ कुनु दोनों एक साथ दफन हैं मेरे भीतर। एकांत में कभी-कभी दोनों मिलकर रोते हैं। और अगले ही क्षण दोनों मिलकर खेलने लगते हैं। माँ देखते ही देखते बच्ची बन जाती है, विनी…!

दोनों की करुण आँखें मिलाकर एक करुणा भरा विश्वास। मेरे जीवन का भावुक स्पेक्ट्रम! जहाँ आज भी मैं अवाक, व्यथित, मौन सिर झुका देता हूँ।

आज तक किसी कथाघाट पर नहीं समा पाई कुनु की कहानी…और न माँ, माँ जो मेरे लिए ईश्वर से कहीं बढ़कर है। जी हाँ, मैं मानता हूँ ईश्वर को! मैं मानता हूँ कि ईश्वर है, इसलिए कि जिसने मेरी माँ जैसी माँ को बनाया, वह

कुछ-न-कुछ तो जरूर होगा···यानी ईश्वर है, क्योंकि माँ है!

ठीक इसी तरह, ईश्वर है क्योंकि कुनु है—और मरकर भी है!

ताज्जुब है, कुनु और माँ की आँखों में एक जैसा तारल्य था। सारी दुनिया पर एक साथ करुणा बरसाता तारल्य, मानो वे आँखें एक साथ बनाई गई हों। माँ को तो खैर, बचपन से ही देखता आ रहा हूँ और उनके आशीर्वाद भरे हाथ ने कभी टूटकर गिरने नहीं दिया। पर कुनु! उसे तो शायद मेरे टूटे, थके, दुःखी दिनों में मुझे गड्ढे से बाहर निकालने और जीवन के समतल पर लाने के लिए ही भेजा गया था। मानो उसने अपना काम किया और जैसे ही उसकी भूमिका खत्म हुई, मंच से उतरकर चुपचाप नेपथ्य में चला गया।

संगीत फिर उठ रहा है। दिशा-दिशा में फैलता धीमा मगर भर्राया हुआ संगीत। और उसमें एक बाप का अपने बेटे को खो चुके अभागे बाप का रोना भी शामिल है।

"आखिरी सलाम···!! ओ नन्हे-से फरिश्ते, नन्हे-से फरिश्ते···नन्हे-से फरिश्ते···!"

□

नंदू भैया की कहानी

नंदू भैया की कहानी भी कभी लिखूँगा या लिखनी पड़ेगी, कब सोचा था।

नंदू भैया थे तो बस, थे। हवा, पानी, आकाश की तरह मुझे चारों ओर से घेरे हुए। हवा को ढूँढ़ने कहीं जाना नहीं होता। वह है तो बस है, इसलिए कि हम उसे अपने आस-पास सब जगह महसूस करते हैं। और महसूस करते हैं, इसलिए है—हवा है—पानी है, आकाश है। और हम सोच भी नहीं पाते कि एक दिन ऐसा भी होगा ऐसा कि···

इसलिए नंदू भैया का जाना इस कदर तोड़ गया कि वह एक रिसता हुआ घाव है मेरी जिंदगी का। मैं उसे दोनों बाँहों में कसकर भींचे इस कदर छिपाए घूमता हूँ दोस्तों से, परिचितों से जैसे···जैसे कि मैं अपराधी हूँ—एक खतरनाक अपराधी! और मेरा पाप जाने-अनजाने कभी इधर, कभी उधर से खुलता-सा है। सब ओर से गाँठें लगाने के बावजूद! इस पाप की दुर्गंध छिपाए छिपती नहीं।

दुनिया के लिए मैं एक अच्छा-भला, पाक साफ आदमी हूँ। पर मैं खुद से यह बात कैसे छिपाऊँ···कि मैं हत्यारा हूँ नंदू भैया का!

हाँ नंदू भैया, हाँ! मैं कनफेस करता हूँ कि हत्यारा हूँ···कि मैं चाहता तो तुम्हें बचा सकता था। अगर थोड़ा सा भी मैं खुद से बाहर आ पाया होता तो!

तुमने तो अपना मन परत-दर-परत मेरे आगे खोल देना चाहा था नंदू भैया! पर मैं था कि कुछ झूठे शब्दों का दिलासा दे-देकर उन पर ताले जड़ता रहा कि नहीं, नंदू भैया, यह सब तो चलता है जिंदगी में! हौसला रखो, सब ठीक है! आखिर तो सब ठीक हो जाता है एक दिन···

और यह सारा 'ड्रामा' इसलिए कि जब मैं छुट्टियों में कुछ दिनों के लिए घर आया हूँ, तो तुम कहीं अपने असली दु:खों का पिटारा मेरे आगे खोलकर न बैठ जाओ। और चाय-पकौड़ों के लुत्फ और हँसी-कहकहों के साथ सस्ते भावुक शब्दों का पारिवारिक व्यापार चालू रहे।

मैं लेखक-फेखक जो भी था, मगर भीतर से एक स्वार्थी आदमी ही निकला नंदू भैया! मन में तुरत-फुरत लिखकर बड़े लेखकों की कतार में बैठ जाने की वासना ऐसी थी कि जीवन के असली दुःखों के लिए वहाँ स्थान ही कहाँ था। मेरी दुनिया में हाड़-मांस के लोग कहाँ थे नंदू भैया? फिर भला तुम भी कहाँ रह जाते! और तुम मुझसे···एक ऐसे घटिया आदमी से संवेदना की अपेक्षा कर रहे थे नंदू भैया?

यों सच तो यह है, इतने बड़े हादसे की कल्पना मैंने भी नहीं की थी। मैं खुद भ्रम में था नंदू भैया, कि घरों में चलता है यह सब। थोड़ी सी उठक-पटक, थोड़ी सी तड़-तड़ातड़, खींचातानी, ऊँच-नीच। कोई छोटा-मोटा ठंडा या गरम महाभारत! कि फिर सब ठीक हो जाता है। चीजें 'सम' पर आ जाती हैं···कि बाहर से चार दिन के लिए आया हुआ आदमी तो अपने 'हस्तक्षेप' से इस संतुलन को बिगाड़ेगा ही। लिहाजा चुप ही रहूँ!

यों मैं अपने आपको, अपनी निष्क्रियता को, कर्तव्यहीनता और स्वार्थपरता को न्यायोचित ठहराता रहा और जीवन आगे बढ़ता रहा, अपने पेट में अशांति का एक पूरा ज्वालामुखी समाए हुए। और जब वह फटा तो पूरा घर एकबारगी नंगा, लहूलुहान और क्षत-विक्षत हो चुका था।

शायद इसीलिए तुम्हारा जाना, जाना नहीं लगता नंदू भैया, बल्कि वह मेरे वजूद में एक घाव का होना है। एक इतना बड़ा घाव कि समय के साथ-साथ वह लगातार बढ़ता ही जाता है और उसका रिसाव आज तक रुका नहीं। गोकि दस बरस, पूरे दस बरस हो चुके हैं उस हादसे को···और आज भी अकेले में मैं रोता हूँ, छटपटाता हूँ। समय-असमय मेरी आत्मा कूकरी की तरह कू-कू करके क्रंदन करती है और मन होता है कि मैं दीवारों पर सिर पटक-पटककर जान दे दूँ!···तलाश! मेरी तलाश में तुम सदा-सदा के लिए समा गए हो नंदू भैया! पर तुम नहीं हो, तो नहीं ही हो।

हालाँकि कभी-कभी हैरत होती है कि तुम कहाँ नहीं हो नंदू भैया? अपने चौगिर्द देखता हूँ तो लगता है, मैं वही सब तो देख रहा हूँ, जो तुम अपनी बड़ी-बड़ी भावपूर्ण आँखों से दिखाना चाहते थे। और···और सच तो यह है कि मेरे रक्त में तुम बह रहे हो, नंदू भैया! गुस्से, प्यार और उत्तेजना की एक तीखी कसक के साथ, मेरे रक्त में इतने साफ···कि एक नहीं, कई दफा मैंने तुम्हें साफ-साफ पहचानकर चीखना चाहा है। कि यह मैं नहीं, मेरे भीतर से तुम बोल रहे हो, नंदू भैया! तुम बोल रहे हो, तुम···तुम···तुम कि यह तो मेरी नहीं,

तुम्हारी आवाज है नंदू भैया!

और कभी-कभी जब मैं एक अलमस्त फक्कड़ हँसी हँसते अपने आपको पाता हूँ, तो फिर वही टेक शुरू हो जाती है कि यह तो मेरी नहीं, उधार की हँसी है नंदू भैया! इसलिए कि यह तो तुम हो, तुम! तुम्हीं ने मुझे सिखाया था कि जीवन दिलेरी से, शान से, मस्ती से हँसकर गुजारने का नाम है। और सच्ची कहूँ, गुस्सा क्या चीज है, यह मैंने तुमसे सीखा था नंदू भैया, तो हँसना क्या होता है, यह भी मैंने तुम्हीं से जाना। और ताज्जुब है, आज तुम याद आते हो नंदू भैया, तो या तो बच्चों जैसी भोली, गोलमटोल सूरत में बेफिक्र फुर-फुर हँसी हँसते हुए···या फिर बिलकुल उलट छोर पर गुस्से में तमतमाए हुए। ऐसा गुस्सा जिससे पूरा घर थरथराता था। घर की एक-एक ईंट काँप जाती थी। तुम घर के किसी कोने में गुस्से से थरथराते बैठे हो, तो उस गुस्से की ज्वाला और तपन घर के हर कोने, हर दिशा में, हर जगह महसूस की जा सकती है।···

शायद इसलिए कि तुम अपने वजूद को जानते थे और जिसे स्वीकार करने लायक नहीं समझते थे, उसे 'न' कहना भी तुम्हें आता था। फिर चाहे घर भर की जिदें और आग्रह ही क्यों न तुम्हारे पीछे लगे रहें! शायद इसलिए तुम मुझे बड़े लगते थे, बहुत बड़े कि जैसे पहाड़! तुम इतने बड़े थे कि तुम्हारे होते मैं सनाथ था और तुम्हारे जाते ही अनाथ हो गया।

आज सोचता हूँ तो हैरानी होती है, हँसी भी आती है। कितने बड़े थे तुम मुझसे नंदू भैया? यही कोई साढ़े तीन-चार बरस! इतनी बड़ी जिंदगी में क्या होते हैं तीन-चार बरस? मगर तुम बड़े इसलिए थे कि तुम बड़प्पन को धारण करना जानते थे और उस बड़प्पन को निभाना भी जानते थे। और मेरे बड़े होने, खाने-कमाने लायक होने पर भी तुम उसे निभाते रहे! छुट्टियों में मेरे घर पहुँचते ही तुम मुझे खुद में ऐसे समेट लेते थे, जैसे मैं तुम्हारा छोटा भाई नहीं, तुम्हारा पुत्र होऊँ! इतना बड़ा दिल जो एक पहाड़ का ही दिल हो सकता है!

यह क्या चीज है नंदू भैया, जो लेखक न हो हुए भी तुममें थी और लेखक होने के अहंकार वाले मुझ जैसे अदने आदमी में सिरे से गायब। तो फिर झूठ ही है न यह बात कि लेखक संवेदनशील होते हैं, ऐसे होते हैं, वैसे होते हैं···वगैरह-वगैरह। अगर ऐसा ही होता तो तुम कैसे इस खुदगर्ज दुनिया में अपना बस्ता इतनी जल्दी समेटकर गायब हो जाते? और मैं···! ढो रहा हूँ सिर्फ खुद को···ढो रहा हूँ सिर्फ अपनी उम्र! और भला क्या कर सका हूँ मैं?

: 2 :

अभी उस दिन अपने एक अभिन्न मित्र को सुना रहा था मैं बचपन का किस्सा। उसमें नंदू भैया, तुम बार-बार आते थे, जाते थे। मेरे मित्र वह सुन रहे थे और मुसकरा रहे थे।

वह लगातार सुनते रहे और मुसकराते रहे। किस्सा खत्म हुआ तो खिलखिलाकर हँसे। पान का बीड़ा मुँह में ठूँसा और थोड़ी पीक थूकने के बाद बोले, ''अब मैं समझा कि तुम्हारे लेखन में ये जो बहुत आता है—क्या नाम है तंज, गुस्सा, खीज या कभी-कभी जरूरत से ज्यादा बोल्ड एक्सप्रेशंस, तो इसकी वजह क्या है?''

''क्यों? क्यों? कैसे…मैं समझा नहीं!'' मैंने गोल-गोल चक्करदानी से बाहर निकलने की कोशिश की।

''तुम खुद सोच लो।'' एक रंजित हँसी जिसमें पान का स्वाद हौले-हौले घुल रहा था। आँखें जरूरत से ज्यादा चमकदार, नुकीली।

''ओह!'' अगले ही पल मेरी समझ में आ गया माजरा और यह भी कि उनका तीर किधर चल गया।

…अभी-अभी अपने मित्र को जो किस्सा सुना रहा था, वह मेरे झेंपूपन का किस्सा था। तब मैं अकेला-अकेला, सबसे डरा-डरा, सहमा-सहमा रहता था। किसी से दो बातें करनी होतीं तो मेरी जान निकल जाती। मुझे थोड़ा-बहुत दुनियादार बनाया मेरे नंदू भैया ने। ('दुनियादार' इस अर्थ में कि उन्होंने मुझे दुनिया के कुछ सच्ची-मुच्ची के रंग दिखाए, वरना तो तब भावुक था और अब बोहेमियन!) उनकी बाकायदा एक मित्र-मंडली थी। वे सब मिलकर दिन भर कुछ-न-कुछ करने, आजमाने, छेड़छाड़ और शरारतें करने के उपाय सोचा करते थे। और जीवन उनका मनोरंजक और दुस्साहसी कामों को समर्पित था।

नंदू भैया अनोखे इनसान थे। और यह बात छिपाऊँगा नहीं कि मुझे वे बहुत ज्यादा प्यार करते और मारते भी थे। कुछ लोग कहते हैं जो ज्यादा मारता है, वही ज्यादा प्यार भी कर सकता है। मैं ठीक-ठीक कह नहीं सकता, यह बात कितनी सच है, लेकिन नंदू भैया के बारे में तो यह पूरी तरह सच है। घर में बल्कि पूरी दुनिया में उन्हीं से मैं सबसे अधिक डरता था, उन्हीं को सबसे अधिक चाहता भी था।

उन्होंने मुझे पतंग उड़ाना सिखाना चाहा। मैं जो नालायक था, सीख न सका। हाँ, हुचकी पकड़ने की मेरी ड्यूटी परमानेंट थी। तो चाहते न चाहते मैं

बहुत से किस्से-कहानियों का गवाह हो गया। उन्होंने दोस्तों के साथ जो सात पतंगें एक साथ एक डोर में बाँधकर उड़ाने की योजना बनाई थी, उसकी मुझे अच्छी तरह याद है। कोई हफ्ते भर इस योजना पर बड़ी सीरियसली काम होता रहा। फिर इतवार को जब सात पतंगें एक साथ उड़ाई गईं, तो थोड़ी दूर जाने पर ही कैसे डोर कट गई और क्या-क्या झमेला हुआ, इस सबका प्रत्यक्षदर्शी मैं हूँ।

नंदू भैया ने 'भाभी' पिक्चर से यह आयडिया लिया था। यह दोस्तों से उनकी बातचीत से मुझे पता चल गया था। बाद में उन्होंने मुझे यह पिक्चर दिखाई भी। इसी के साथ उन्होंने एक और पिक्चर बड़े आग्रह से दिखाई थी—'छोटी बहन'। अब ये दोनों पिक्चरें मेरे भीतर गड्डमड्ड हो गई हैं। हाँ, 'भैया मेरे, छोटी बहन को ना भुलाना…' गाने के बारे में जरूर कह सकता हूँ कि यह 'छोटी बहन' का ही रहा होगा। यह इसलिए कि मुझे आज तक याद है, इस गाने को सुनकर मेरी बुरी तरह रुलाई छूट गई थी और नाक बहने लगी थी, जिसे मैंने कमीज की आस्तीन से पोंछा था। इस पर गुस्साए हुए नंदू भैया ने वहीं टॉकीज में चपत लगाकर मुझे डाँटा था।

नंदू भैया पिक्चरों के बड़े शौकीन थे। लेकिन मजे के लिए पिक्चरें देखते थे, आँसू-वाँसू बहाने के लिए नहीं। और ज्यादातर वे अकेले नहीं, दोस्तों के साथ ही पिक्चर देखने जाते थे। यह अजीब बात है और मुझे आज तक इसकी वजह समझ में नहीं आई कि जब गाने आते थे और जितनी बार गाने आते थे, वे उठकर बाहर क्यों चले जाया करते थे?

घर में उन दिनों उनकी खासी पिटाई होती थी। वे डाँट खाते, इम्तिहान में फेल होते, मगर मजाल है जो उनकी शरारतें छूट जाएँ। वे शरारतें, जिन्हें बड़े भाई और पिताजी आवारागर्दी कहा करते थे। फिर भी नंदू भैया किसी-न-किसी तरह आँख बचाकर अपने 'लक्ष्य' तक पहुँच ही जाते। इस मामले में उनकी योग्यता और रहस्यात्मक शक्तियों का तो जवाब नहीं था। कभी-कभी तो ऐसा भी होता कि आधी पिक्चर आज देख ली, बाकी की बची हुई कल। गेटकीपर उन्हें जानते थे और मजाल है कि नंदू भैया से कोई कुछ कह सके।

दो-एक बार ऐसा भी हुआ कि इंटरवल में वे घर चले आए। घर में पानी पिया, इधर-उधर घूमकर सूँघा कि कहीं कोई खतरा तो नहीं? और सब ठीक-ठाक होने पर दौड़कर फिर पिक्चर हॉल में पधार गए। पिक्चर खत्म होने पर घर आए तो कहते, ''मैं तो यहीं था। चंदर से पूछ लो। दो बजे मैंने इसके पास बैठकर अमरूद खाया और पानी पिया था। अंग्रेजी का एक लेसन भी याद

किया था।...पूछो इससे!''

जाहिर है, मुझे 'हाँ' ही कहना पड़ता था (वरना उनका गुस्सा क्या मैं जानता न था!) और नंदू भैया की जीत हो जाती! ऐसे क्षणों में उनका चेहरा और अधिक लुभावना और गोलमटोल नजर आने लगता।

: 3 :

एक-दो बार नंदू भैया ने मुझे भी इस रपटीले रास्ते पर चलाने की हलकी सी कोशिश की। लेकिन मेरा रुझान किताबों की ओर देखकर और कुछ शायद बड़े भाई की जिम्मेदारी का खयाल करके छोड़ दिया। इस बारे में एक घटना मुझे अब भी याद है।

...उस दिन नंदू भैया पिक्चर देखकर इंटरवल में घर आए थे। अब राम जाने कौन सी पिक्चर थी, बिलकुल दिमाग से नाम उतर गया! पर...इस बीच घर पर उनकी बुरी तरह ढूँढ़ मची थी। उन्हें दुकान पर किसी जरूरी काम से जाना था और वहाँ से जल्दी मुक्ति असंभव थी। उनके पास पिक्चर की आधी टिकट थी जो उनकी सफेद मक्खन जीन की पेंट में सुरसुरा रही थी। चोरी से उसे मेरे हाथ में थमाते हुए बोले, ''जा, जल्दी से चला जा। गेटकीपर को दे दियो, अंदर बिठा देगा। कह दियो नंदू भैया, मेरे भैया हैं—सगे भाई।''

''मगर... !'' मैंने प्रतिवाद करना चाहा। मुझे कुछ समझ में नहीं आ रहा था, माजरा क्या है? बल्कि मेरी हालत उस बिल्ली जैसी हो रही थी, जिसे जबरदस्ती किसी हँड़िया में सिर फँसाने के लिए कहा जाए!

''मैंने आधी पिक्चर देख ली है। यह टिकट ले जा, बाकी आधी तू देख लेना। रात को मुझे स्टोरी सुना देना, शुरू की स्टोरी मैं तुझे सुना दूँगा। बस, पूरी पिक्चर तेरी भी हो जाएगी, मेरी भी।'' नंदू भैया ने फिर उकसाया।

''मगर मुझे इंग्लिश ग्रामर की तैयारी करनी है, कल टैस्ट है।'' मैंने झूठ बोला।

''तो क्या फर्क पड़ता है? कोई डेढ़ घंटे की बात है, बल्कि पंद्रह मिनट तो निकल ही गए।...जा, दौड़ जा।''

''मगर...वहाँ दिक्कत तो नहीं आएगी? गेटकीपर... !'' मैंने अब 'अगर-मगर' की शरण लेनी चाही। लेकिन नंदू भैया के पास मेरी हर समस्या का समाधान था, ''अरे, जा तो! तू कहियो, मैं नंदू का भाई!''

मैं बड़े भारी मन से उठा। बड़ी कातर आँखों से नंदू भैया की ओर देखता

हुआ कि शायद अब भी मुझ पर तरस खाएँ। आखिर उनकी बड़ी-बड़ी आँखों से डरता हुआ बाहर आ गया। घूमता-घूमता प्रकाश टॉकीज में पहुँचा। स्कूल से आते हुए दूर-दूर से देखा था और शायद तब तक एकाध पिक्चर भी नंदू भैया के साथ देखी थी, मगर···ऐसे!

इधर से घुसकर देखा, डर लगा···गेटकीपर! (वह कोई मुच्छड़ सा बंदा था, चेहरे पर भरपूर गुंडापन!) उधर से घुसकर देखा, डर लगा—यहाँ से देखा, डर लगा···वहाँ से देखा, डर लगा। पहले तो यह अंदर घुसने ही नहीं देगा और घुस भी गया तो भीतर अँधेरे में सीट तक कैसे पहुँचूँगा?

अँधेरा मेरे मन में डर बनकर घुस गया और मैं दुम दबाकर भागा। शाम को नंदू भैया ने पूछा, ''पिक्चर देखी थी···?''

''हाँ।''

''कैसी लगी···?''

''अच्छी।''

''वाकई कि ऐसे ही बोल रहा है···?''

''नहीं, वाकई···!''

मगर जाने क्या चोर था मेरे बोलने में कि वो समझ गए। मुझ पर आँखें गड़ाकर पूछा, ''अच्छा! बता, क्या था उस पिक्चर में?''

अब मैं घबराया। सीधे-सीधे बता दिया, ''नहीं देखी।''

''फिर···?''

''मैं गया तो था, लौट आया।''

''क्यों?''

''अंदर जाने का दिल नहीं किया।'' कहते-कहते मेरी आवाज भर्रा गई।

''हूँ! बेकार करा दिए न पैसे। तू किसी काम का नहीं है चंदर, क्या करेगा जीवन में?''

मुझे डर लगा, अब जरूर पिटाई होगी। मगर नंदू भैया थोड़ी देर मुझे कड़ी निगाहों से देखते रहे, फिर सॉफ्ट-सॉफ्ट हो गए।

''तुझे पिक्चरें अच्छी नहीं लगतीं?'' बालों में कंघी करते हुए अचानक उन्होंने रुककर पूछा। मैं चौंका, अरे! यह मेरे ही नंदू भैया की आवाज है? इतना बहता हुआ स्नेह!

''नहीं!'' जाने क्या हुआ कि मैं रो पड़ा।

''पढ़ना अच्छा लगता है?'' मेरी ठोड़ी पकड़कर उठा दी है उन्होंने।

''हाँ।'' मैंने कहना चाहा, मगर सिर्फ एक मरी हुई फुसफुस निकली मेरे होंठों से।

''ठीक है, मैं किताबें ला दूँगा।'' और मेरी पीठ थपथपाकर चले गए।

: 4 :

पता नहीं कब तक मैं बैठा रहा, क्या-क्या सोचता रहा। शायद यह कि मेरे नंदू भैया क्या हमेशा ऐसे ही नहीं बने रह सकते, जैसे कि आज···! लेकिन नंदू भैया बदले, थोड़े से तो जरूर ही बदल गए।

इसके बाद वे न सिर्फ मेरे लिए किताबें लाते, दोस्तों के बीच भी जमकर तारीफ करते और कम-से-कम उन्हें मेरा मजाक तो नहीं उड़ाने देते। उन्होंने जो किताबें लाकर दीं, उनमें चंद्रशेखर आजाद, भगतसिंह और विवेकानंद की जीवनियों की मुझे अब भी याद है। ये किताबें वर्षों तक मेरे पास रहीं! नंदू भैया उनके बारे में पूछते और दोस्तों के बीच गर्व से कहते, ''देखना, चंदर एक दिन बड़ा आदमी बनेगा!'' मुझे अच्छा लगता, लेकिन अगले ही पल मैं झेंप जाता। कुछ भी हो, नंदू भैया के दोस्त जो उम्र में मुझसे बहुत बड़े थे, अब मेरा सम्मान करने लगे थे। और इस बात से मैं दूनी झेंप महसूस करता था और कन्नी काटने लगा था।

मजे की बात यह है कि नंदू भैया ने ही मुझे प्रेमचंद से पहली दफा मिलवाया था। उन्होंने 'प्रेमचंद की श्रेष्ठ कहानियाँ' किताब लाकर दी थी। सारी कहानियाँ मैं कोई डेढ़-दो दिनों में चाट गया था और जब 'बड़े भाईसाहब' कहानी पढ़ी थी, तो मेरी हालत यह कि ऊपर की साँस ऊपर, नीचे की नीचे। अरे! यह तो मेरी और मेरे नंदू भैया की कहानी है! प्रेमचंद ने कैसे लिख ली? मेरा मन हुआ कि दौड़कर नंदू भैया के पास जाऊँ और उन्हें बताऊँ कि देखिए-देखिए, यह जो प्रेमचंद के 'बड़े भाईसाहब' हैं न, बिलकुल···बिलकुल···जैसे आप!

पर उत्तेजना में, एकांत में खुशी से हाँफते हुए यह सोचना जितना आसान था, नंदू भैया के पास जाकर उसे कहना उतना ही मुश्किल! अगर खुदा न खास्ता उन्हें गुस्सा आ गया तो? मेरी हड्डी-पसली एक नहीं रहेगी।

···तो भी नंदू भैया जो थे, सो थे। उनसे डर और संकोच के बावजूद एक अंदरूनी गहरा-गहरा-सा प्यार था और मेरी जिंदगी मजे में चल रही थी। मन में कहीं एक गहरी आश्वस्ति-सी थी कि कहीं कुछ भी हो, नंदू भैया सब सँभाल लेंगे। वे परम समर्थ हैं, उनका कोई कुछ नहीं बिगाड़ सकता।

बचपन में मेरे 'हीमैन' थे नंदू भैया। और 'हीमैन' ही नहीं, सच्ची कहूँ

तो गॉडफादर भी। हालाँकि उन्होंने होना चाहा नहीं था, यह मैं ही था जो प्रेम और आतंक से भरकर उनकी पूजा-सी करता था।

नंदू भैया थे ही ऐसे ग्रेट…!

: 5 :

फिर एक आँधी चली, एक काली आँधी। और उस हादसे ने हमारे घर की सुख-शांति को तिनका-तिनका कर बिखेर दिया।

बिलकुल अनपेक्षित दुर्घटना। बड़े भाईसाहब प्राणनाथजी का हार्ट अटैक!

सिर्फ पैंतीस बरस की उम्र में वे गए। यह एक जवान, हरे पेड़ की मौत थी। पूरा घर स्तब्ध!

घर में सब रोए थे। फूट-फूटकर रोए थे। माँ छाती पीट रही थीं, पिता दीवारों से सिर मार रहे थे। अगर कोई नहीं रोया था, तो सिर्फ नंदू भैया! उनके आँसू एकदम सूख गए थे, आँखें पत्थर हो गई थीं। मानो वे कुछ देख ही नहीं पा रहे थे, समझ ही नहीं पा रहे थे।

माँ बार-बार उन्हें छाती से लगाकर कहती थीं, "तू रो ले पुत्तर, रो ले…अंदर का दुःख निकल जाएगा।" पर नंदू भैया को तो जैसे कुछ सुनाई ही नहीं पड़ रहा था। वे हमारे देखते ही देखते पत्थर हो चुके थे।

माँ आखिर माँ थीं, सब समझ गईं। उन्होंने घर के लोगों से पुकार-पुकारकर कहा, "मेरा नंदू रो नईं रिया, उन्नू रुआओ। नईं ताँ कुज्झ हो जाएगा।"

और सचमुच वह हादसा ऐसा बैठा नंदू भैया के भीतर कि फिर वे कभी पहले जैसे नंदू भैया नहीं रहे। एक हादसा जो एक और बड़े हादसे की जमीन तैयार कर रहा था। उसे कोई और नहीं समझा, बस माँ समझीं।

अलबत्ता उस दिन के बाद से नंदू भैया कभी सहज नहीं रहे। वे खुश होते तो बहुत-बहुत ज्यादा खुश और नाराज होते तो बहुत-बहुत ज्यादा नाराज। हालाँकि खुश अकसर कम ही होते, नाराज ज्यादा। अकसर गुस्से से उनकी आँखें चढ़ी रहतीं और लाल-लाल नजर आतीं।…दुःखी हम सभी थे, पर नंदू भैया की हालत घर के दुःख को और बढ़ा रही थी।

'नंदू भैया का गुस्सा आखिर किस पर है?' डरा-डरा सा मैं सोचता था। 'क्या उस विधाता पर जिसने बड़े भाईसाहब को छीनकर हम सब लोगों के साथ भारी अन्याय किया है? पर विधाता के अन्याय का कोई विरोध कर सका है? आखिर किससे लड़ने चले थे नंदू भैया…? पागल! एकदम पागल!!'

पढ़ाई में उनका मन नहीं लगता था और इस घटना के बाद तो और भी उचट गया। रात-रात भर वे जागते और छत पर अकेले टहलते रहते। उनके पैरों की आवाज आती थी और मैं सहमा-सा अपने बिस्तर में दुबका रहता था। मन ही ईश्वर से प्रार्थना करता हुआ, 'हे भगवान्, मेरे नंदू भैया को शांति दे।...उन्हें शांति दो भगवान्!!'

मन होता, जाऊँ और प्यार से उनका हाथ पकड़कर ले आऊँ, 'आओ नंदू भैया, बैठो मेरे पास। कुछ बात करो।' और फिर ढेर-ढेर-सी उनसे बातें करता। पर नहीं, मैं हिम्मत ही कब कर पाया? नंदू भैया से अब ज्यादा डर लगने लगा था। पहलेवाला नहीं, यह कुछ अलग-सा डर था। मुझे लगता था, कहीं कुछ ऐसा न कर बैठूँ कि नंदू भैया के भीतर सोया हुआ ज्वालामुखी जाग जाए और उनके भीतर ध्वंस शुरू हो जाए। इसलिए उन्हें जरा भी छेड़ते मुझे डर लगता था। मैं अकसर सामने होने पर उनसे कन्नी काटता और बचता था। फिर आखिर सोचा यही गया कि नंदू भैया पढ़ाई छोड़ें, कपड़ेवाली दुकान पर ही बैठें। इससे कम-से-कम उनका मन तो लगा रहेगा।

और थोड़े दिनों के अनमनेपन के बाद सचमुच नंदू भैया अपनी रौ में आ गए। दुकान में सचमुच उनका मन लगने लगा था। उनका व्यवहार और उनका बोलना-चालना ग्राहकों को प्रभावित करता था। हाँ, लेकिन उनके स्वभाव में एक विसंगति आकर बैठ गई। कभी वे उत्साह में आते, तो एकदम हवा में उड़ते हुए नजर आते और कभी सुस्त होते तो इस कदर कि अपनी जगह से थोड़ा हिलने में भी मानो उनके प्राण निकलते हों। वे हमेशा छोरों पर रहते थे और बीच में बहुत कम नजर आते थे। कभी-कभी किसी ग्राहक की उजड्डता या असभ्य व्यवहार पर उनका गुस्सा उबल पड़ता और तब उन्हें कोई होश नहीं रहता था। पिताजी समझाते, "देखो बेटा, दुकानदार को विनम्र होना चाहिए!"

पर भीतर गुस्सा उबल रहा हो और बाहर विनम्रता का महीन कवच धारण किए रहें, नंदू भैया को यह दुनियादारी कभी नहीं आई। अंत तक नहीं आई...! आती तो क्या वे इस तरह जाते, इतनी जल्दी चले जाते?

: 6 :

पढ़ाई-लिखाई के सिलसिले में अपना शहर छोड़कर मुझे बनारस जाना पड़ा, तो मन में हमेशा यही खटका लगा रहता कि नंदू भैया कैसे होंगे? अब कुछ 'सम' पर आए होंगे या नहीं? मन-ही-मन यही प्रार्थना करता कि वे

ठीक रहें, प्रसन्न रहें, क्योंकि उनकी प्रसन्नता से ही घर की प्रसन्नता लौट सकती थी। घर में हर हफ्ते चिट्ठी डालकर एक ही सवाल पूछता—नंदू भैया कैसे हैं? घर से कोई मिलने आता, तो भी मेरा पहला सवाल यही होता, नंदू भैया कैसे हैं? नंदू भैया का स्वस्थ होना ही मेरे लिए घर का स्वस्थ होना था। दोनों मानो एक-दूसरे के पर्याय हो चुके थे।

फिर मन बार-बार उनकी तरफ इसलिए भी दौड़ता था कि मैं जानता था कि घर में नंदू भैया के कद का कोई और नहीं है। नंदू भैया तो बस, नंदू भैया ही हैं। नंदू भैया ने खुद को खाक कर मुझे मेरे होने का अर्थ दिया था।

और सच तो यह है कि नंदू भैया ने एक तरह से खुद को खाद बना डाला था, जिस पर मैं गुलाब की तरह फूला, इतरा रहा था। कैपीटलिस्ट! एक सभ्य दुनिया का बाशिंदा—नफीस साहित्यकार!!

: 7 :

साल में एक-दो दफा छुट्टियों में मैं कुछ दिन के लिए घर आता, तो सभी खुश होते, लेकिन नंदू भैया तो जैसे दिल का खजाना ही खोल देते। इतनी बातें, इतनी आवभगत, इतना स्वागत! मानो उल्लास से भरकर फूले-फूले से सभी दिशाओं को सुना देना चाहते हों, 'मेरा भाई···मेरा भाई!' जैसे उनका भाई न हुआ, दुनिया का अनमोल हीरा हो गया।

बाद में विवाह हुआ तो गौरी भाभी ने भी बहुत जल्दी नंदू भैया की आदतें जान लीं और उन्हें रिझाने के गुर भी। नंदू भैया सचमुच विवाह के बाद एक नए रूप में ढल से गए। उनके इस नए रूप में गुस्सा कम, मस्ती कुछ ज्यादा थी और एक खानदानी किस्म का ऊँचा-ऊँचा, उन्नत आत्मगौरव तो था ही। कपड़ों में, चाल-ढाल में अजब-सी शान। सफेद कुरता-पाजामा, यही उनकी पसंदीदा पोशाक थी। पर शायद ही कभी किसी ने उनके इस्तिरी किए हुए झकाझक सफेद कुरते-पाजामे पर कोई दाग देखा हो। उनके विवाह के साल पीछे मुन्नू आ गया और उसके कोई डेढ़-दो साल बाद मीना। और सचमुच नंदू भैया गौरी भाभी के स्नेह और मुन्नू-मीना की जोड़ी के किल्लोल से बँध-से गए।

लिहाजा अब जब भी मैं मिलता, हँसने-गुदगुदानेवाले प्रसंग उनके मुँह से ज्यादा सुनाई पड़ते। कभी-कभी मस्ती में कोई तान भी छेड़ देते। एक छोटी सी ढोलकी हमारे घर में थी, उसे गले में लटकाकर जब वे गौरी भाभी को

रिझाने के लिए तरंग में आकर ताल देते, तो क्या खूब फबते थे! और ऐसे क्षणों में मेरे मुँह से निकलता कि नंदू भैया तो बस, नंदू भैया ही हो सकते हैं!

हालाँकि बीच-बीच में कभी-कभार उनका दु:ख भी प्रकट होता, जिसे कभी वे बहने देते, कभी बचा ले जाते। यह व्यापार-बुद्धिवाले एक बड़े खानदानी घर में उनके कुछ-कुछ 'मिसफिट' होने का दर्द था।

मजे की बात यह है कि नंदू भैया दुकान पर बैठते थे, दुकान का हिसाब-किताब भी देखते थे, लेकिन तबीयत से हिसाबी-किताबी बिलकुल नहीं थे। एक व्यापारी परिवार में जहाँ पैसे से बढ़कर कुछ और नहीं होता, इस तरह बगैर हिसाब के जीने के अपने खतरे थे। मगर नंदू भैया थे कि अपनी मस्ती बचाए हुए थे।

वे एक मजबूत चट्टान की तरह थे, जिसके चारों ओर पानी था। पानी ही पानी! लगता था, उस विशाल चट्टान का हिल पाना मुश्किल है। लेकिन फिर बरस-दर-बरस बीते, अगली पीढ़ी आई, जो कहीं ज्यादा 'कैलकुलेटिव' थी। ऊपर से शांत लेकिन भीतर असंवेदनशील और दुनियादार। छोटे भाई-भतीजों ने आ-आकर व्यापार सँभाला और उसके मुख्य-मुख्य चक्कों पर कब्जा कर लिया। वे सफल थे, क्योंकि वे संपर्कों और फायदे का 'गुर' जानते थे और नंदू भैया के पास उनके घनघोर फायदे के तर्कों का कोई जवाब नहीं था।

नंदू भैया अब भी इन तर्कों के जवाब में क्रोध से गरजकर अपने होने का परिचय दे सकते थे। यही वे करते भी थे। और जब वे गुस्से से थरथराते हुए चिल्लाकर कहते, "खामोश, अब एक शब्द भी आगे कहा तो…!" तो उस समय आस-पास के लोग ही नहीं, दीवारें तक थरथरा जाती थीं। तब किसी बड़े से बड़े सूरमा की हिम्मत नहीं थी कि कोई उनके आगे जरा 'चुसक' जाए।…

लेकिन नई पीढ़ी को आना होता ही है। वह आती ही है, और अपने पूरे तौर-तरीकों के साथ, बड़े रहस्यात्मक बल्कि हिंसक ढंग से अपने से पुरानी पीढ़ी को खारिज करके आती है। नंदू भैया ने बदलना नहीं सीखा था, लिहाजा व्यापार में उनका 'बदल' सोच लिया गया। ज्यादातर मामलों में उन्हें अब कुछ बताया ही न जाता, बल्कि उनसे जान-बूझकर छिपाया जाता। यह उन्हें दरकिनार करने की चाल थी, जिसमें पिता, छोटे भाई-भतीजे सब शामिल थे।

अब नंदू भैया अपना दु:ख कभी-कभार मुझे बताते थे और कई बार तो बहुत ज्यादा विचलित होकर बताते थे। एक-दो बार तो उन्होंने ऊबकर कहा,

'तू अपने शहर में ही मेरे लिए कोई नौकरी ढूँढ़ना। अगर डेढ़-दो हजार की भी हुई, तो मैं चला लूँगा। कहीं भी किसी तरह की भी हो। कुछ और नहीं तो किसी बनिए के यहाँ हिसाब-किताब की ही सही। मुनीमगीरी तो मैं कर ही सकता हूँ!''

सुनकर मैं मर्माहत हो गया। जिस आदमी ने जिंदगी भर कभी हिसाब-किताब नहीं किया, वह कहीं हिसाब-किताब देखने की नौकरी कर पाएगा ही नहीं। जानता था, यह उनसे नहीं होगा। नौकरी उनके बस की नहीं। क्योंकि नौकरी का अर्थ किसी-न-किसी रूप में तो गुलामी है। उन जैसे शाही अंदाजवाले परम स्वाधीन आदमी के बस की यह बात नहीं, जिसने कभी झुकना सीखा ही नहीं! और फिर हजार-डेढ़ हजार की नौकरी में तो नंदू भैया और उनके परिवार की सूखी रोटी भी नहीं चल सकती थी। यहाँ तक कि खाली उनके और बच्चों के कपड़ों-लत्तों का खर्च हजार-डेढ़ हजार से कम न होगा। पर यह बात उनसे कहे कौन?

मैं सिर्फ झूठे शब्दों का झूठा दिलासा देकर दु:ख पर राख डालता रहा और कहता, ''भैया, जैसे ही किसी नौकरी की खबर लगेगी, मैं चिट्ठी लिख दूँगा। वैसे घर में सब आपकी इतनी इज्जत करते हैं। थोड़ा सा एडजस्ट करना सीख लीजिए, चीजें आपसे आप हल हो जाएँगी।''

लेकिन यह जो 'थोड़ा सा एडजस्ट करना' था, यही उन्होंने नहीं सीखा। सीख नहीं पाए जीवन भर। जानता था कि मुझसे ये सारी बातें वे इस अपेक्षा के साथ ही करते हैं कि कहीं-न-कहीं एक नैतिक दबाव धन की 'माया' से अंधे हुए घर के लोगों पर डालूँ, ताकि हालात कुछ बदलें। नंदू भैया की हालत यह थी कि प्राण चाहे चले जाएँ, लेकिन आन-बान नहीं जानी चाहिए। वे मेरे सिवा किसी और से अपने दु:ख और अभाव की कथा कह ही नहीं सकते थे। और मैं इतना भीरु, इतना कायर था कि सोचता था, क्यों सबके आगे ये बखेड़े खोलकर घर का माहौल खराब करूँ? घर के हालात तो आज नहीं तो कल जैसे-तैसे सुलझ ही जाएँगे। तो मैं जो महीनों बाद घर आया हूँ, क्यों न चार दिन सुख से बिताकर ही लौटूँ!

ऐसा नहीं कि नंदू भैया यह बात समझते न हों। वे खुद भी अपनी सारी 'भाप' निकालने के बाद उदासी भूलकर अपनी सदाबहार अदा में हँसने-गाने और अपने निहायत मौलिक किस्म के चुटकुले सुनाने में लीन हो जाते।

माँ खुश थीं। घर के और लोग भी खुश होते कि मेरे आने से नंदू भैया

खुश हो जाते हैं। लेकिन मैं भीतर-भीतर रोता था। नंदू भैया की कही हुई बातें भीतर ही भीतर दस्तक देती थीं। और मन कच्ची दीवार की तरह भीतर ही भीतर ढहता, भुरभुराता रहता। मैं चाहकर भी नंदू भैया के मुतल्लिक कभी कुछ कह नहीं पाता था। या कभी थोड़ी-बहुत हिम्मत की भी, तो परिवार का व्यापारिक गणित इतना सख्त और जड़ था कि मैं आगे बात बढ़ा नहीं पाया। ऐसे तर्कों-कुतर्कों से मेरा मुँह बंद कर दिया गया कि आगे कुछ कहने का मतलब ही था, सीधे-सीधे लड़ाई छेड़ना!

फिर जैसी कि आशंका थी, एक फौरी बँटवारे के तहत नंदू भैया को अलग कर दिया गया। जो कुछ उनके हिस्से में आया था, उससे उनका खर्च मुश्किल से चल पाता था। उन्हें यह इतना अन्यायपूर्ण लगता था कि भीतर ही भीतर सुलगते थे। एक ज्वालामुखी था जो सोया पड़ा था। बहुत दिनों से वह गरजा नहीं था और लोगों ने सोच लिया था कि अब ज्वालामुखी, ज्वालामुखी नहीं रहा।

लेकिन ज्वालामुखी कभी सोया करते हैं? वे सिर्फ अपने लिए मौका तलाशते हैं।

: 8 :

नंदू भैया से आखिरी मुलाकात भी ऐसी ही एक सीझी हुई मुलाकात थी जिसमें दुःख और खुशी के मिले-जुले गाढ़े रंग थे। अपने दुःख उन्होंने सुनाए थे और अपनी विपद-कथा सुनाकर कहा था, नौकरी नहीं तो कोई छोटी-मोटी दुकान ही उनके लिए मैं देखूँ। बाहर वे कोई भी छोटा-मोटा काम कर सकते हैं, मगर इस शहर में उन जैसे खानदानी आदमी के लिए कोई छोटा काम करना भी हतक होगी।...

मैंने हमेशा की तरह उन्हें एक झूठा उत्साहपूर्ण दिलासा दिया था। फिर मेरे दोस्त आ गए तो उनके साथ हलके-फुलके मजाक और चुटकुलेबाजी में वे ऐसे रमे कि अपना सारा गम भूल गए। उन्हें इतने जोरों से अट्टहास करते देखकर कोई अंदाज भी नहीं लगा सकता था कि इस अट्टहास का कोई रिश्ता उस दुःख से भी है, जो उनके भीतर ही भीतर जमकर पहाड़ हुआ जाता था।

दोपहर को मुझे गाड़ी पकड़नी थी, लेकिन दोस्त थे कि मुझे कुछ देर के लिए खींचकर बाजार ले जाना चाहते थे। तब देर तक और दूर तक नंदू भैया की आवाज मेरा पीछा करती रही, "जरा जल्दी लौट आइयो चंदर। मैंने खुद अपने हाथ से तेरे लिए बेल का शरबत बनाया है—स्पेशल!"

लेकिन मैं लौटकर आया तो ऐन गाड़ी के टाइम पर। नंदू भैया लपककर गए, रिक्शा ले आए। मैं हड़बड़ी में सामान के साथ बैठा और उनसे दूर होता चला गया। लगातार दूर होता चला गया।

गाड़ी में याद आया—अरे! नंदू भैया ने मेरे लिए बेल का शरबत बनाया था। कितने प्यार से आग्रह किया था, लेकिन मेरी हड़बड़ी के कारण वह तो छूट ही गया। न उन्हें याद आया, न मुझे। छोटी सी बात थी लेकिन किसी 'अशुभ' की तरह मन में गड़ गई!

लौटकर बनारस आया, तो उदास था। रात अचानक एक दु:स्वप्न की चीख के साथ आँख खुल गई। नंदू भैया रेल की पटरियों पर दौड़ रहे हैं, दौड़ रहे हैं···दौड़ते जा रहे हैं और पीछे आँधी की तरह तेज भागती राजधानी एक्सप्रेस···कि अचानक खत्म, सब खत्म! नंदू भैया का शरीर चिथड़े-चिथड़े हो गया।

वह पूरी रात जागकर काटी। सुबह उठते ही घर चिट्ठी लिखी, 'नंदू भैया की बड़ी याद आती है। कल एक बुरा सपना देखा। घर में सब खैरियत तो है?'

पर चिट्ठी का जवाब आए, इससे पहले ही घबराया हुआ भतीजा आ गया, ''चलिए चाचा, नंदू चाचा की तबीयत ठीक नहीं···हार्ट अटैक!''

मैं पत्नी और बच्चों के साथ हड़बड़ाया हुआ घर गया तो अंतिम संस्कार हो चुका था।

मैं कुछ समझ पाऊँ, इससे पहले छोटा भाई हाथ पकड़कर मुझे एक ओर ले गया। बोला, 'चलिए मेरे साथ···!'

थोड़ी देर में मैं नंदू भैया की जलती हुई चिता के सामने था और मन को यह विश्वास दिलाने की असफल-सी कोशिश कर रहा था कि यहाँ जो जल रहा है, वही नंदू भैया हैं।

''कल रात की बात···! उन्होंने कीड़े मारनेवाली दवा की गोलियाँ खा ली थीं। पुलिस केस बनता, इसलिए जल्दी करना जरूरी था। शहर में दुश्मन भी तो कम नहीं हैं, हालाँकि किसी की हिम्मत नहीं पड़ी। असल में···पुलिस अफसर अपने गुप्ताजी का खास दोस्त···!'' छोटा भाई समझा रहा था।

चिता जल रही है, जिसमें नंदू भैया की विशाल काया के साथ-साथ उनके भीतर के दु:खों का पूरा पहाड़ भी धू-धू धधक रहा है।

''नंदू भैया, तुम इतने धोखेबाज निकलोगे, इतने धोखेबाज? मैंने नहीं

सोचा था। तुम मुझे क्यों छोड़कर चले गए? क्यों! मुझे तो तुम्हारा ही सहारा था।'' मैं फूट-फूटकर रो रहा था।

''चलो भैया, अब तो सब खत्म हो गया।'' छोटा भाई बाँह पकड़कर मुझे सांत्वना दे रहा है।

''क्या गोलियाँ खाते ही तत्काल हो गई थी मृत्यु? तुम्हें पता कैसे चला?''

''वे आधी रात को बुरी तरह दरवाजा भड़भड़ा रहे थे। हम लोग दौड़कर पहुँचे, तो एकाएक जमीन पर लोट गए। उनके आखिरी शब्द थे, 'मुझे बचा लो भाई···मुझे बचा लो, मैं जीना चाहता हूँ।''

''हम उन्हें बचा नहीं सके। हम गाड़ी में डालकर अस्पताल ले गए थे, लेकिन···'' छोटा भाई हिलक-हिलककर रोने लगा।

''क्या कुछ दिनों से कुछ खास परेशानी में थे?''

''सुना है, कुछ कर्जा ले लिया था, दस-पंद्रह हजार। वह भी अपने लिए नहीं अपने किसी दोस्त के लिए! उसे चुका नहीं पा रहे थे। हमें बताया ही नहीं, नहीं तो···''

—तुमने क्या सचमुच कभी जानना चाहा, वे किस दुःख-परेशानी में थे? बड़े भाई होकर छोटे से कुछ माँगना उनके लिए हतक थी। मरते-मरते भी उन्होंने साबित कर दिया··कि वे झुकने के लिए नहीं पैदा हुए थे। तुमने उन्हें समझा नहीं!—कहना चाहता था, कहा नहीं गया।

: 9 :

छोटा भाई अब सीझा-सा खड़ा था और मेरे भीतर नंदू भैया के आखिरी शब्द गूँज रहे थे, 'कोई छोटी-मोटी नौकरी मेरे लिए देखना चंदर! मैं इस घर में बहुत दूर चला जाना चाहता हूँ।···'

और सचमुच वे दूर, बहुत चले गए।

उन्होंने तो अपनी आन की रक्षा कर ली। लेकिन मैंने···? मैंने क्या किया उनके लिए, उनके सारे प्यार और विश्वास के बावजूद!···

अपने ही शब्दों की गूँज लौट-लौटकर फिर मुझ तक आती है। मन के भीतर कोई और मन है। वह सीधे-सीधे आँखों में आँखें डाल, मुझसे पूछ रहा है, ''धोखेबाज कौन था चंदर? कौन था कृतघ्न? नंदू भैया··या··या··या?''

☐

एक सुबह का महाभारत

सच्ची कहता हूँ, मेरी कहानी के सुननेवालो! आपसे जरा भी झूठ नहीं बोलूँगा। इस सबके लिए मैं जिम्मेदार हूँ। मैं—सिर्फ मैं। और मेरे सिवा कोई नहीं। मैंने खुद ही खुद को चौपट कर लिया। बीच राह में, गले में कालिदास की परंपरा का पट्टा लटकाकर बैठ गया कि हाँ जी, हाँ, मैं हूँ लेखक—मैं हूँ साहित्यकार महान! जबकि साहित्य-फाहित्य से होता क्या है आज के जमाने में? सिर्फ यही कि घड़ी की सूइयाँ बेतुकी चाल चलने लगती हैं। कभी समय से थोड़ा आगे, कभी समय से थोड़ा पीछे। और फिर···

और फिर यह रोग कोई आज का थोड़े ही है, बचपन तक इसकी जड़ें जाती हैं। बचपन में खाट पर बैठा-बैठा 'महाभारत' पढ़ता था, तो अकसर साँझ का अँधेरा घिर आता था। और मेरी समाधि टूटने में नहीं आती थी। माँ टोकती थीं, "अब रहने भी दे, बेटा!" पर मुझे इतना रस आता था, इतना कि···एक दिन मैंने कर्ण पर खंड-काव्य लिखने का इरादा कर लिया। और कुछ आगे चलकर तूफानी गति से सौ-डेढ़ सौ कच्चे-पक्के छंद लिखे भी गए!

तब क्या जानता था कि एक दिन···! एक दिन यह महाभारत मेरी जिंदगी से होकर मेरी कहानी तक चला आएगा, कुछ ऐसी ही तूफानी चाल से···कि सबकुछ दरहम-बरहम।

जैसे कि आज का दिन।···आज की कटी-पिटी चिथड़ा सुबह, जो असंभव नहीं कि मेरे पीले चेहरे और मेरी गीली आँखों की कोरों से झाँक रही हो!

: 2 :

खैर! क्या आप जानना चाहते हैं कि आज सुबह घर में क्या हुआ! एकदम सुबह-सुबह मुझ चंद्रकांत विनायक के घर पर अशुभ···अशांति,

अमंगल—यानी महाभारत!

अब मैं समझता हूँ, मुझे तफसील से और साफ-साफ सबकुछ बताना चाहिए। सुधा और अपनी भूमिकाएँ भी, बगैर पहेलियाँ बुझाए हुए।···असल में बड़े दिनों से घर में सबकुछ ठीक-ठाक चल रहा था और भीतर-भीतर 'गृहस्थी की उच्छल तरंग' के अलावा यह आशंका मुझे खाए जा रही थी कि इतने दिन बीते, अब होगा···कुछ होगा! और वह आज सुबह-सुबह हो गया! अपने पूरे भौंडेपन और भड़-भड़-भड़ के साथ।

झगड़ा! झगड़ा ही कहेंगे उसे? खैर, जो भी वह हो और जो भी नाम दें आप उसे, मगर असल में वह तो हमारे भीतर ही सो रहा होता है। और जब एक झटके से चारपाई से उठकर खड़ा हो जाता है तो हम कहते हैं—झगड़ा!···कि साब, दो दिल झगड़ पड़े। मैं कहता हूँ, क्यों झगड़ पड़े—क्यों? क्या यह झगड़ा उसी वक्त हुआ जब ये झगड़ रहे थे? जी नहीं जनाब, इसका जो बीज होता है, बीज···! (आप नहीं समझोगे। कोई नहीं समझता!)

खैर, बात कुछ खास न थी। यह मैं ही था, मेरा उखड़ा मूड जो झगड़े का कारण था। कई दिनों से मैं कुछ लिखना चाह रहा था और लिख नहीं पा रहा था तो मेरे पैर टेढ़े-टेढ़े पड़ रहे थे। साँस टेढ़ी-टेढ़ी चल रही थी और सबकुछ गड़बड़ हो गया था।

दफ्तर में दफ्तर के काम थे, घर में घर की चिंताएँ। ट्रेन में ट्रेन की भब्भड़! दोस्तों में दोस्तों की हड़बड़! रात में थके-टूटे जिस्म और नींद की गड़बड़। तो फिर लिखता कब? मगर इस खोपड़े में जो धम-धम कर रहा था राक्षस, रात-दिन···रात-दिन, उससे निजात तो नहीं पा सकता था न! लगता था, अपने कथानायक बैरिस्टर कामता बाबू को यों दिखाएँ, वो दिखाएँ, वो-वो दिखाएँ, तो बात बन जाए।

कामता बाबू मेरी नई कहानी के खासमखास कैरेक्टर थे। कामता बाबू के धाँसू कैरेक्टर के जरिए असल में मैं बहुत कुछ कह डालना चाहता था। और जो कह डालना चाहता था, उसका नक्शा दिमाग में करीब-करीब बन चुका था। मगर सिर्फ दिमाग में बनने से तो बात नहीं बनती न! कागज पर···! असल बात तो यह है कि कागज पर कब उतारें उसे—कैसे?

: 3 :

सुबह चाय पीकर एक हलकी अँगड़ाई ही ली थी—कि पता नहीं चाय

का असर था या मौसम का या कुछ और···वह जिन्न फिर एकाएक बोतल से निकलकर खड़ा हो गया जिसे बमुश्किल बोतल में डाला था। और वह लगा चीखने, 'लिखना चाहिए—लिखना, कुछ लिखना चाहिए!' अब हार तय थी। बड़ी मुश्किल से रद्दी के ढेर में हाथ-पैर मारकर कुछ कागज ढूँढ़े, जिन पर एक तरफ बच्चों ने कुछ नीला-पीला किया हुआ था, दूसरी तरफ खाली। टैग लगाकर ऐसे पच्चीस-तीस पन्नों को बाँधा और गला खँखारकर लिखने की भूमिका बनाने लगा।

कुछ देर बाद मैंने पेन उठाया और शीर्षक ठोंक दिया—'कामता बाबू की अनोखी आत्मकथा'। यह तरीका, झूठ क्यों बोलूँ, मैंने अपने गुरु आचार्य हजारीप्रसाद द्विवेदी से सीखा था। उनके उपन्यास 'बाण भट्ट की आत्मकथा' से। अब आगे···? शुरुआत कहाँ से की जाए? लगा, कुछ मुश्किल आ रही है।

आखिर मैं झटके से उठा और कमरे में टहलने लगा। सुना है, टॉलस्टाय हों, दोस्तोवस्की, चेखव या पुश्किन, इन सबको कमरे में टहलने की बीमारी थी। ये सब कमरे में खूब-खूब टहलते और खूब-खूब लिखते थे। और मजे की बात तो यह है कि ये सबके सब मेरे नायक हैं, सबके सब!

'अरे व्वाह···!' मैं बाँहें कसे हुए कमरे में टहल रहा था। मन-ही-मन गौरवान्वित भी हो रहा था। 'आखिर हम भी किसी से कम नहीं' वाली महानायकी मुद्रा! और सच्ची कहूँ, कहानी लिखने से ज्यादा मुझे पुलकित कर रहा था अपना यह सोचना कि पूरी होते ही कहानी 'इक्कीसवीं सदी' के संपादक को भेजूँगा। कंबख्त इतवारीलाल 'अलबेला' भी याद करेगा कि कोई चीज है! छापे न छापे, मगर चीं बोल जाएगा, चीं! इतवारीलाल 'अलबेला' ने अभी लेखक नहीं देखे। बौने लेखकों की जमात के बल पर राजा बना हुआ है। मैं ससुर को फिर से बौना बना दूँगा, बौना! पुनर्मूषको भव!···

: 4 :

अभी यह सब धाराप्रवाह चल ही रहा था कि अचानक किसी ने पानी में कंकड़ फेंका। सुधा के जोर-जोर से बोलने, बच्चों के 'पापा···पापा' कहकर रोने-चिल्लाने और चाँटों की चट-चटाक की आवाज आई, तो मामला धड़ड़ड़···धड़ा···म हो गया।

बच्चे काफी पिट गए थे शायद। इस मामले में सुधा का सिद्धांत है (और वह कभी मेरी समझ में नहीं आया) कि या तो पीटो नहीं, या फिर इतना कड़काओ

कि किसी एकाध बच्चे की एकाध हड्डी-वड्डी तो चटकनी ही चाहिए।

बहरहाल, मैं जो लेखन की दुनिया में काफी अंदर तक चला गया था, एकाएक शीर्षासन करता हुआ दूसरी दुनिया तक आया!…मैं दरअसल, जैसा कि शायद पहले भी बताया है, कामता बाबू पर एक उपन्यासनुमा लंबी कहानी लिखने की सोच रहा था। और सोच रहा था कि कहानी में उनकी उपस्थिति किस रूप में हो और उनके साथ क्या-क्या ड्रामेबाजी हो, जो भँप जाए? फिर यह भी कि उनके चेहरे में और कौन-कौन से चेहरे शामिल किए जाएँ? तमाम चेहरे मेरे जेहन में थे, जिनके बीच से कामता बाबू का चेहरा बनना था। एक सुदर्शन, मगर खुर्राट चेहरा। ऐसे सत्तापुरुष का, जो सत्ता के ऊँचे सिंहासन पर भी काबिज है और संस्कृति की आत्मा भी है। हर क्षण मुसकराता हुआ सम्मोहक चेहरा, जो न दुःख जानता है, न उदासी। और मेरे-आपके हर सवाल का जवाब उसका यही अमोघ अस्त्र, यानी मोहिनी मुसकान है।…

कहानी में असल कामता बाबू के गंजेपन को मैं हलके-फुलके बालों से भर देना चाहता था। इसके अलावा मैं उन्हें, जैसे वे हैं, उससे थोड़ा अधिक तंदुरुस्त दिखाना चाहता था। हाँ, आवाज और गरदन को बारी-बारी दाएँ-बाएँ हिलाकर बोलने का अंदाज नहीं बदलना चाहता था और यह सचमुच मुझे प्यारा लगता है। मेरा खयाल है, आप भी इसकी ताईद करेंगे।…जरूर करेंगे!

: 5 :

तो अब आप ही सोचिए, जब मैं ऐसी महाधाराओं में बह रहा था, तब सुधा का चिल्लाना मुझे कैसे लगा होगा?

''सुधा… !'' गुस्से से बेकाबू होकर मैं चीखा। लग रहा था, मेरा सिर टुकड़े-टुकड़े हो जाएगा।

कोई जवाब नहीं मिला, तो धम-धम पैर पटकता बच्चों के पिटे हुए गालों और चीख में बदल चुके रुदन के एकाएक सामने आ पहुँचा। ''क्या हो गया? तुम भी कभी-कभी सुधा, हद्द है भई… !'' गुस्से में बिलबिलाते हुए भी मैंने बीच के कुछ 'गैप्स' जानबूझकर रहने दिए दिए थे, ताकि मामला एक हद से ज्यादा न बढ़े। या बढ़े तो सँभाला जा सके!

''चीख क्यों रहे हो? मैं तुमसे ज्यादा जोर से चीख सकती हूँ।'' सुधा की धीमी मगर तनी हुई आवाज मेरे कानों को चाकू की तरह काटती चली गई।

मैं जानता हूँ, सुधा जब अपनी पर आ जाए तो जीतना मुश्किल है। वह

वही दृश्य था। हू-बहू वही। एकदम मैंने हाथ में लिए धनुष-बाण जमीन पर डाल दिए, ''क्या हुआ सुधा, बताओ तो?''

''तुम्हारे जिम्मे था न, बच्चों को उठाना। फिर क्या हुआ अब?···घड़ी देखो जरा, कितने बजे हैं?'' सुधा की तल्खी अभी कायम है, ''मैं रसोई में थी। मुझे क्या पता था कि तुम···अम् हवाई किले बना रहे हो? पौने सात हो गए। अब बच्चे कब नहाएँगे, कब तैयार होंगे! कैसे बस पकड़ेंगे?''

''ओह सॉरी···मैं करता हूँ जल्दी से। बस, इतनी सी बात!'' मेरे क्रोध ने झट कलाबाजी खाई। मैंने कामता बाबू और लंबी कहानी दोनों को मन-ही-मन गोली मारी और जोर-शोर से बच्चों से मुखाबित हुआ, ''ऐ बच्चो, नहाने की जरूरत नहीं। फौरन मुँह-हाथ धोकर कपड़े पहनो और पाँच मिनट में मामला तैयार!···ठीक है?'

''नहीं, नहाना है।'' सुधा के उसी तने हुए चेहरे ने कहा, ''ये नहाएँगे और नहाकर तैयार होंगे। खाना खाएँगे। और देर हो गई, बस छूट गई तो···तुम इन्हें छोड़कर आओगे।''

''सुधा, इतनी दूर रिक्शे में आना-जाना!'' मेरी आँखों में निरीहता की हलकी-हलकी घास उग आई है। समझौते की मुद्रा में मैं अब जमीन पर पूँछ पटपटा रहा हूँ।

''मैं कुछ नहीं जानती। सुबह की चाय पिए इतनी देर हो गई, तब से क्या कर रहे थे?''

''सुधा, एक जरूरी चीज थी, मैं लिखना चाहता था। मैं दरअसल लिखना चाहता था, मैं सोच रहा था कि···'' मैं सफाई देनेवाली मुद्रा में आ जाता हूँ।

गुस्से में कुछ ज्यादा ही लावण्यवती हो आई साँवली सलोनी सुधा पर इसका असर तो पड़ा होगा, पर ऊपरी दबंगी कायम रहती है। (फिल्मों की निरूपा राय? नहीं—अपर्णा सेन! थोड़ी उम्र कम करनी होगी।)

''ठीक है, तुम जानो, तुम्हारा काम। पर ऐसे घर नहीं चल सकता।'' वह भुनभुनाती हुई रसोई में घुस गई। और थोड़ी देर में वहाँ से भुनते हुए जीरे की सोंधी महक बाहर आने लगी।

मगर बाहर जो तनाव था, उसका क्या किया जाए? मैंने बच्चों की ओर अनुरोधभरी निगाह से देखा। बच्चे इसका मतलब जानते हैं कि प्यारे बच्चो, पापा की लाज रखनी है। सो उन्होंने दो-चार मग जल्दी-जल्दी पानी डाला। उलटे-सीधे कपड़े गले में अटकाए। जूते डाले। खाना खाया। (इस बीच मैंने

कंघियाँ कर दीं।)…बैग लगाया और हाँफते-हाँफते दौड़ लगा दी। बस मुश्किल से मिली। वह निकलने ही वाली थी कि मैंने मोड़ पर हाथ देकर रोक लिया—ओह, वह रुकी—हाय, रुकी! छोटी वाली और बड़ी दोनों बेटियाँ उसमें चढ़ गई हैं और अब हाथ हिला रही हैं।

बस के जाने के बाद भी मेरा ऊपरवाला हिस्सा देर तक धड़धड़ाता रहा। अब संतुष्ट लौट रहा हूँ। सोचते हुए कि बस न मिलती तो रिक्शा के पंद्रह रुपए जाते हुए और पंद्रह रुपए आते हुए, यानी तीस रुपए का फालतू खर्च। तीस रुपए का मतलब तीन या शायद चार दिन की सब्जी—मतलब…?

लेकिन मतलब कुछ भी हो, भीतर की भब्भड़ अभी गई नहीं है।

: 6 :

अलबत्ता लौटकर आया तो नहाने के लिए गुसलखाने में घुस गया। अभी कपड़े-वपड़े आधे-अधूरे पहन ही पाया था कि खाने की थाली मेज पर पटक दी गई।

"सुनो, तुम भी ले आओ, साथ-साथ खा लेंगे।" आवाज में जितनी नरमाई घोलकर कह सकता था, मैंने कहा। मैं दरअसल झगड़े का 'सुखद समारोप' करना चाहता था, मुंबइया पारिवारिक फिल्मों वाले अंदाज में!

"अभी मुझे और भी बहुत से काम करने हैं।" सुधा का वही रूखा-सूखा संक्षिप्त उत्तर।

मेरा माथा फिर गया, सुधा क्या बिलकुल नहीं समझना चाहती चीजों को? बिलकुल एडजस्ट नहीं कर सकती। उसे क्या पता, मेरे भीतर मेरी अनलिखी लंबी कहानी के कथानायक बैरिस्टर कामता बाबू कैसी उथल-पुथल मचा रहे हैं! बल्कि उथल-पुथल तो क्या, मारकाट…एकदम मारकाट—नादिरशाही ढंग से!! क्या सुधा बिलकुल नहीं समझ सकती एक लेखक का मूड, एक लेखक की भावना, उसकी दुनिया…जो कामता बाबू से बनती है, जो सैकड़ों कामता बाबुओं से बनती है…जो उसके भीतर लगातार घुसते ही चले आते हैं, घुसते ही…!

सुधा को क्यों नहीं नजर आता यह सब? तो ठीक है, मुझे भी नहीं खाना। ऐसा खाना किस काम का, जो यों अपमान से ला पटका जाए? जिसमें जरा भी…अम् जरा भी स्नेह की चिकनाई न हो। वो…वो कवि ने कहा है न कि रहिमन रहिला (चना) की भली, जो परसे चित्त लाय। लेकिन रहिला की कौन

सस्ती है? महँगाई, उफ महँगाई! यही जड़ है झगड़े की। मगर सुधा, यह कौन कम है?…इससे तो दफ्तर ही भला! उठाऊँ साइकिल…निकलूँ?

"सुनो चंदर!" सुधा की लरजती आवाज सुनाई पड़ती है, जब साइकिल बाहर सड़क पर आ जाती है। पर मैं गुस्से में अनसुना कर देता हूँ। मुझे करना ही चाहिए।

"सुनो!" मुझे फिर सुनाई पड़ता है, जब मैं साइकिल पर बैठकर पैडल मारना शुरू करता हूँ।

"सुनो…!" फिर वही आवाज, नहीं—आवाज की गूँज पीछा कर रही है। पर मुझे अब परवाह नहीं है। मुझे अब जाना ही है…जाना है दूर, बहुत दूर।

मैं पीछे मुड़कर देखना चाहता हूँ, पर नहीं देखता और तमतमाता हुआ साइकिल दौड़ाए लिए जाता हूँ। पर…

…पर गली के मोड़ तक आते-आते जाने क्या होता है कि साइकिल खुद-ब-खुद धीमी पड़नी शुरू हो जाती है और मेरे भीतर उलटी रेल चलनी शुरू हो जाती है—ओह! सुधा कितनी परेशान रहेगी दिन भर! मैं रात आठ बजे लौटूँगा। तब तक कितना खून फुँकेगा इस बेचारी का। घड़ी देखता हूँ—सवा आठ। अगर अभी लौट जाऊँ तो खाना खाकर, चाय पीकर साढ़े नौ बजे निकला जा सकता है—यानी दस बजेवाली ट्रेन। थोड़ा लेट हो जाऊँगा, मगर…सुधा का एक दिन, पूरा एक दिन बरबाद होने से बच जाएगा।

मैं लौट पड़ा हूँ और अब मुझे यह 'गिल्ट' खाए जा रहा है कि सुबह-सुबह मुझे भाव-समाधि लगाने की क्या जरूरत थी। भाड़ में गई लंबी कहानी…! महाशय कामता बाबू कहीं भागे तो न जा रहे थे। और फिर रोज-रोज के काम, बच्चों की हड़बड़, व्यस्तताएँ! सुधा अकेली कैसे सँभाले? वह खुद भी तो दु:खी और चिड़चिड़ी रहती है। इन दिनों तबीयत भी ठीक नहीं। एड़ी में और घुटनों में ऐसा दर्द रहता है जैसे पका हुआ फोड़ा हो। कभी-कभी तो जमीन पर पैर रखते ही चीख निकलती है। उसे भी थोड़ा सहारा, थोड़ी सहानुभूति चाहिए कि नहीं!

सबके अपने काम, अपनी जरूरतें हैं, मगर वह…? वह जो इस पूरे घर की 'अंतरात्मा' है, अकेले सहती है सबको!

: 7 :

घर आया, तो मैंने चुपके से किसी शातिर चोर की तरह दरवाजा खोला,

चुपके से साइकिल एक ओर रखी। झोला मेज पर पटका और देखते ही देखते मेरी आरामकुरसी ने मुझ जज्ब कर लिया। पंखे की ठंडी हवा के नीचे मेरी आँखें बंद हो चली हैं। जाने कब सुधा आती है, जाने कब और गीले, अवश शब्दों में लपेटने लगती है, "मुझे पता था, मुझे पता था—तुम आओगे।"

खुशी का एक आँसू उसकी आँखों में चमक रहा है। मैं उसे चूम लेता हूँ और खींचकर बाँहों में भर लेता हूँ, "सुधा···सुधा···मेरी प्यारी रानी, तुम्हारे बगैर मैं कुछ नहीं हूँ। मगर तुम···तुम मेरी मुश्किलें समझो न!"

"समझती हूँ।" मुसकराती हुई सुधा खाना लेने चली गई।

दोबारा गरम किए जाने के बावजूद कितने गिले-शिकवों से गीला हुआ खाना।

अब शब्द मेरा साथ छोड़ रहे हैं मेरी कहानी के सुननेवालो!

"ला-लला-ला-ला!" कोई आधे घंटे बाद मेरी साइकिल लपकती हुई चाल से स्टेशन की ओर भागी जा रही थी।

□

अंजलीना का नाटक

प्रिंसिपल गोवर्धन बाबू अपने दफ्तर में बैठे थे। कुछ जरूरी काम निबटाने के बाद सोच रहे थे, 'अब जरा स्कूल का एक राउंड ले लिया जाए।'

वे उठने की सोच ही रहे थे कि अचानक दरवाजे का परदा हटा और एक हँसती हुई सुंदर, लंबी सी युवती अंदर आई। बोली, ''नमस्कार···पहचाना आपने?''

गोवर्धन बाबू चकराए। बोले, ''कुछ ठीक-ठीक याद नहीं आता। आइए, बैठिए तो!''

इस पर थोड़ी चंचल मुसकानवाली वह हँसमुख युवती बोली, ''अंजलीना मेरा नाम है। अब शायद आप पहचान जाएँगे।''

''अरे हाँ भई, पहचान गया। अब क्यों न पहचानूँगा?'' प्रिंसिपल गोवर्धन बाबू जैसे एक सुखद आवेग में बह निकले। बोले, ''अंजलीना नाम औरों से इतना अलग है और खास कि उसे तो भूलना ही मुश्किल है। फिर जिसने तुम्हारा नाटक देखा हो, वो तो उसे भूल सकता ही नहीं! वह नाटक भी तुम्हारा अंजलीना, गजब का ही था···एकदम गजब!''

गोवर्धन बाबू शुरू में थोड़ा ठिठके थे, मगर अब बहे तो बहते ही चले गए। बोले, ''सचमुच अंजलीना, उसके बाद बहुत से नाटक किए, पर मुझे आज भी लगता है, उसमें तुमने जो अभिनय किया था, उसका जवाब नहीं। तब तो तुम बहुत छोटी सी थीं न। अब तो बड़ी हो गई हो। हो गए कोई पंद्रह-सोलह साल!···क्यों, ठीक कह रहा हूँ न?''

हँसकर बोली अंजलीना, ''हाँ, इतने तो हो ही गए। पर वह नाटक! वह नाटक, नाटक कहाँ रहा? असल में आपने वह नाटक कराके मेरी तो जिंदगी ही बदल दी। मुझे क्या पता था कि कोई नाटक ऐसा भी हो सकता है जो किसी

की सारी जिंदगी बदल दे। पता नहीं, ऐसा कब···कैसे होता है? पर होता तो है न सर, जरूर होता है!''

कहते-कहते अंजलीना के भीतर जाने क्या कुछ उपजा—थोड़ा दिव्य, अनिर्वचनीय और कुछ-कुछ रूहानी-सा, कि प्रिंसिपल गोर्वधन बाबू को वह एकदम बदली-बदली-सी लगी। आषाढ़ की पहली किशोर बदली, जिसके चारों ओर एक स्वर्णिम आभा खेल रही थी।

''मगर कैसे भला! यह तो तुमने नहीं बताया। उस नाटक का तुम्हारी जिंदगी से मतलब···?'' गोवर्धन बाबू ने हैरान होकर पूछा।

''है, बहुत कुछ है सर!'' अंजलीना थोड़ा गंभीर हो गई। फिर कुछ अजीब-सी हँसी हँसते हुए बोली, ''क्योंकि अब नाटक ही मेरी जिंदगी है। जगह-जगह जाती हूँ, नाटक करती हूँ। खासकर छोटे-बड़े बच्चों के बीच नाटक करवाती हूँ, तो बड़ा अच्छा लगता है। लगता है, बच्चे नहीं, ये छोटे-छोटे ऊर्जा-पिंड है । इतने ताजे, मासूम, प्रसन्न··· कि उनके बीच जाकर मैं खुद ताजगी से भर जाती हूँ।''

''अच्छा, यह तो···एक नेक काम कर रही हो तुम। वाकई!'' गोवर्धन बाबू की आँखों में अंजलीना के लिए प्यार और आशीर्वाद का भाव उमड़ आया।

''पर सर, वह नाटक यहीं खत्म नहीं होता। वह थोड़ा और भी आगे चलता है।'' अंजलीना हँस रही थी। मगर यह हँसी कुछ खुली-खुली तो कुछ बंद पहेलियों जैसी। जैसे तिलिस्मी डिब्बियों के बीच डिब्बियाँ।···जादू!

''यानी···?'' गोवर्धन बाबू के माथे पर पसीना छलछला आया।

''वही बताने तो आई हूँ सर!'' अंजलीना अब एकदम बच्चों की तरह हँसी। खिल···खिल, खुदर-खुदर-खुदर। बोली, ''तब आपने जो नाटक करवाया था, उसे मैं तो खैर जीवन भर भूल ही नहीं सकती। और आप भी नहीं भूले होंगे। वह नाटक था ही ऐसा—एक भूत का नाटक। भूत क्या, महाभूत कहिए! वह विशालकाय काला-काला डरावना भूत एक बस्ती और उसके लोगों को खूब डराता, खूब परेशान करता। लोग बेहाल हैं। रो रहे हैं, परेशान हैं। कभी किसी के यहाँ वह चीजें तोड़ जाता है, बिखरा जाता है। कभी कहीं आग लगा जाता है। कभी किसी घर में इस तरह तोड़फोड़ और कुहराम मचा देता है, जैसे भीषण भूचाल आया हो। कभी बिना बात झगड़ा करवा देता है।

''और जब सुबह होती है, तो उस घर के सभी लोगों के सिर लहूलुहान

मिलते हैं। कपड़े कीचड़ और कालोंच से भरे हुए। आधी-आधी रात को बच्चे 'भूत-भूत' चीखते उठते हैं। मगर वह भूत नजर नहीं आता। हमारे उठते ही भाग जाता है। जैसे ही जगार होती है—गायब! एकदम गायब। मगर उसके हाथ-पैरों और उसकी दुष्ट शरारतों के निशान आस-पास हर कहीं नजर आ जाते हैं!''

: 2 :

गोवर्धन बाबू चुप, अपने आपमें लीन! जैसे किसी ने उन्हें वर्तमान से उठाकर किसी और देश-काल में पहुँचा दिया हो। बरसों पुराना वह नाटक जैसे फिर से आँखों के आगे खेला जा रहा हो और वे उसकी रंग-छायाओं और संगीत के सुर-ताल में खो-से गए हों।

फिर अपने इस दिवास्वप्न से उबरे तो अंजलीना की ओर उनका ध्यान गया। उन्हें लग रहा था कि इस बीच अंजलीना कितनी बदल गई है! उन दिनों की उस छोटी सी लड़की में भी गजब की हिम्मत और दिलेरी थी, पर उम्र बढ़ने के साथ उसका आत्मविश्वास भी जैसे आदमकद हो गया हो।

उधर अंजलीना! मानो वह कोई लड़की नहीं, हवा का झोंका थी जो तेजी से कमरे में इधर-से-उधर, उधर-से-इधर बह रही थी।

और उस नाटक की व्याख्या करते-करते वह शायद भूल ही गई कि उसके सामने कोई अनाड़ी श्रोता नहीं, गोवर्धन बाबू बैठे हैं, जिन्होंने खुद वह नाटक लिखा और निर्देशित किया था।

''सर...सर, आपको याद आ गया न! आ गया सर?'' अंजलीना नाटक के बारे में बताते-बताते जैसे खुद नाटक में दाखिल हो चली है—''और फिर...इस तमाम मारा-मारी और रोने-धोने के बीच आखिर एक छोटी सी लड़की निकलकर सामने आती है। वह छोटी सी है, मगर हिम्मतवाली है। वह छोटी सी है, मगर सोचना जानती है और वह सोचती है कि इस भूत को भगाया जाए, जिसने सारी बस्ती को परेशान कर रखा है। उसके हिंदी के मास्टर साहब आशीर्वादीलालजी ने एक दफा उसे बताया था कि बेटी, भूत-वूत कुछ नहीं होता है। ये सब मन के वहम हैं...एक किस्म का पागलपन! झूठ-मूठ की बात। तो...तो फिर जिस भूत की सब बात करते हैं, वह क्या है? वह छोटी सी लड़की तो एकदम चकरा ही गई थी। उसे बहुत हैरान-परेशान देखकर हिंदी के मास्टर आशीर्वादीलालजी ने उसे समझाया था कि बेटी, यह भूत असल में अशिक्षा

और दरिद्रता का भूत है। यह अँधेरे में आता है, उजाले से भागता है। यह शब्दों की रोशनी से भागता है। हिम्मत से भागता और आपस में सच्चा प्रेम हो, तो भागता है···

"आप सुन रहे हैं सर!···तो उस बच्ची को यह बात समझ में आ गई। और समझ में आते ही, जैसे एक लौ-सी लग गई। अब वह बच्ची रात-रात भर जागकर किताबें पढ़ती है, ताकि भूत भागे। घर के आस-पास दीए जलाती है। दूसरों के सुख-दुःख में मदद करती हैं। आपस के झगड़े शांत करती हैं। लोगों के ईर्ष्या-द्वेष मिटाती है और एक दिन भूत सच्ची-मुच्ची खत्म, भूत खत्म!···सब कहने लगे कि वाह, भई वाह! यह बच्ची तो बड़ी हिम्मती है, इसने भूत को भगा दिया। पर वह बच्ची जानती थी कि भूत कोई नहीं था, कहीं नहीं था। लोग ही एक-दूसरे को डराते थे, लोग ही एक-दूसरे का नुकसान करते थे। लोग ही एक-दूसरे के घरों में आग लगाते थे। और जब यह इर्ष्या-द्वेष और नफरत खत्म हुई, तो भूत खुद-ब-खुद चला गया।···मैं ठीक कह रही हूँ न सर? आपके नाटक का मूल आइडिया मेरे खयाल से यही है।"

गोवर्धन बाबू ने जो चुपचाप अंजलीना के चेहरे को पढ़ने की कोशिश कर रहे थे, धीरे से सिर हिलाया। कहा कुछ नहीं। मानो कुछ कहकर अंजलीना के तीव्र भावावेग में बाधा न पहुँचाना चाह रहे हो ।

वैसे भी उस पल अंजलीना को रोकना न तो उनके बस की बात थी और न खुद उसके बस की बात! कोई आँधी थी जो उसे और उसके शब्दों को तीव्रता से उड़ाए लिए जा रही थी—

"और सर, अब आगे की कहानी···? आपको क्या बताना, पर मुझे खुद ही दोहराना अच्छा लग रहा है। आप देखिएगा सर, कितना मैं समझ पाई?···तो हुआ यह कि एक दिन बस्ती के लोग शांत बैठे हुए उस भूत की चर्चा कर रहे थे तो वह भूत आया। सचमुच आया। और वह भूत क्या था, एक काला-सा विशालकाय साया। आते ही बोला, 'आओ लोगो, मुझे हाथ लगाओ, मुझे छुओ। मैं असल आदमी नहीं, सिर्फ एक साया हूँ, एक भ्रम! और मैं सिर्फ उन्हें सताता हूँ, जो आपस में झगड़ते हैं और एक-दूसरे से नफरत करते हैं। अगर तुम प्रेम से रहोगे, तो मैं फिर तुम्हारे पास कभी नहीं आऊँगा। और आपस में लड़ना-झगड़ना शुरू कर दोगे, तो मैं एक दिन फिर तुम्हारे पास लौट आऊँगा। याद रखना मेरी बात!'

"इस पर बस्ती के सब लोग हैरान। मगर वह छोटी सी बच्ची—नाम भी

उसका अंजलीना आपने ही रखा था, उठी और बोली, 'नहीं अब हम नहीं लड़ेंगे। इसके बजाय हम पढ़ेंगे, हम आगे बढ़ेंगे।' और उस लड़की ने आखिर बस्ती के सारे बच्चों को पढ़ाने का निश्चय कर लिया।''

इतना कहने के बाद अंजलीना एक क्षण के लिए रुकी, जैसे अपने ही शब्दों की गरमी और उत्तेजना के मारे हाँफने-सी लगी हो और कुछ भी कह न पा रहा हो। फिर उससे उबरकर बोली, ''सर, तब तो आपने नहीं बताया था, और इतना भर कहा था कि बरसों पहले मेरा एक बचपन का दोस्त इस नाटक की पांडुलिपि मेरे पास छोड़ गया था। पर अब मैं कह सकती हूँ—शर्तिया कह सकती हूँ कि वह नाटक आपका ही लिखा हुआ था—आपका!''

सुनकर गोवर्धन बाबू एक क्षण के लिए चुप। न हूँ, न हाँ। जैसे जो कहा जा रहा है, उससे उनका कोई वास्ता ही न हो।

लेकिन फिर वे उस आविष्ट मुद्रा से बाहर आए। उन्हें आना ही था।

''हाँ-हाँ, कैसे भूल सकता हूँ?···कैसे भूल सकता हूँ अंजलीना!'' गोवर्धन बाबू धीरे से मुसकराए और बीता हुआ जमाना मानो झप-झप करता हुआ उनकी आँखों के आगे एक फिल्म की तरह साकार हो गया।

: 3 :

गोवर्धन बाबू को याद आया, आज से कोई पंद्रह वर्ष पहले का समय। तब वे प्रिंसिपल नहीं थे। इस स्कूल में आए हुए उन्हें पाँच-सात साल ही हुए थे और इन पाँच-सात सालों में ही उन्होंने स्कूल के सभी विद्यार्थियों से कुछ अजब ढंग की दोस्ती कर ली थी, जिसे कुछ भी नाम देना मुश्किल है। बच्चे उन्हें अपना दोस्त भी मानते थे, गाइड भी और यहाँ तक कि अभिभावक भी। तब वे हिंदी पढ़ाते थे। साथ ही नाटक लिखते भी थे। मंच पर नाटक कराते भी थे।···तब इन सब कामों में कितना आनंद आता था! एक किस्म का नशा-सा था उन्हें नाटकों का। बरसों नाटक···नाटक···और नाटक। यहाँ तक कि उन्हें सपने में भी नाटक, उसके दृश्य और किरदार ही नजर आते। कभी-कभी तो पूरी-पूरी रात···! और ऐसा भी कई दफा हुआ कि रात जो दृश्य देखे, वे सुबह उठने पर इस कदर ताजे थे स्मृति में कि वे झट लिखने बैठ गए। और बड़े अजब-गजब नाटक लिखे गए इसी तरह। उनका बहुचर्चित 'भीमा' नाटक इसी तरह लिखा गया था, 'धरतीपुत्र' भी!···

अब प्रिंसिपल होने के बाद भी वे थोड़ा बहुत समय निकालकर नाटक

लिखते हैं। नाटक कराते भी हैं। पर अब दूसरे जरूरी या गैर-जरूरी दफ्तरी काम इतने बढ़ गए हैं कि इतना समय ही नहीं मिल पाता कि पहले की तरह नाटकों की दुनिया में पूरी तरह खो जाएँ। उतनी फुरसत ही नहीं। पर फिर भी कोई नाटक करनेवाला हो या बढ़िया नाटक कहीं हो रहा हो तो गोवर्धन बाबू आज भी उसे देखने से अपने-आपको नहीं रोक पाते। भले ही इसके लिए उन्हें मीलों दूर गाड़ी ड्राइव करके जाना पड़े या कि रात-रात भर जागना पड़े।

और उन्हें याद आने लगे अपनी अलग-अलग दुनियाओं में खींच ले जाते वे तमाम नाटक जो उन्होंने कराए या फिर जिनसे किसी-न-किसी रूप में वे जुड़े रहे। और वे भी, जो एक दर्शक के रूप में देखे गए। वे तमाम-तमाम किरदार, दृश्यांकन और अभिनेता, अभिनेत्रियाँ और मित्र-मंडली। एक अजब-सा कोलाज सभी का—अद्‌भुत! उनकी याद ही रोमांचित कर देती है।

गोवर्धन बाबू की इस तंद्रा को फिर से अंजलीना ने तोड़ा। बोली, "सर, भूत का वह नाटक 'भूत हमारे दिल में है' जिसकी स्क्रिप्ट आपने शब्दों में लिखी थी, मैं गाँव-गाँव, गली-गली घूमकर उसे हकीकत में लिख रही हूँ। आपके शब्द अब महज शब्द नहीं, सच्चाई में बदल रहे हैं सर!"

"अरे वाह, वाह अंजलीना!" गोवर्धन बाबू सुनकर इतने खुश हुए कि एकाएक खड़े हो गए और अंजलीना के पास आकर प्यार से उसके सिर पर हाथ फेरा। बोले, "मेरी योग्य शिष्या, तुमने सचमुच वह किया है जो मैं चाहता था, मगर शायद कह नहीं पाता था। जो कह नहीं पाया, उसे भी तुमने समझा और अपनाया। यही…यही एक अच्छे शिष्य की पहचान है।"

थरथराते हुए भीगे-भीगे शब्द। जितने कहे गए, उससे कहीं ज्यादा अनकहे।

अंजलीना बोली, "पर अब सिर्फ मुझी को आशीर्वाद देने से नहीं चलेगा सर! अब मैं अकेली नहीं, बहुत से लोग हैं। एक बहुत बड़ा दल है हमारा, जिसमें छोटे-बड़े हर उम्र के लोग हैं। सभी के सभी एक सपने को लेकर चल रहे हैं। जगह-जगह पढ़ाना, कक्षाएँ लगाना, बातचीत या संवाद। फिर कविताएँ, कहानियाँ, बहुत कुछ। यहाँ तक कि बच्चे ही नहीं, बड़े भी—बच्चों के माता-पिता भी हमारी क्लासों में आते हैं। हम लोग उन्हें कहानियाँ, कविताएँ सुनाते हैं। एक से एक दिलचस्प नाटक किए जाते हैं, जिन्हें सुनकर पेट में बल पड़ जाएँ। मगर हँसी-हँसी में कोई ऐसी उम्दा बात भी कह दी जाती है जो लोगों के दिलो-दिमाग पर नक्श हो जाए।"

गोवर्धन बाबू इस तरह हैरान होकर अंजलीना की तरफ देख रहे थे कि

जैसे अंजलीना नहीं, उन्हीं का कोई सपना देह धारे सामने बैठा हो। बोले, "सच कहूँ अंजलीना, वो नाटक सिर्फ एक नाटक नहीं, एक सपना था और तुमने उसे वाकई साकार कर दिया।"

"किंतु सर···!" अंजलीना धीरे से हँसी, "आप अपनी आँखों से उस सपने को साकार होता देखें, इसीलिए मैं यहाँ आई हूँ—आपको निमंत्रण देने।"

और जब अंजलीना ने विरदीपुर गाँव में हो रहे अपने कार्यक्रम की सूचना दी, तो गोवर्धन बाबू खुश होकर बोले, "ठीक है, मैं आऊँगा। कल सुबह ही तुम्हारा नाटक है न! मैं पहुँचूँगा, जरूर पहुँच जाऊँगा। यों भी विरदीपुर कितनी दूर है—कुल सत्रह किलोमीटर।"

अगले दिन गोवर्धन बाबू विरदीपुर पहुँचे, तो उनका वही नाटक मंच पर होने जा रहा था, जिसे उन्होंने कोई पंद्रह-सोलह वर्ष पहले लिखा और मंचित किया था। बस, फर्क यह था कि तब उस नाटक के निर्देशक वे थे और आज अंजलीना थी, जो बड़ी होकर सचमुच एक सच्ची कलाकार बन गई थी।···और उस नाटक में भाग लेनेवाले पात्र? अंजलीना ने ही बताया, वे आस-पास की झुग्गी-झोंपड़ी के लोग थे। सुनकर वे चौंके थे—क्या सचमुच?

गोवर्धन बाबू ने अपनी निगाहें वहीं जमा दीं, जहाँ नाटक के छोटे-छोटे डिटेल्स की चर्चा करते वे 'कलाकार' जमा थे। मैली जिंदगी के कालिदास! एकदम साधारण, मामूली लोग। साधारण और कुछ-कुछ बदरंग कपड़े। साधारण मेकअप। पर ये नन्हे-नन्हे कलाकार थे जिनके भीतर आत्मविश्वास कूट-कूटकर भरा था। उनके चेहरे पर इतनी खुशी थी, आँखों में इतनी चमक कि गोवर्धन बाबू बस खोए-खोए-से उन्हें देखते भर गए थे।

और फिर नाटक शुरू हुआ, लगभग उसी ढंग से जैसे उन्होंने कभी किया था। पर फिर काफी क्षिप्रता से आगे चल पड़ा। काफी तेज गति और भीतर उथल-पुथल मचानेवाले दृश्य।···एकदम जादुई! नाटक सचमुच उससे भी अच्छा था, जैसा गोवर्धन बाबू ने आज से वर्षों पहले करवाया था। खास बात यह कि नाटक एकदम बच्चों की चंचल, चुटीली भाषा में था। अंजलीना ने उसमें छोटे-छोटे बच्चों के लिए कुछ बड़े ही बढ़िया, छोटे-छोटे चंचल संवाद डाल दिए थे। इससे नाटक में एक नया ही नटखटिया रंग आ गया था।

छोटे-छोटे बच्चों के ये चुस्त संवाद सुनकर लोग खूब हँसे। मजे की बात यह कि नाटक खेलते हुए इन बच्चों के हाव-भाव बखूबी उभरकर आते थे। जैसे एकदम मँजे हुए कलाकार हों। कपड़े साधारण, हैसियत मामूली। लेकिन

आत्मविश्वास ऐसा कि उनकी आँखों की चमक देखकर विस्मय होता था।

नाटक देखते-देखते गोवर्धन बाबू कहाँ से कहाँ जा पहुँचे, खुद उन्हें अंदाजा नहीं था। नाटक जो सामने चल रहा था, वह तो कभी का छूट गया था और आँखों के आगे एक दूसरा ही नाटक चल पड़ा था। कल के भारत का चित्र उनकी आँखों के आगे जगमग-जगमग करने लगा था। जब हर कोई पढ़ेगा, हर बच्चा बस्ता लेकर पढ़ने जाएगा। सबकी आँखों में खुशी की चमक होगी और कोई आधा पेट खाकर नहीं रहेगा। हर ओर भरपूर खुशियाँ होंगी और सपने की एक जगमगाती हुई दुनिया।

शब्दों की एक जगमग...जगमग...जगमगाती दुनिया! यानी कि रोशनी... रोशनाई...रोशन अक्षर-अक्षर। जग...जगर-मगर।

पढ़ कबूतर अटर-बटर।

देख मत बिटर-बिटर...!

हवा में रोशनी की झालरों की तरह फड़फड़ाते टुकड़ा-टुकड़ा संवाद। हर संवाद जिंदगी की एक जिंदा दास्तान खुद में सहेजे हुए। गोवर्धन बाबू फड़क उठे।

नाटक खत्म होने पर तालियाँ...। खूब-खूब तालियाँ!

तालियों की उस तेज गड़गड़ाहट के बीच रंगों और काली, सुरमई छायाकृतियों का पूरा एक कोरस। तेजी से घूमता हुआ चक्र। हरा-नीला-पीला-लाल...! पर उसमें श्वेत और उस श्वेत के भीतर सुनहरा 'ग्लो' बार-बार डोमिनेट करता है।

पीला...सुनहरा रंग! उम्मीद का, आशा का...आनेवाले कल का। आनेवाले कल के नन्हे-नन्हे हँसते हुए सूरज!

और नाटक के चरम विश्रांति-बिंदु तक आते-आते यादों और यादों का बहुत बड़ा काफिला। जिंदगी में साथ चलनेवाले इतने लोग, इतने ढेर सारे लोग, और इतने चेहरे, इतने काम-काजी वर्षों की थकान और उतार-चढ़ाव। जाने क्या कुछ याद आ रहा गोवर्धन बाबू को! और फिर एकाएक सबकुछ गु-डु-प!

तालियाँ...! अब वे तालियाँ बजा रहे हैं, लोगों के तालियाँ बजाने के बहुत देर बाद। यह एक नया प्रभात है गोवर्धन बाबू के जीवन में और इस उषावेला की उषा है—अंजलीना।

उन्होंने अपने भीतर झाँककर देखा। बहुत कुछ...! बहुत कुछ अब जैसे ऊपर की काई हटाकर, एकदम नया-नया होकर चमकता हुआ सामने आ गया

था। जैसे कालिख के पहाड़ को फाड़कर बाहर निकला तेजस्वी बाल सूर्य। कैसे होता है यह कायाकल्प? अचानक एक पल···और उस पल में बहुत···बहुत कुछ!

: 5 :

नाटक खत्म होने के बाद अंजलीना ने झोंपड़पट्टी के उन कलाकार बच्चों को प्रिंसिपल गोवर्धन बाबू से मिलवाया। उस वक्त अँधेरे और रोशनी की परछाइयों के बीच दिप-दिप करते उन बच्चों के चेहरे तो खिले-खिले थे ही, लेकिन उन बच्चों से भी ज्यादा खिले-खिले नजर आ रहे थे गोवर्धन बाबू। आँखों में अनोखा भाव झिलमिल-झिलमिल कर रहा था। बोले तो इतने भावविभोर होकर कि होंठ कँपकँपा रहे थे।

धीरे-धीरे खुद पर काबू पाकर उन्होंने कहा, ''मुझे खुशी है, बहुत खुशी···बहुत-बहुत खुशी···कि जो काम मैं नहीं कर पाया, वह मेरी बहादुर शिष्या अंजलीना ने कर दिखाया। इसने लगता है कि मेरे ही सपने को पूरा किया है। मैं तो बस इतना ही कह सकता हूँ कि मैं हमेशा-हमेशा तुम्हारे साथ हूँ। हर सुख-दुःख की घड़ी में···हर पल, हर घड़ी!''

प्रिंसिपल गोवर्धन बाबू अपने साथ बच्चों के लिए ढेर सारी रंग-बिरंगी किताबें लेकर गए थे। कहानी, कविताओं की, नाटकों की। उनमें डुगडुगी बजानेवाले भालू की कहानी थी, तो किताब पढ़नेवाले खरगोश की भी। बैंड बजानेवाला हँसमुख शेर था, तो सलामी देता हाथी और···और···!

उन्होंने वे किताबें उन बच्चों को बाँट दीं और सबके सिर पर प्यार से हाथ फेरते हुए कहा, ''मैने बहुत सोचा, पर किताब से अच्छा उपहार शायद कोई ओर नहीं हो सकता। वे हर तरह के भूत को भगाती हैं क्योंकि उनके साथ ज्ञान का उजाला होता है। शब्दों का उजाला। और अज्ञान-अशिक्षा के भूत उजाले से भागते हैं। उन्हें सिर्फ अँधेरा ही रास आता है।''

कहते-कहते गोवर्धन बाबू एक क्षण के लिए रुके। फिर अपनी बड़ी-बड़ी मूँछों में मुसकराते हुए बोले, ''यों वह महाभूत कैसे भागा होगा, इसका कुछ-कुछ अंदाजा मुझे है। मुझे अभी थोड़ी देर पहले बताया था अंजलीना ने कि यह मैदान खुद बच्चों ने झाड़ू लगाकर साफ किया और अंजलीना भी आपके साथ थी। हाथ में झाड़ू लिए सफाई और भागदौड़ करती हुई। इतने बहादुर लोगों का मिलकर एक साथ झाड़ू लगाना! फिर तो वह भूत हो चाहे महाभूत, पूँछ दबाकर भागेगा ही एक मच्छर की तरह। भागना ही होगा उसे···!''

गोवर्धन बाबू अपनी बात कहकर खुद ही खुदर-खुदर हँसने लगे और उनके साथ-साथ बच्चे भी।

गोवर्धन बाबू का भाषण खत्म हुआ तो बच्चों ने देर तक तालियाँ बजाकर अपनी खुशी प्रकट की।

लेकिन नाटक अभी खत्म कहाँ हुआ था। उसका अंतिम दृश्य भी अभी सामने आना था। और वह आया मिंटी के साथ! मिंटी एक नन्ही-मुन्नी बच्ची थी। कोई चार-पाँच बरस की। वह मंच पर आई और अपनी पतली, लेकिन चटख आवाज में बोली, ''मेरा नाम मिंटी है। सर··सर, लगता है, यह नाटक आपने मेरे लिए लिखा है। अंजलीना दीदी बता रही थीं, आप बहुत अच्छे लेखक हैं। तो एक नाटक मेरे लिए और भी लिखिए। उसका नाम मैं बताती हूँ—'मिंटी, कल के भारत की आशा'। मैं इतनी छोटी होकर भी उस भूत से लड़ने के लिए खुद आगे आ गई हूँ। पढ़ती भी हूँ और अंजलीना दीदी के कहने पर छोटे-छोटे बच्चों को पढ़ाती भी हूँ। तो वह भूत कहाँ ठहरेगा? मैं आपको यकीन दिलाती हूँ कि मैं खूब-खूब पढ़ूँगी और आपके काम को आगे बढ़ाऊँगी··और भूत कभी आया तो उस भूत के छक्के छुड़ा दूँगी!''

सुनकर गोवर्धन बाबू अवाक! उन्होंने प्यार से उस नन्ही नटखट बच्ची को गोद में उठाया और पुचकारा।

: 6 :

इस क्षण कोई उन्हें पास से देखे, तो उनकी आँखें एकदम गीली-गीली सी हैं। बरसने को तैयार। खुद पर किसी तरह काबू पाकर बोले, ''हाँ, मेरी बच्ची, मैं लिखूँगा नाटक, मैं जरूर लिखूँगा। अभी पिछले कुछ दिनों से तो इतनी निराशा थी मेरे दिल में कि लगने लगा था, जैसे लिखने-पढ़ने से कुछ भी नहीं होता। पर होता है, बहुत कुछ होता है लिखने-पढ़ने से, अगर मेरा लिखा मिंटी जैसी प्यारी बच्ची के दिल को भी छू गया! मैं जल्दी ही नया नाटक लिखूँगा और उसका नाम होगा—'मिंटी, कल के भारत की आशा'। जरूर लिखूँगा—जरूर!''

इस पर इतनी तालियाँ बजीं—इतनी तालियाँ कि गोवर्धन बाबू जाने कहाँ से कहाँ पहुँच गए। उन्हें मानो कुछ नहीं सुनाई दे रहा था, कुछ भी नहीं।

बस, कोई भीतर कह रहा था—गोवर्धन बाबू, तुम्हें लिखना··जरूर लिखना है, अंजलीना जैसी बहादुर शिष्या के लिए। इस नन्ही बच्ची मिंटी के लिए,

और बहुत-बहुत बच्चों के लिए, जिन्हें इनकी बेहद जरूरत है।

गोवर्धन बाबू चलने लगे, तो अंजलीना और ढेर-ढेर-से बच्चे उन्हें दूर तक विदा करने आए। गोवर्धन बाबू की कार आगे जा रही थी, पर उन्हें बराबर लग रहा था कि उनका मन तो पीछे अंजलीना और उसकी प्यारी नाटक-मंडली के साथ ही छूट गया है।

□

एक बूढ़े आदमी के खिलौने

आज उस बूढ़े को याद करने से फायदा? मैं सोचता हूँ। उसे गुजरे तो कोई साल भर होने को आया। पिछली सर्दियों की बात थी। जाड़ा उस बरस भी खासा पड़ा था और दिसंबर के महीने मे आते-आते तो उसका रंग इतना गाढ़ा हो गया था कि अच्छे-अच्छे खाँ चीं बोल गए थे।···तब वह बूढ़ा! सबसे त्याज्य, निरुद्‌देश्य जीवन जीता हुआ! उसे गुजरना था, वह गुजर गया। जीता रहता भी तो क्या लेता? उसकी जिंदगी में अब बचा ही क्या था!

दो बेटे थे, वे दूर-दूर थे। एक हैदराबाद में, दूसरा कलकत्ता! पत्नी पहले ही गुजर चुकी थी। बेटों का, बहुओं का क्या! फिर बेटों के बेटे-बेटियों, नाती, पोते-पोतियों का कोई खास लगाव था उस बूढ़े के साथ, ऐसा तो कभी कोई खास जिक्र उसने नहीं किया था! हाँ, छोटे बेटे का एक छोटा सा अप्पू था, तीन बरस का उस बूढ़े का पोता, जो जरूर यहाँ आने पर उससे बातें करता था और उसे अपने खिलौने दे गया था, एकांत काटने के लिए! जी हाँ, खिलौने···! भालू, हाथी, हिरन, जोकर वगैरह-वगैरह। आपको यकीन नहीं आया?

अलबत्ता ऐसा अकेला!···बिलकुल अकेला और अकारज-अकारथ आदमी! ठंड लगी, नहीं बरदाश्त कर पाया और चल बसा तो इसमें कौन सी अनहोनी हो गई, भई राजेश्वर बाबू? दुनिया में इतने लोग रोजाना मरते हैं, उसे भी मरना था। तब भी, जब से वह गुजरा है, यह निरंतर जी को कलपानेवाला शोक कि वह बूढ़ा···वह बूढ़ा···वह बूढ़ा! क्यों भई, उस बूढ़े की माला अपने से तुम्हें क्या मिलनेवाला है मि. राजेश्वर कौशिक?

मेरे भीतर जाने कौन है जो हँसा है और मैं थरथरा उठा हूँ!

उफ, हँसी ऐसी कातिल—क्रूर! क्या यह समय है? आज का समय, जिसमें मौत भी मजाक है, खिल-खिल, हँसने की चीज है!

जितना-जितना उसकी मौत को छोटा किया जा रहा है, उतना-उतना मेरे भीतर प्रचंड आँधी सी उठती है, नहीं-नहीं-नहीं···! और मौत के खिलाफ उस बूढ़े का लंबा, अनवरत संघर्ष मुझे याद आता है। उसकी जीने की अपरंपार ललक। उसकी गहरी, गहरी, बहुत-बहुत गहरी जिजीविषा! याद करता हूँ, तो आँखें बरसने लगती हैं, वह बूढ़ा···वह अकेला, एकाकी बूढ़ा, महाभारत के भीष्म पितामह-सा! आह, वह बूढ़ा!

यों मेरा उसका रिश्ता तो क्या था? सोचता हूँ। सोचता हूँ तो सोच की धारा रुकने का नाम ही नहीं लेती और यादों की वेगवान नदी के साथ बहुत कुछ अल्लम-गल्लम बहता चला आता है।

: 2 :

हाँ, पर मेरा उसे रिश्ता ही क्या था? कौन सा भावनात्मक तंतु···!

बस, यही न कि सुबह-सुबह मुँह अँधेरे जब हम दोनों पति-पत्नी घूमने जाते थे, तब वह कृशकाय, सौम्य बूढ़ा अकसर हमें चौराहे के पासवाली पुलिया पर बैठा नजर आता था। और हमें देखते ही उसकी आँखों की चमक थोड़ी बढ़ जाती थी। झुर्रियों से भरे चेहरे पर जरा लुनाई आ जाती थी, या शायद ऐसा हमें ही लगता था। और फिर उसका दिल की मिठास से पगा सा सुर, 'राम-राम···बाबूजी राम-राम!' अचानक छलक पड़ता था।

"राम-राम, बाबा राम-राम!···ठीक तो हो न!" रोज-रोज मेरा वही चिर-परिचत ढंग बात शुरू करने का। जवाब में रोज की उसकी वही चिर-परिचित हँसी। बड़ी सरल, निष्कलुष और अपनापे से भरी हुई।

"ठीक हूँ···बाबू! ठीक हूँ, एकदम फर्स्ट क्लास!"

'फर्स्ट क्लास' कहने में, लगता था···हमेशा लगता था कि उसे थोड़ा ज्यादा जोर लगाना पड़ रहा है, ताकि भीतर जो चोर था वह पकड़ में न आए। लिहाजा कुछ अतिरिक्त उत्साह से निकलता था—'फर्स्ट क्लास! एकदम फर्स्ट क्लास!'

यों बरसों की मुलाकातों के बाद भी परिचय उससे कुछ खास नहीं था। हाँ, उसके 'राम-राम बाबूजी!' अभिवादन के साथ बात कभी थोड़ी इधर, थोड़ी उधर बढ़ जाती थी कि यानी उसने हमारे घर का नंबर ले लिया, हमने उसके घर का। वह शहर की एक पुरानी 'अशर्फीलाल एंड संस' नाम की कंपनी में एकाउटेंट था और अब पिछले पाँच-सात बरसों से सेवामुक्त था।

नाम रमाकांत सहाय।...यह भी भला कोई ऐसा परिचय हो सकता है जिसे उत्सुकता से याद रखा जाए?

और उसे भी हमारे बारे में सिर्फ इतना पता था कि हम दोनों पति-पत्नी सुबह-सुबह बिना नागा घूमने निकलते हैं। चाहे गरमी हो, घोर जाड़ा या बारिश। कोई भी मौसम हमारे कदमों को रोक नहीं पाता। घूमते हुए न जाने कब...शायद बरबस ही आस-पास और दुनिया-जहान की बातें हमारी बातचीत में उतरने लगती हैं। पता नहीं कब उस बूढ़े के कानों में वे बातें पड़ी होंगी और उसे लगा होगा, ये लोग कुछ अलग-से हैं। तभी से वह बस उत्सुकता से हमें बातें करते बगल से गुजरते देखता था। और फिर 'राम-राम...बाबूजी, राम-राम!' का यह सिलसिला।

कोई ढाई-तीन बरस तो हो ही गए।

एकाध बार, याद पड़ता है, उसने बताया था कि हैदराबादवाला यानी छोटा बेटा दिनेशकांत सहाय घर आ रहा है, पत्नी और बच्चों के साथ। कलकत्तेवाला यानी बड़ा बेटा सुमनकांत सहाय तो कभी आता-जाता नहीं। उसकी पत्नी नखरीली है, बड़े घर की है। उसका तो रंग-ढंग ही कुछ और है! पर हैदराबादवाला जो छोटा बेटा है, उसमें अब भी थोड़ा दिल बचा है, अब भी बूढ़े बाप को कभी याद कर लेता है। फोन पर हाल-चाल तो लेता ही रहता है।

"शुरू से ही साहब, वह पढ़ाई में तेज है।" कहते-कहते बूढ़े की गदरन हलके-से तन गई। बोला, "मैंने ये उससे कह दिया था बाबूजी, कि तुम्हें जितना पढ़ना है, पढ़ लो। मैं दफ्तर से लोन ले लूँगा। कोई कसर नहीं छोड़ी अपनी तरफ से तो बाबूजी! अब वह वहाँ कंप्यूटर सॉफ्टवेयर के काम में लगा है।...मियाँ-बीबी दोनों ही नौकरी करते हैं। पचास-साठ हजार से कम तो क्या कमाते होंगे! साल में एकाध बार छुट्टी लेकर कभी-कभार हवा पानी बदलने को इधर आ जाते हैं। तब मेरा घर भी गुलजार हो जाता है।...बच्चों का हँसी-मजाक, दौड़ने-कूदने, फलाँगने का ऐसा छनछनाता संगीत गूँजता है पूरे घर में कि जैसे घर भी जवान हो गया हो। और मुझे तो लगता है कि यह घर मुझसे भी ज्यादा उनका ही इंतजार करता है कि वे लोग आएँ, तो घर में फिर वही चहल-पहल हो, फिर वही सुर-संगीत! मुझे तो बाबूजी, अकेले घर में टीवी खोलकर बैठना भी अच्छा नहीं लगता। अकेले घर में टीवी खोलकर बैठो तो लगता है मनहूसियत टपक रही है। क्यों, मैं ठीक कह रहा हूँ न बाबूजी!"

ऐसे ही बातों-बातों में उसने अपने छोटे पोते अप्पू के बारे में बताया था कि वह किस कदर नटखट है। बिलकुल आफत का परकाला।

"बाबूजी, बड़ा शैतान है वह।" हँसते-हँसते उसने बताया था, "इतनी बातें करता है, इतनी बातें कि मेरे तो कान खा जाता है। कहता है—दादाजी, चलो, हमारे साथ हैदराबाद चलो। यहाँ रहने से क्या फायदा? मैं पूछता हूँ कि वहाँ चलकर क्या करूँगा? तो कहता है—अरे वाह, आपको अपने साथ पूरा शहर घुमाऊँगा। हम दोनों दो दोस्तों की तरह सुबह-शाम साथ-साथ घूमा करेंगे और खूब बातें करेंगे, क्यों दादाजी? मम्मी-पापा दोनों को फुरसत नहीं है, तो फिर हम दोनों क्यों न दोस्ती कर लें! इस पर बेटे ने कहा, बहू ने भी कि चलिए बाबूजी, वहीं चलकर रहिए हमारे पास। यहाँ अकेले क्यों पड़े हैं? मैंने पल भर सोचा भी, पर नहीं, बाबूजी, मेरा मन नहीं हुआ। जिस शहर में अपनी जड़ें हैं, उसे छोड़कर जाना? आप देखो, यहीं खेला-कूदा, बचपन गुजारा। शादी हुई, बच्चे हुए। उन्हें पढ़ाया-लिखाया, बड़ा किया। फिर यहीं घरवाली की यादें हैं साहब, घर के चप्पे-चप्पे में!...नहीं बाबूजी, नहीं! मैंने मना कर दिया।"

"जड़ें...?" सुना तो मुझे कुछ अजीब-सा लगा।

यह बूढ़ा क्या कह रहा है? ऐसी भाषा तो बरसों से सुनी नहीं मैंने।

अरे, जड़ें-वड़ें क्या होती हैं! जहाँ फायदा देखा, पैसा देखा, उधर भाग निकले। मगर...मगर यह बूढ़ा तो जड़ों की बातें कर रहा है। इक्कीसवीं सदी में भी? अजीब बात है, बहुत अजीब बात!

: 3 :

उन दिनों जब शायद दीवाली के आस-पास जब उसके घर बेटा-बहू आए हुए थे, उसके बार-बार बुलाने पर भी हम नहीं जा सके। ऐसा नहीं कि मन न था। पर व्यस्तता कुछ ऐसी थी कि एक पैर भी इधर-से-उधर रखना मुश्किल! सुबह-सबह घूमकर आने के बाद बच्चों के स्कूल जाने की तैयारी। इसी बीच मेरा आध घंटा अखबार पढ़ना। फिर झटपट तैयार हो टिफिन हाथ में लिए दिल्ली के लिए बस पकड़ना। भागमभाग। और रात लौटने पर तो देह और मन में ऐसी थकान उतर आती थी कि फिर कुछ और करने या कहीं आने-जाने का मन ही नहीं होता था!

पर नहीं, हम गए उसके घर! तब नहीं, जब उसने बुलाया था, बल्कि

तब, जब उसने नहीं बुलाया था। और हमारे भीतर उसकी दस्तकों पर दस्तकें इतनी तेज हो गई थीं कि हम जाए बगैर रह ही नहीं सके थे।

हुआ यह है कि सर्दी बढ़ रही थी, लगातार बढ़ रही थी और अब तो दो-एक दिन से हड्डियों तक को कँपाने लगी थी। और वह बूढ़ा अब कई दिनों से दिखाई नहीं देता था। तब तारा ने कहा कि राजेश्वर, हमें उसके घर जाकर उसका हाल-चाल लेना चाहिए।

मकान नंबर नौ सौ सत्ताईस···! ढूँढ़ना इतना मुश्किल तो नहीं था। पर वहाँ जाने पर उस बूढ़े को देखा, तो उसके भीतर उस बूढ़े को ढूँढ़ना वाकई थोड़ा मुश्किल लगा, जो रोज सुबह हमें चौराहे के पासवाली पुलिस पर मिलता था, और जिससे मीठी-मीठी 'राम-राम' होती थी।

कोई पंद्रह दिन से उससे मुलाकात नहीं हुई थी···बस, पंद्रह दिन! और इन पंद्रह दिनों में, हैरानी है, वह महज हड्डियाँ का ढाँचा रह गया था।

हालाँकि हमें देखकर उसने ठीक-ठीक पहचाना। उसी तरह मुसकराकर स्वागत भी किया। बोला, "आप आ गए बाबूजी, बड़ा अच्छा किया! आपको देखकर तबीयत खुश हो गई। मुझे उम्मीद थी, आप आएँगे, आप जरूर आएँगे। कोई और न आए पर आप···!"

कोई और? कुछ था जो मेरे भीतर गड़ गया। वह क्या था?

आखिर कौन ऐसा है, जिसकी यह बूढ़ा प्रतीक्षा कर रहा है, जबकि पूरे शहर में अपना कहने को अब इसका कोई नहीं, कोई भी नहीं। कुछ लोग दूर-दूर की जान-पहचानवाले हैं, पर आदमी अकेला होता है, तो सारे रिश्ते टूटने लगते हैं। "बाबूजी, राम-राम! भइयाजी, राम-राम···बहनजी, राम-राम! माताजी, राम-राम!" मानो जितना-जितना वह अकेला होता जा रहा था, उतना-उतना वह अपने को सीधा-सरल और अभिमानशून्य होकर फैलाता जा रहा था, हममें-तुममें···सबमें!

तो क्या यह इसीलिए था? इसी उम्मीद में कि जब कोई न रहेगा और वह अकेला होगा, एकदम निपट अकेला और असहाय, तो कोई-न-कोई तो उसकी परेशानी में साथ देने आएगा। कोई-न-कोई···! क्या वह इसी की याचना कर रहा था?

और क्या इसी को जड़ें कह रहा था यह बूढ़ा? जड़ें माने? धरती में जड़ें! लोगों के दिलों में जड़ें···मिलनेवालों के दिलों में जड़ें।

पर उससे बात करने पर लगा कि बीमारी जितनी शरीर की है, उससे

ज्यादा मन की है। बुखार आया तो कोई तीन-चार दिन तक उतरा ही नहीं। उसने हैदराबाद में बेटे को फोन किया, तो उसने दो-टूक लहजे में कहा, ''बाबूजी, अभी तो हम लोग महीने भर पहले वहाँ रहकर गए थे। अब बार-बार आना तो हमारे लिए मुश्किल है। यहाँ नौकरी की अपनी परेशानियाँ और झंझट हैं। फिर पैसा भी लगता है आने-जाने में। अब या तो आप यहाँ हमारे पास आकर रह लीजिए या फिर अकेले फेस कीजिए।...जो कुछ होना होगा, वह तो होगा ही! डॉक्टर बी.एन. शर्मा को मैं पंद्रह हजार रुपया दे आया हूँ। जब-जब आप फोन करेंगे, वे देखने आ जाएँगे। वैसे भी ठीक तो डॉक्टर ने ही करना है, हम ही वहाँ आकर क्या कर लेंगे?''

कहते-कहते बूढ़े की आवाज जैसे बिखर गई। पहले तार पतला हुआ और फिर पतला होते-होते जैसे टूट गया। अब उसके चेहरे पर निराशा ही नहीं, खौफ भी था और एक टूटन। बुरी तरह टूटन।

''आप चिंता न करें, हम बीच-बीच में मिलने के लिए आ जाया करेंगे।'' तारा ने मानो ढाढ़स बँधाया। फिर कहा, ''खाने की दिक्कत हो, तो मैं किसी को खाना पकाने के लिए भेज दूँगी।''

''नहीं, एक लड़की है पड़ोस में, जो आ जाती है। झाड़ू-पोंछा कर जाती है और खाना भी! बेटा सारा इंतजाम कर गया है। ऐसा नहीं कि वो मुझसे प्यार नहीं करता, पर मजबूरियाँ हैं उसकी भी। आजकल अच्छी नौकरी कहाँ मिलती है बाबूजी! हमारे जैसे लोगों को तो मरना ही है, आज नहीं को कल। कब तक कोई उसकी चिंता...!'' कहते-कहते उसकी आवाज लड़खड़ा गई।

''अगर डॉक्टर शर्मा की दवा से ज्यादा फायदा न हो तो बताइए, किसी और को दिखा देते हैं। हमारे पड़ोस में भी एक अच्छे डॉक्टर हैं बी.के. दत्त। हमें जानते हैं अच्छी तरह।'' मैंने सुझाया।

''नहीं बाबूजी। डॉक्टर के बस की अब कोई बात नहीं रही। रोग शरीर में नहीं, भीतर है। उसका कोई क्या इलाज करेगा?'' अब उसके चेहरे पर लाचारी साफ झलक आई थी।

''तो भी हमारे लायक जो भी काम हो तो आप बेशक बताइए। यों भी हम कभी-कभार तो मिलने आते ही रहेंगे।'' मैंने अपनी ओर से दिलासा दिया।

इस पर वह हँसा। बड़ी अजीब-सी रोती हुई हँसी। बोला, ''आप क्यों करेंगे? आप लोग काम करनेवाले लोग हैं। एक बीमार, मरते हुए बूढ़े के लिए इतना कुछ...?''

पर फिर हम दोनों पति-पत्नी ने तय कर लिया कि सुबह घूमने के बजाय हम घंटा, आध घंटा उस बूढ़े के पास ही बिताया करेंगे। मानो यही हमारा रोज का घूमना हो गया।···और फिर सचमुच यह सिलसिला शुरू हो गया। हम वहाँ जाते तो वह बूढ़ा जाग रहा होता और एक तरह से हमारे इंतजार में ही होता। वहाँ जाकर तारा चाय बनाती और मैं उससे बातों में मशगूल हो जाता।

: 4 :

एक दिन गया तो चकरा गया। देखा, उस बूढ़े की रजाई के नीचे से कपड़े के कुछ खिलौने झाँक रहे हैं। भालू, हाथी, हिरन और न जाने क्या-क्या! बाप रे, इतने सारे खिलौने!

"आप···आप इन खिलौनों का क्या करते है?" मुझे ताज्जुब हो रहा था, "क्या खेलते हैं इनसे?"

"असल में अप्पू···बाबूजी, अप्पू छोड़ गया था इन्हें! तो इनमें अप्पू की याद···" कहते-कहते बूढ़े की आवाज में एक अलग-सा रोमांच, एक अलग-सा कंपन उभर आया।

तब तक तारा भी चाय लेकर आ गई थी। हम दोनों की उत्सुकता देखकर बूढ़े ने बड़े चंचल भाव से वे खिलौने हमें दिखाए। वे कपड़े के बने रंग-बिरंगे खिलौने थे। उनमें फूले गालोंवाला एक गोल-मटोल गुड्डा था, एक प्यारी सी सजीली-सी गुड़िया। एक ढोलक बजाता हुआ मोटे पेटवाला भालू। एक चालाक-सा ललमुँहा बंदर। एक भागता हुआ चंचल सुंदर हिरन। दो-तीन मोती जड़ी, सफेद बतखें। एक खूब बड़ा सा हाथी···और एक तोंद फुलाए हुए ही-ही-ही हँसता जोकर!

"अरे, अप्पू को याद नहीं रहे अपने ये खिलौने?" तारा ने अचरज से भरकर पूछा।

"हाँ, बच्चे अकसर भूलते तो नहीं हैं अपने खिलौने!" मेरे मुँह से भी निकला।

सुनकर बूढ़ा एक क्षण के लिए चुप रह गया, जैसे सोच न पा रहा हो कि बताए न बताए। फिर शरमाकर उसने कह दिया, "बाबूजी, सच्ची कहूँ, अप्पू जान-बूझकर मेरे लिए छोड़ गया है ये खिलौने। पूछता था—तुम क्या करते हो दादाजी, सारे सारे दिन? फिर यह जानकार कि मैं अकेला हूँ, उसने

कहा—दादाजी, दादाजी, आप तो बहुत बोर होते होंगे। सो पिटी ऑफ यू···! तो मैं ये करता हूँ दादाजी, कि अपने खिलौने छोड़ जाता हूँ। आप इनसे खेलना। फिर टाइम आसानी से कटेगा। मैं भी तो यही करता हूँ। मेरे पास वहाँ बहुत खिलौने हैं। कुछ पापा से कहकर और मँगवा लूँगा। आप मेरे खिलौने ले लो दादाजी!···''

''फिर बाबूजी, मैंने हँसकर कहा—ठीक है, लाओ। तो बोला कि मेरे बड़े प्यारे खिलौने हैं, इनको सँभालकर रखना दादाजी। इनको खराब नहीं करना। खोना भी मत···प्रॉमिस?''

''प्रॉमिस—मैंने कहा। इस पर 'याद रखना दादाजी। नहीं तो कुट्टी हो जाएगी।' अप्पू बोला। और फिर अपना खजाना···अपना सबसे बड़ा और प्यारा खजाना मेरे लिए छोड़कर चला गया। और अब तुम यकीन मानो या न मानो, बाबूजी, मैं तो अकसर इन्हीं के साथ खेलता और समय बिताता हूँ।

''इनके साथ खेलते-खेलते समय का कुछ पता ही नहीं चलता। जैसे तेज घोड़े पर बैठकर बरसों बरस इधर-से-उधर और उधर-से-इधर चले आते हैं। बड़े मजे की बात है, है न!'' कहते-कहते बूढ़ा हँसा तो साथ-साथ हमारी भी हँसी छूट गई।

लेकिन बूढ़ा जल्दी ही फिर उसी सुर में आ गया। बोला, ''कभी-कभी इनसे खेलता हूँ बाबूजी, तो लगता है, मेरा पोता अप्पू एकदम मेरे सामने है और खेल में मेरा साथ दे रहा है। कभी-कभी अप्पू की जगह उसका बाप आ जाता है। यानी हैदराबादवाला मेरा छोटा बेटा दिनेश। देखते ही देखते वह इतना छोटा हो जाता है, जैसे कि अप्पू।···कभी कलकत्तेवाला बेटा सुमन आ जाता है और वह भी बिलकुल वैसा नजर आता है। गोलमटोल, गदबदा सा, जैसे बचपन में था। मै उनके साथ बातें करता हूँ, खेलता हूँ और समय का कुछ पता ही नहीं चलता!··· कभी-कभी तो बाबूजी, पूरी रात नींद नहीं आती। तब पूरी-पूरी रात यही खेल चलता है बाबूजी! तब ये भालू, ये हाथी, ये हिरन, ये जोकर···ये सबके सब जिंदा हो जाते हैं! और यह जोकर—सच्ची कहूँ कोई और नहीं, मैं हूँ बाबूजी, मैं! और क्या, बूढ़ा होकर आदमी जोकर ही तो हो जाता है···क्यों बाबूजी!''

कहते-कहते वह बड़े जोर से हँसा। बोला, ''मेरे एक बुजुर्ग दोस्त, जब मैं जवान था, तब कहा करते थे कि बुढ़ापा इज ए फनी थिंग। पर इसका आदमी को पता तब चलता है, जब वह खुद बूढ़ा होता है!···हा हा-हा!''

बूढ़ा इतने जोर से हँसा कि देर तक हमारी निगाहें उसके चेहरे से नहीं हटीं। फिर खुद पर काबू पाकर बोला, "आपको बताऊँ बाबूजी, ये खिलौने बड़े शातिर हैं! अभी तीन दिन पहले की ही तो बात है। मैं इन खिलौनों से खेल रहा था कि पता नहीं कैसे, इस हिरन की नाक में एकाएक झट से पार्वती की-सी नाक चमकी और माथा भी! और फिर आप यकीन नहीं करेंगे, हिरन नहीं, हिरन की जगह पार्वती आकर शामिल हो गई खेल में। मेरे दिनेश और सुमन की माँ, जिसे गुजरे आज चार साल होने को आए! पर वह इतनी छोटी हो गई थी, इतनी छोटी कि एकदम बच्ची समझो!

"बाबूजी, हैरान न होना, पिछले तीन दिनों से तो अजीब हालत है। जब मैं इन खिलौनों से घर-घर खेलता हूँ, तो मैं भी बच्चा बन जाता हूँ और पार्वती भी बच्ची बनकर सामने आकर बैठ जाती है। और हम खेलते हैं, खेलते रहते हैं देर तक। फिर यों ही खेलते-खेलते पूरी रात गुजर जाती है। आप यकीन नहीं करेंगे बाबूजी, पिछले तीन दिनों से तो जब-जब आँख लगती हैं, बस पार्वती के ही सपने आते हैं···कि वह छोटी बच्ची बन गई है, मैं भी। और वह मेरा हाथ पकड़कर दौड़ रही है। बस, दौड़ती जा रही है—आसमान तक!"

कहते-कहते बूढ़ा चुप हुआ, तो मैंने देखा, उसकी एक आँख हँस रही थी, एक रो रही थी।···

: 5 :

इसके बाद भी, याद पड़ता है, उस बूढ़े को दो-तीन और मुलाकातें हुईं। और हर बार उन खिलौनों की बात छिड़ने पर बूढ़े की वही सनक भरी, लेकिन प्यारी-प्यारी बातें।

और फिर एक दिन···

'ट्रीं···ट्रीं···!'

फोन की घंटी। फिर फोन पर एक अपरिचित रोबदार आवाज। कोई चालीस-पैंतालीस की उम्र का युवक रहा होगा। बोला, "अंकल, हमारे पिताजी को लकवा मार गया है। आपसे मिलने के लिए बहुत बेचैन है । आप शायद जानते है उन्हें··· मकान नंबर नौ सौ सत्ताईस!"

—नौ सौ सत्ताईस?

—हाँ-हाँ, मकान नंबर नौ सौ सत्ताईस···

— क्या हुआ, क्या!

—याद किया है···आपको।

: 6 :

हम वहाँ गए तो मौन। जबान जैसे छिन गई हो, फिर भी बोले बगैर चैन न हो। मौन संभाषण! दीर्घ आलाप। लगातार।

···आँखें लगातार बरस रहीं थीं।

हम बैठे रहे। बैठे रहे और एक मूक वेदना को पिघलते हुए महसूस करते रहे। धीरे-धीरे, शांत पिघलता हुआ हिमालय।

हिमगिरि गल रहा था। हमने देखा।···हमने देखा, फिर चले आए।

उसके तीसरे रोज वह बूढ़ा गुजर गया।

उस मकान का नाम बूढ़े ने न जाने क्या सोचकर 'आशीर्वाद' रखा था।···सुना आपने—आशीर्वाद!

कोई हफ्ते भर के अंदर आशीर्वाद बिक गया। जैसे यह भी कोई नाटक हो। नाटक का कोई दृश्य। पहले से सबकुछ तय। मकान से पहले मकान का सारा सामान बिका और कई बड़े-बड़े नोटों में समा गया।

···नोट पर्स में!

पर्स···तिजोरी में! तिजोरी···?

और पूरा का पूरा जिंदा और हँसता-बोलता, बतियाता मकान—सिर्फ एक मुट्ठी में! सिर्फ एक मुट्ठी भर नोट···कि गहने···कि···!

जादू नहीं, हकीकत!

: 7 :

फिर कुछ रोज बाद देखा, मकान को गिराया जा रहा है। जिस नए आदमी ने मकान को खरीदा था, वह उसे तोड़कर एक नया 'स्मार्ट' लुक देना चाहता था।

'आशीर्वाद' की पत्थर की पट्टिका टूट गई थी और तीन या चार टुकड़ों में एक किनारे पटक दी गई थी।

बूढ़े का जवानीवाला एक फोटो भी। पुराना, मगर खासा शानदार। दो-एक रोज बाद गली के जमादार ने उसे उठाया और बिजली के खंभे पर लटका दिया।

आशीर्वाद का मर चुका बूढ़ा अब 'सड़क का बादशाह' हो चुका था।

खंडित इतिहास। खंड-खंड इतिहास···! और एक जिंदा शख्स मुझे लगा—कि तब नहीं, आज खत्म हुआ है।

मगर···उस बूढ़े का जो आशीर्वाद हमें जो मिला था, वह भी क्या भूलने की चीज है?

अब भी कभी-कभी सन्नाटे में 'राम-राम···बाबूजी, राम-राम!' उस बूढ़े की शहद-सी मीठी गुनगुनी आवाज सुनाई दती है। तब जाने क्यों लगता है, वह बूढ़ा जहाँ भी है, वहाँ से हमारे लिए आशीर्वाद बरस रहा है। □

अथ कला-ड्रामा

माफ कीजिए, कहानी शुरू करने से पहले एक छोटी सी आदत (आप चाहे तो इसे सनक भी कह सकते हैं) के बारे में बता दूँ। वह यह कि इतवार को लेकर मैं काफी संवेदनशील हूँ।

पता नहीं किसने कहा है, 'ईमान गया तो सबकुछ गया, ईमान बचा तो सबकुछ बच गया।' मैंने लिखनेवाले अज्ञात लेखक से क्षमा-याचना के साथ इसे थोड़ा सा बदल दिया है, यानी 'इतवार गया तो सबकुछ गया, इतवार बचा तो सबकुछ बच गया!' और उसे किसी सुभाषित की तरह अपने अध्ययन-कक्ष की दीवार पर टाँग लिया है।

बाकी दिन चाहे जैसे रोते-बिसूरते बीतें, पर इतवार को मैं भरपूर जीना चाहता हूँ। इतवार का हर लम्हा मेरे लिए खुशी का एक जाम होता है और मैं चाय के प्याले के साथ अपनी मनपसंद चित्रा-जगजीतसिंह की गजलें सुनते या गुनगुनाते हुए, इसे घूँट-घूँट पीना चाहता हूँ। कभी घर के लॉन में हलके कदमों से टहलता हूँ, कभी अपने प्रिय लेखकों की पुस्तकें खोलकर बैठ जाता हूँ। और इससे लगता है, जैसे सारी थकान निचुड़ गई हो। पूरे हफ्ते मन फूलों जैसा महका-महका रहता है।

ज्यादातर मेरी कोशिश कामयाब हो ही जाती है, क्योंकि मैं अकसर मिलनेवालों को इसीलिए इतवार की बजाय बाकी दिनों की शामों को आमंत्रित करता हूँ। वे हैरान होकर कहते हैं, "कहिए तो इतवार को आ जाऊँ?"

और मैं उनकी हैरानी को और बढ़ाता हुआ कहता हूँ, "अजी, आज ही आ जाइए न! या कल...! इतवार का क्या इंतजार करते हैं?"

वे खुश हो जाते हैं और मेरी योजना कामयाब हो जाती है।

: 2 :

पर इस बार कुछ ऐसा घट गया, जिससे मैं वाकई डरता था।

यह बादलों के मौसमवाला एक खुशनुमा इतवार था। हलकी-हलकी फुहार पड़ रही थी। मन हलका होकर मस्त हवा के झोंकों में बहा जा रहा था। मैं अधलेटा सा, खिड़की खोलकर बाहर रिमझिम का संगीत सुन रहा था। इतने में ही मेघदूतजी पधार गए। आकाश के बादल या अपने कालिदासवाले 'मेघदूत' नहीं, धरती के बल्कि हमारे अपने मोहल्ले के महान् आधुनिक चित्रकार मेघदूतजी।

''अरे भई सुधांशुजी, कहाँ हो?...जिंदा भी हो या नहीं!'' बाहर से ही उन्होंने आवाज लगाई और धड़धड़ाते हुए भीतर बैठक में दाखिल हो गए।

कोई हफ्ते भर की बढ़ी हुई दाढ़ी। बादामी रंग का ढीला-सा कुरता और चूड़ीदार पाजामा। कुल मिलाकर मेघदूतजी अपनी सदाबहार पोशाक में थे और एक खास रौ में। ये ऐसे पल होते जब सामनेवाला कोई भी हो, मेघदूतजी केवल अपनी बात करते थे और उन पर अपनी महानता की छाप छोड़ने का भूत सवार रहता था।

सचमुच इस खुशनुमा मौसम में मेघदूतजी का बगैर सूचना के यों पधार जाना खल गया।

''बैठिए मेघदूतजी!'' मैंने अपनी आवाज की कड़वाहट छिपाते हुए कहा।

''कोई नहीं समझता, भइए, कोई नहीं! एक तुम हो, इसीलिए चले आते हैं!'' जुमला फेंककर वह सिर पर हाथ रखकर बैठ गए।

उनके आते ही वातावरण संजीदा हो गया था। अघोषित कर्फ्यू की तरह।

''कुछ परेशान हैं क्या?'' मैंने जिज्ञासा प्रकट की।

''होगा क्या, कुछ नहीं! न कोई कला समझता है, न समझना चाहता है! फिर भी मैं जुटा हूँ साधना में। आखिर आज नहीं तो कल दुनिया मुझे जानेगी, पहचानेगी कि एक मेघदूत हुआ करता था जिसने अपनी जिंदगी गला दी। मगर पाया क्या...? लोग कुछ समझना ही नहीं चाहते। मैं कहाँ-कहाँ सिर खपाऊँ?'' उनके चेहरे पर फिर से दुःख की काली-काली घटाएँ गहराने लगीं।

उनका प्रवचन जारी रहा, ''कोई समझे न समझे, मैं तो भाई चित्रों में प्रतीकात्मकता को तरजीह देता हूँ। यानी जो आप दिखाना चाहते हैं, वह

बिलकुल मत दिखाइए और जो नहीं दिखाना चाहते, वह पेश कर दीजिए! इसे कहते हैं कला···आर्ट···पेटिंग! लेकिन हमारे चित्रकार हैं कि घसियारे, अभी तक सोलहवीं सदी से बाहर निकलने को तैयार ही नहीं है। धिक्कार है हमें, धिक्कार है सबको, अगर हम कोई क्रांति नहीं कर पाए!''

अचानक वह तैश में आ गए और लाल अंगारे की तरह दहकने लगे।

: 3 :

सुबह-सुबह इतना प्रचंड भावोच्छ्वास झेलने का जिगरा मुझमें नहीं है, पर एक कड़वी सजा समझकर निगल गया। मन का सारा स्वाद खराब हो गया। सिर में हलका-हलका दर्द महसूस होने लगा था।

''चाय पिएँगे?'' वातावरण को हलका करने की गरज से मैंने कहा।

''हाँ···हाँ, क्यों नहीं? चाय के साथ नाश्ता भी चलेगा। सुजाता भाभीजी को पकौड़े बनाने के लिए बोल दो। मैं तो घर से ही सोचकर आया था, हैं···हैं!''

मेघदूतजी की नाक फुरफुराने लगी। उनकी फरमाइश भीतर पहुँचाकर लौटा, तो वे फिर शुरू हो गए।

''हाँ, तो मैं कह रहा था कि चित्रकार दुनिया में असल में केवल तीन हुए हैं। माइकिल एंजलो, रेफल और ल्योनार्दो द विंसी—और इनमें भी किसका योगदान कितना है, इसको लेकर विद्वानों में काफी मतभेद पाया जाता है! नहीं, असल में बात यह नहीं है, बात असल में···समस्या! समस्या आप जानते हैं, क्या है?''

चित्रकला का पूरा इतिहास समस्याओं समेत वह सुबह-सुबह मेरे कानों में उँड़ेल देना चाहते थे।

मैं वाकई घबरा गया। विषय को मोड़ देने के लिए वैसे ही पूछ लिया, ''वैसे आजकल आप क्या कर रहे हैं? मेरा मतलब है, कोई खास चित्र—कोई खास कल्पना, आपकी तूलिका जिसे आँकने के लिए बेकरार हो!''

''अरे हाँ, याद आया! ऐसा है यार, कि आज चित्रकला प्रदर्शनी है मेरी। मैं तो यही बताने आया था, पर मैं भूल ही गया। इसको कहते हैं कला की सच्ची स्प्रिट, यानी कलाकार का आत्मसमर्पण! अपने 'आधुनिक कला' वाले राजा भैया इसी को 'आत्मतर्पण' बोल देते हैं। मगर भाई, असल चीज तो है आत्मसमर्पण! कहते हैं कि माइकिल एंजलो चित्र बनाते समय एकदम समाधिस्थ

हो जाता था! दीन-दुनिया का कोई होश नहीं, किसी और ही संसार में पहुँच जाता था…!''

कहते-कहते एक क्षण के लिए वे रुके। उनके चेहरे पर 'परम शांति' विराज गई। फिर वे अचानक बाहरी दुनिया में लौटे, ''तो ऐसा है, सुधांशुजी, आपको चलना है। आप जैसे कला-मर्मज्ञों से कला जीवित है, वरना क्या है कि…''

इतने में ही सुजाता चाय और गरमागरम पकौड़े लेकर आ गई।

''नमस्ते, भाभीजी। आप भी आ रही हैं न चित्रकला-प्रदर्शनी में?'' पकौड़ों की प्लेट को प्यार से अपने पास खिसकाते हुए उन्होंने कहा।

''किसके चित्रों की प्रदर्शनी?'' सुजाता ने उड़ते-उड़ते पूछा।

''मेरी, और किसकी?'' मेघदूतजी थोड़ा आहत हुए।

''अब ये मुन्नू और टुन्नू आने दें तो…!'' कहती हुई सुजाता भुन-भुन करती भीतर चली गई।

मैंने मन-ही-मन सुजाता की व्यवहार-बुद्धि को दाद दी।

''अब यही तो चक्कर है भइए, गृहस्थी में आदमी एक दफा उलझा तो उलझता चला गया। इसीलिए हमने तो यह झंझट ही नहीं पाला, हैं…हैं…हैं!''

मेघदूतजी की पूरी बत्तीसी एकाएक सामने आ गई। फिर अचानक गंभीर होकर उन्होंने कहा, ''खैर, भाभीजी को छोड़िए, आप तो आ रहे हैं न?''

''समय क्या रखा है…?''

''बस, यही सवेरे ग्यारह बजे उद्घाटन है। अपने जिलाधीश महोदय हैं न आंनदीलालजी 'सदानंद'। वे उद्घाटन के लिए मान गए हैं।…बड़े सज्जन पुरुष हैं साहब। कला-मर्मज्ञ…ऐन कला-मर्मज्ञ! जैसा पद, वैसी योग्यता। मुझे तो सिर-आँखों पर रखते हैं! आप मिले हैं न उनसे?''

''नहीं।''

''ओह!'' उनके चेहरे पर मेरे लिए दया भाव प्रकट हो गया, जैसे कह रहे हों, ''ओह, बेचारा!''

''देखिए, फिर तो आप जरूर आइएगा। इस बहाने उनसे मिलना भी हो जाएगा।''

फिर मेघदूतजी जाने के लिए उठ खड़े हुए, ''देखिए, जरूर आइएगा। मैं दिल की गहराइयों से आपका इंतजार करूँगा। एक आप ही तो हैं जो

मीडिया में···!'' कहते-कहते वे भावुक हो गए।

''अच्छा···!''

पर इस अच्छा के पीछे की अनिच्छा, पता नहीं वह कैसे भाँप गए। रुके। चौंके। फिर मेरी ओर देखकर कहा, ''मैं अपने मित्र शुभंकरजी को भेज दूँगा। वे आपको ले जाएँगे।''

''क्या···भयंकरजी? आप भयंकरजी को भेज देंगे मुझे लेने? नहीं···नहीं, मैं खुद ही आ जाऊँगा।'' हवा में हलकी ठंडक के बावजूद मैं पसीने-पसीने।

''अरे, भयंकरजी नहीं, शुभंकरजी।'' मेरी घबराहट भाँपकर तसल्ली देते हुए वे बोले। फिर उन्होंने समझाया, ''दरअसल नाम तो इनका शंभूपरसाद था। पर जब से चित्रकला के मैदान में दो-दो हाथ करने उतरे हैं, इन्होंने खुद को शुभंकर कहना, कहलवाना शुरू कर दिया है।''

सुनकर जान में जान आई। मैंने हवा में जल्दी-जल्दी कुछ लंबी साँसें लीं।

: 4 :

खैर, वे गए और मैं जल्दी-जल्दी तैयार होने में लग गया। सिर पर सवार इस संकट की घड़ी से बचने के लिए हर हाल में साढ़े दस बजे तक तैयार होकर बाहर निकल जाना चाहता था।

पर अभी पहनने के लिए कपड़े निकाले ही थे कि ठीक दस बजकर दस मिनट पर एक विराटाकार व्यक्तित्व भीतर लपकता हुआ दिखाई दिया। हट्टा-कट्टा शरीर, थोड़ी सी आगे निकली हुई तोंद। माथे पर झूलते हुए घुँघराले बाल। नुकीली, लंबी मूँछें, खद्दर का कुरता और धोती। देखने में यह व्यक्ति किसी पहलवान से कम नहीं लगता था।

पहचानने में भूल नहीं हुई कि हो न हो, यही शुभंकरजी हैं।

''नमस्ते···! आप तो तैयार ही बैठे थे।'' शुभंकरजी ने अट्टहास किया तो उनकी मूँछें बेवजह फड़फड़ाने लगीं।

मुझे जाने क्यों उनके अट्टहास में एक विजेता का-सा गर्व दिखाई पड़ा। मानो उनसे कहा गया हो, जैसे भी हो, 'सुधांशु के बच्चे' को पकड़कर लाना है। सो शुभंकरजी ताल ठोंककर 'जय बजरंग बली' कहकर दौड़े आए हों और अपनी सफलता पर गद्गद हो रहे हों।

''अगर भागे भी तो इनसे छूट नहीं सकते और फिर तो ये सचमुच

कचूमर ही निकाल देंगे।'' उनकी विशाल काया पर भरपूर नजर डालकर मैंने मन-ही-मन कहा। सचमुच शुभंकरजी किसी यमदूत से कम नहीं लग रहे थे और मैं उनके साथ ऐसे चल दिया, जैसे बकरा जिबह करने के लिए ले जाया जाता है।

खैर, मन-ही-मन अपने आप पर भन्नाते और उस घड़ी को कोसते हुए जब मेघदूतजी से परिचय हुआ था, मैं वधशाला···(ओह, जबान फिसल गई न!) सॉरी, चित्रकला प्रदर्शनी में पहुँचा।

: 5 :

एक छोटे-से गलियारे में यह प्रदर्शनी सजाई गई थी। उसके प्रवेश-द्वार पर परदा टँगा था, क्योंकि अभी विधिवत उद्घाटन होना बाकी था। बाहर टीन की टूटी-फूटी कुरसियों पर 15-20 लोग बैठे थे। मैं भी वहाँ जा बैठा और जिलाधीश आनंदीलाल 'सदानंद' जी की 'सामूहिक प्रतीक्षा' में शामिल हो गया।

एक बजे तक मीटिंग में 'आनंद' का संचार करनेवाले आनंदीलाल नहीं आए और हम 25-30 लोग मुहर्रमी सूरत बनाए बैठे रहे। इस बीच कुछ लोग उठ गए, कुछ अखबार या पत्रिका में डूब गए, जिन्हें वे शायद इसी प्रयोजन से साथ लाए थे। दो-एक मौसम पर और दो-चार राजनीति पर बतियाने लगे।

मैं चुपचाप मेघों से घिरे आसमान का नजारा ले रहा था। वह किसी महान् चित्रकार के विशाल कैनवस सरीखा लग रहा था।

हवा ठंडी-ठंडी थी, मौसम सुहावना था। पर जो बात घर पर थी, वह यहाँ कहाँ? घर पर मजे से पसरकर या यहाँ-वहाँ टहलते हुए रेडियो या टेपरिकॉर्डर पर गीत-गजलें सुनना या अपने टुन्नुओं-मुन्नुओं के साथ खेलते हुए अपने बचपन और बीते दिनों को याद करना एक बात है और यहाँ कुरसियों में धँसकर बैठना बिलकुल अलग चीज।

इस बीच एक दफा चाय आई। काली, जली हुई चाय। एक में से दो कप बनाए गए, तब वह पूरी पड़ी। उसके कालेपन को लक्षित करके 'कलात्मक चाय' कहते हुए सबने उसकी भूरि-भूरि प्रशंसा की और हौले-हौले सिप करके पी।

काफी देर इंतजार करने के बाद भी जब जिलाधीश महोदय अपने आनंद की बरखा करने नहीं आए तो आखिर वहाँ बैठे लोगों में सबसे ज्यादा बुजुर्ग

भूलारामजी बखेड़ावाले से (शायद उनकी उम्र और चाँदी जैसे बालों का खयाल करके) फीता काटकर बाकायदा प्रदर्शनी का उद्‌घाटन करने का अनुरोध किया गया।

वैसे भूलारामजी बखेड़ावाले उसी दफ्तर में बड़े बाबू थे, जहाँ मेघदूतजी क्लर्क के रूप में काम किया करते थे। उन्होंने मेघदूतजी की तारीफ में एक प्रेरणादायक प्रसंग सुनाया कि मेघदूतजी शुरू से ही दफ्तर में लेट आते थे और थोड़ी देर बाद ही सामनेवाले स्टूल पर टाँगें फैलाकर खर्राटे भरने लगते थे। इसी से उन्होंने अंदाज लगा लिया कि ये जरूर कोई बड़ी शख्सियत हैं—और अगर नहीं हैं तो होनेवाले हैं!

"तो सज्जनो, मैं जानता था कि यह अजीबोगरीब शख्स एक दिन कुछ बनकर दिखाएगा। और आज वह शुभ दिन आ गया है। आज इनकी चित्रकला-प्रदर्शनी का उद्‌घाटन जिलाधीश महोदय कर रहे हैं…!"

लोगों की फुसफुसाहट और हँसी देखकर शायद भूलारामजी बखेड़ावाले अपनी गलती भाँप गए। झेंप मिटाने के लिए जोश में आकर बोले, "नहीं कर रहे तो क्या, करनेवाले तो थे। आज नहीं तो कल करेंगे। बल्कि कल कोई और बड़ा अफसर करेगा, परसों मुख्यमंत्री, फिर प्रधानमंत्री, फिर राष्ट्रपति…! और आप देखेंगे कि एक दिन कामयाबी की सीढ़ियाँ चढ़ते-चढ़ते कला का यह अनमोल सितारा एक राष्ट्रीय, बल्कि अंतरराष्ट्रीय हस्ती बन जाएगा। इतनी बड़ी हस्ती के इनके ऑटोग्राफ लेने के लिए स्कूल-कॉलेज के लड़के-लड़कियाँ ही नहीं, अमिताभ बच्चन, धोनी और सलमान खान भी लाइन में लगा करेंगे…लाइन में!"

कहते-कहते वे खुशी के मारे छलछला आए आँसुओं को पोंछने लगे।

वातावरण वाकई बोझिल हो गया।

अब मेघदूतजी उठे। आँखें गीली-गीली सी, जैसे अभी बरस पड़ेंगी। भरे हुए गले से बड़े बाबू यानी भूलारामजी बखेड़ावाले का आभार प्रकट किया। फिर कहा, "चलिए बंधुओ, अब मैं चित्रों से आपका परिचय करा दूँ।"

हम सब श्रद्धाभिभूत होकर उनके पीछे-पीछे गलियारे में दाखिल हुए।

: 6 :

वहाँ भीतर रंगों का—तेज नीले, पीले, हरे रंगों का सैलाब था।

एक चित्र की ओर इशारा करके मेघदूतजी मेरी और मुखाबित होकर बोले, "सुधांशुजी, यह चित्र देखिए। कुछ पहचाना आपने?···नहीं पहचाना? दरअसल इसमें बड़ी गूढ़ कला है, यह जिंदगी का चित्र है!"

"पर इसमें तो केवल दरवाजे दिखाई पड़ रहे हैं, कोई चालीस, पचासेक छोटे-बड़े दरवाजे···?" मैंने कला की उर्वरा धरती पर शंका का एक छोटा बीज डाला।

"नहीं, इसे यों कहिए कि दरवाजों में दरवाजों में दरवाजे हैं। और भइए, यही तो जिंदगी है। यानी हर मोड़ पर एक दरवाजा खुलता है और आप उसमें दाखिल हो जाते हैं। जरा···जरा आप सिंबोलिक ढंग से सोचिए!" मेघदूतजी देखते ही देखते कुछ गहरे-गहरे और रहस्यात्मक हो गए।

कैसा दरवाजा खुलता है? कैसे दाखिल हो जाते हैं? कुछ भी समझ में नहीं आ रहा था। पर इस नाजुक मौके पर ज्यादा बहस करना ठीक नहीं था, सो चुप रहा।

इसके बाद जो चित्र था, उसमें पूरे कैनवस पर एक विशाल ठूँठ दिखाया गया था, जिसमें एक बड़ी सी गाँठ थी।

"इसे तो आप देखते ही समझ गए होंगे कि···" मेघदूतजी मंद-मंद मुसकराए।

"जी हाँ, ठूँठ!" एक व्यक्ति ने कहा।

"ठूँठ!" मेघदूतजी हँसे। यह एक अलग तरह की हँसी थी। सामनेवाले पर बुरी तरह तरस खानेवाली।

"जी नहीं,जी नहीं!" वह हँसे तो हँसते ही गए। उनकी आँखें बुरी तरह मिचमिचा रही थीं। होंठ फड़फड़ा रहे थे, "यही तो आप लोग समझ नहीं पाते, आह!"

फिर थोड़ी देर बाद उन्होंने बताया, "यह औरत है, औरत का संपूर्ण चित्र···!"

"औरत का संपूर्ण चित्र!" दर्शकों में से किसी ने दोहराया, हालाँकि समझ कोई नहीं पाया। यह सबके चेहरों से साफ पता लग रहा था।

"क्या नहीं लगता?" मेघदूतजी की गहरी-गहरी निगाह 'स्काईलार्क' की तरह मुझ पर गिरी। मैंने मासूमियत से 'वाह···वाह' वाली मुद्रा में सिर हिला दिया।

"देखो, सुधांशुजी समझ गए, मगर आप लोग नहीं समझ पाए!" उन्होंने

किसी बाजीगर की तरह दोनों हाथ फैलाते हुए कहा, "असल में इस ठूँठ में यह जो गाँठ है, यह है असली औरत—क्योंकि औरत एक पहेली है और उसका कोई भी सिरा, कभी भी हमारे हाथ नहीं आता! भई, सीधी सी बात है, हैं···हैं···हैं!" वह मुझे छोड़कर बाकी सब पर तरस खा रहे थे।

"अब तो समझ गए न?" उन्होंने प्यार से मेरी बगल में खड़े मि. मिनोचा के कंधे थपथपा दिए।

लगा कि समझ में तो उनके खाक नहीं आया था, पर अगर कहते कि नहीं समझा तो फिर यही धाराप्रवाह भाषण सुनना पड़ता। इसलिए इस दफा उन्होंने भी मजबूरी में 'हाँ' में सिर हिलाने में ही खैरियत समझी।

"अब जरा आगे आइए। आपको इस प्रदर्शनी की सबसे नायाब कलाकृति दिखाएँ।" एकाएक वह लहर में आ गए।

हम लोग थोड़ा सा आगे बढ़े और कई आँखें उस चित्र पर एक साथ टँग गईं, जिसमें एक लंबी सी खड़ी रेखा के ऊपर एक पड़ी रेखा थी। आस-पास दो काले-भूरे गोले थे।

"देखा आपने, यह लंबी सी नाक···और चिंतापूर्ण ललाट? ये जलती-बुझती आँखें! यह आदमी की महत्त्वाकांक्षा है! कैसा लगा चित्र?"

"वाकई सुंदर है!" अब सभी ने जिरह करना छोड़ दिया था। कुछ देर के लिए दिमाग पर ताला लगाकर रखना बेहतर था।

"अब थोड़ा सा और आगे आइए। इसी क्रम में एक और चित्र, जिसमें जीवन की विडंबना का चित्रण है! 'जीवन में विडंबना और विडंबना में जीवन'—यह है इसका शीर्षक। मुझे महीनों लग गए यह शीर्षक खोजने में, पर आखिर जिन खोजा तिन पाइयाँ!" एक गद्गद आनंद-भाव।

हमने चित्र देखा। पूरे कैनवस पर नीला रंग पुता हुआ था, जिसे बीच-बीच में काले रंग की आड़ी-तिरछी लकीरों से खूब काटा-पीटा गया था।

"देखिए बंधुओ, आसमान जमीन पर गिर चुका है। टुकड़े-टुकड़े हो चुका है और सिसक रहा है। यानी यह आज का वक्त है, जहाँ जीने के लिए कोई गुंजाइश नहीं है।" मेघदूतजी एकाएक दार्शनिक गहराइयों में प्रवेश कर गए।

मगर हमारे 'दुनियादार' चेहरों पर परेशानी के भाव पढ़कर उन्होंने कहा, "इस बात को आप अभी नहीं, आज से दस साल बाद समझ पाएँगे, जब दुनिया थोड़ी समझदार हो चुकी होगी। खैर, अब अगला चित्र देखिए। यह

आदमी किसी लाश को उठाए है, है न? एक नंगी, अधजली लाश—क्या है यह?''

''क्या है यह?'' सबकी आँखों पर प्रश्नवाचक चिह्न लटक गया।

''असल बात यह है कि यह लाश किसी और की नहीं, बल्कि इसी आदमी की है। यह खुद अपनी ही लाश ढो रहा है। यह आदमी, मैं, आप, कोई भी हो सकता है। देखिए कितनी खूबसूरती है इसमें!⋯कला! आहा, कला! ओहो, कला!'' मेघदूतजी बाकायदा कथक नृत्य की मुद्रा में आ गए।

मजबूरी में हमें 'हाँ' कहना पड़ा और कलाकार की संभावनापूर्ण कला की दाद देनी पड़ी।

आखिरी चित्र में एक नारी आकृति का 'आभास' पैदा किया गया था और जो भी 'स्त्रीनुमा चीज' वहाँ दिखाई गई थी, उसका वक्ष और कूल्हे बेहद उभरे हुए थे। चेहरे की जगह दो-तीन आड़ी तिरछी लकीरें थीं, जो एक-दूसरे को काट रही थीं। कोई पहचानने में भूल न कर जाए, इसलिए इस चित्र के नीचे उसका शीर्षक भी मोटे-मोटे अक्षरों में टाँक दिया गया था—'स्वप्न सुंदरी!'

इस चित्र का प्रशस्ति-गान हमें सुनाया जाता, इससे पहले ही प्रवेश-द्वार की ओर अचानक शोर उभरा और सबका ध्यान उधर खिंच गया।

: 7 :

''चल! कोण सी कला है, अम देखते हैं इब्बी⋯!'' एक खाकी तूफान-सा धमधमाता हुआ प्रदर्शनी-कक्ष में प्रवेश कर रहा था।

मालूम पड़ा कि थानेदार भुजंगीलाल यादव आए हैं।

''थानेदार साहब⋯?'' सभी उपस्थित लोग बुरी तरह चौंक गए।

''हाँ, और साथ में चार सिपाही भी हैं। हाथ में डंडे लिए हुए।'' रमेशजी ने घबराए स्वर में कहा, ''मैंने खुद अपनी आँखों से देखा है।''

''ऐं, सच?'' सत्येंद्रजी ने भयभीत स्वर में पूछा।

मि. मिनोचा के सुर्ख गाल इस समय एकदम निचुड़े-निचुड़े लग रहे थे। मेघदूतजी भी कम बदहाल नहीं थे। भूलारामजी बखेड़ावाले सोच रहे थे, ओह, मैं किस बखेड़े में आन पड़ा?

''पर इसमें तो कोई सरकार विरोधी चीज नहीं है, न भ्रष्टाचार और महँगाई की आलोचना की गई है। यह तो कला है, इसमें सरकारी दखल⋯?''

कहते-कहते शुभंकरजी रुक गए। थानेदार सिपाहियों सहित भीतर दाखिल हो चुके थे।

"आपमें मेघनाथ कोण है?" थानेदार ने भीतर आते ही कड़क आवाज में पूछा।

मेघदूतजी सिर झुकाए आगे बढ़े, जैसे फाँसी के फंदे पर झूलने जा रहे हों। बाकी लोग भी सकते में आ गए, काटो तो खून नहीं।

पर थानेदार भुजंगीलाल यादव के चेहरे पर गुस्सा नहीं, मुसकराहट थी। (…ओह गजब!) इसी से उसकी काली, लंबी मूँछें, जगमग-जगमग हो रही थीं। उसने आगे बढ़कर कलाकार के कंधे थपथपाते हुए अभयदान दिया, "ऐसा है मेघनाथ बाबू, कि जिलाधीश साहब को एक जरूरी मीटिंग अटेंड करनी थी। इसलिए खुद नहीं आ पाए। अपनी जगह मुझे भेज दिया है। बताइए, क्या करना है…? आप लोग बिलकुल घबराइए नहीं, मैं सब ठीक-ठाक कर दूँगा!"

यह पता चला तो भय से थर-थर काँपते मेघदूतजी की जान में जान आई। बाकी लोग भी जो डर के मारे दीवार से जा चिपके थे, अब फिर से चलने-फिरने, बोलने-बतियाने लगे।

खैर, उद्घाटन तो हो चुका था। अब थानेदार साहब के लिए इन आधुनिक चित्रों की व्याख्या का काम दोबारा शुरू किया गया। इस बीच मौका देखकर मैं भाग जाना चाहता था, पर मेघदूतजी ने शहर के प्रतिष्ठित पत्रकार और कला-पारखी के रूप में मेरा परिचय देकर मुझे अनावश्यक रूप से चेप दिया था। यहाँ तक कि उन चित्रों की व्याख्या का काम भी अब मुझे सौंप दिया गया था।

गरदन फँस चुकी थी और उससे मुक्त होने की कोशिश में मैं सिर्फ छटपटा सकता था। जो बातें मैंने मेघदूतजी से सुनी थीं, अब वे ही ब्योरेवार मुझे अपनी खाकी वरदी की तरह ही अकड़े हुए थानेदार भुजंगीलाल यादव को समझानी पड़ीं।

बताते समय मेरा चेहरा विवर्ण हो गया था, जीभ सूख रही थी। पर उन चित्रों की तारीफ में चेहरे पर नकली उत्साह पैदा करना पड़ रहा था। पता नहीं, मेरे शब्द-कौशल का असर था या किसी और बात का, थनेदार महोदय काफी प्रभावित लग रहे थे और लगतार मुसकराए जा रहे थे।

अंत में उन्होंने दो शब्द कहे, "प्यारे भाइयो, हम यहाँ एक महान् चित्तरकार

के चित्तर देखने और उन्हें श्रद्धांजलि देने आए हैं। चित्तर भी कैसे-कैसे? एक-एक चित्तर में कई-कई रंग। कहीं हरा है तो कहीं नीला, कहीं लाल तो कहीं आसमानी। कहीं एकबारगी चिट्टा सफेद वा-वा-वा''वा जी, वा! तो भाइयो, हम सब एक-दूसरे पर ऐसे ही प्यार के रंग छिड़कें। यही क्या नाम है, इस मेघदूत नाम के सच्चे कलाकार को सच्ची श्रद्धांजलि होगी। अच्छाजी, भाइयो, धन्यवाद!''

कहकर उन्होंने गर्व और प्रसन्नता के साथ फड़फड़ाती मूँछों से चारों ओर देखा, फिर अपनी कुरसी पर विराज गए।

मैंने चोर नजर से देखा, 'भाषण-वाषण में क्या है जी? बातों में से बातें निकालना तो हमें भी खूब आता है!' जैसी तसल्ली उनके चेहरे पर दिप-दिप कर रही थी।

उसके बाद कुछ नाश्ते-पानी का प्रोग्राम था। पर अब तक दिल किसी अड़ियल घोड़े की तरह एकदम बेकाबू हो गया था।

चुपके से मेघदूतजी की नजरों से बचता हुआ मैं बाहर आया। ताजी हवा में दो-तीन लंबी-लंबी साँसें लीं और जितनी तेजी से हो सकता था, घर की ओर सरपट दौड़ लगा दी।

□

थैंक्यू सर

अचानक ही वह प्रिंसिपल मनचंदा से टकरा गया था।

कॉलेज का स्पोर्ट्‌र्स टूर्नामिंट चल रहा था और आज उसका फाइनल डे था। इस समापन-समारोह की अध्यक्षता राज्य के मंत्री महोदय बोधासिंह बिद्‌दू को करनी थी। अच्छी-खासी दान-राशि कालेज को मिलने की संभावना थी। प्रिंसिपल मनचंदा का नाम-वाम भी होता। पर यह साला मौसम भट्‌ठा बैठाने पर तुला है।

बारिश, बेवक्त-बेमौसम!···

प्रिंसिपल मनचंदा बेचैनी से बरामदे में टहल रहे थे।

मंत्री महोदय बोधासिंह बिद्‌दू तक वे दो-चार जैक यानी जुगाड़-तुगाड़ लगाकर पहुँच तो गए थे और उनकी 'हाँ' भी ले आए थे, मगर ससुर ये बादल···!

उनका बस चलता तो अपनी तर्जनी को बंदूक की तरह बादलों की ओर तानकर 'शूट' कर देते! पर···

पर लाचार थे। इसलिए तर्जनी से बार-बार माथा घिस रहे थे।

यही वह क्षण था, जब उसने यानी भास्कर आनंद ने उन्हें अकेला देखा तो सहानुभूति जताने के लिए पास आ गया। चेहरे पर ऐसी विनम्रता चस्पाँ करके, जिससे दुनिया भर के नौकरी-पेशा गुलाम अलग पहचान में आते हैं।

"यह तो सर···कुछ अजीब ही मौसम हो गया जी!" कहने के बाद उसे लगा 'कुछ' पर जोर ज्यादा ही पड़ा गया है और बाद का 'जी' फालतू बोला गया।

प्रिंसिपल मनचंदा उसी तरह अनमने से बरामद में टहलते रहे—बेचैन, निर्वाक! क्या इन्होंने सुना, जो मैंने कहा?···या शायद नहीं सुना।

वह बिना बात नर्वस हो गया।

शब्द साथ छोड़ गए। होंठों पर केवल हिस्स···हिस्स!

फिर हिम्मत बाँधकर उसने कहा, "सर···लगता है बारिश रुक जाएगी।"

: 2 :

प्रिंसिपल मनचंदा की नजरें अब उस पर पड़ीं, "अच्छा, अच्छा देखो तो मिस्टर आनंद, जरा आसमान की ओर देखकर बताओ, यह कितनी देर तक ऐसा ही बरसोगा।"

अपनी आज्ञा को उन्होंने किंचित मुलायम स्वर में ढालकर कहा था। एक ऐसा अंदाज जिसे दुनिया भर के 'मालिक' खुद-ब-खुद सीख लेते हैं। उन्हें कहीं से सीखना नहीं पड़ता।

यह एक अवसर था—अवसर! उसने पहचानने में देर नहीं की।

फिर वह यंत्रचालित सा बरामदे के बाहर आया था। आधे मिनट तक नजरें टिकाए बेवकूफ-सा आसमान को घूरता रहा था। पूरा भीग गया था वह। पर इतनी देर में उसने सोच लिया था कि क्या कहना है।

वापस आकर उसने उगलना शुरू किया जैसे कोई जोकर मुँह से 'छल्ले' उगलता है। बोला, "सर, लगता है कि ज्यादा देर नहीं बरसेगा, यही···यही कोई आधा घंटा। पानी रुक जाएगा सर···! हाँज्जी, सर। और अगर न भी रुके तो सर, कोई ज्यादा तेजी से यह नहीं पड़ेगा। यानी कार्यक्रम कुछ लेट भी हो सकता है, लेकिन कार्यक्रम होगा जरूर—और शान से। इट वुड भी ए सक्सेज सर! एंड मंत्री महोदय मि. बोधासिंह बिद्दू विल भी एक्सट्रीमली हैप्पी! आई टेल यू सर, आई टेल यू···आई होप!"

दिल, दिमाग और उम्मीद के टूटे हुए पंखों की पूरी ताकत लगाकर वह बोलता गया। बोलता गया···बोलता गया।

···पंखकटा कबूतर!

गुटूर-गुटुर-गूँ···गुटुर-गूँ···गुटुर-गूँ!

हालाँकि जितनी तेजी से वह बोल रहा था, उतनी ही तेजी से भीतर कोई चिल्ला रहा था, 'जोकर! जोकर···जोकर!···सर्कस का जोकर!'

और फिर से उसे नजर आया—मुँह से छल्ले निकालता जोकर! जलती आग के बीच से कूदता जोकर!

जोकर···! जोकर···! जोकर···!

"अच्छा, अच्छा···! अब तुम अंदर आकर बैठो।" अचानक प्रिंसिपल मनचंदा फिर तटस्थ हो आए थे।

पता नहीं, उनके चेहरे पर क्या-क्या आकर क्या-क्या चला गया था। कहाँ-कहाँ चला गया था?

डब्बा···बंद डबलरोटी!

"सर···सर वो मेरा कन्फर्मेशन!" उसने फिर से जरा ढक्कन खोलने की कोशिश की।

"अच्छा, अच्छा। सोचेंगे···"

"थैंक्यू सर!" उसने थूक निगलते हुए कहा।

वहाँ से आकर पंडाल में एक कुरसी खींचकर वह बैठा, और अपने सुन्न हुए हाथ-पैरों को झटककर चेताने लगा।

आरामकुरसी में धँसा हुआ वह सोच रहा था, "स्याला पानी बरसे, न बरसे, ऐसी तैसी में जाए आकाश और बादल! अपन ससुर कोई मौसम विज्ञानी नहीं हैं। पर···लेकिन हाँ, किसी तरह बची रहे मेरी नौकरी···ओ प्रभु!!"

और अचानक वह झाड़ी के पीछे एक 'सेफ' कोने में निकल गया।

उसके भीतर का जोकर अब खुलकर हँस रहा था—हा-हा-हा···! उसे लगा, कहीं हँसते-हँसते यह पागल न हो जाए!

□

रंगी बाबू का रिक्शा

देख तो मैं पहले भी रहा था और खासी हैरानी से देख रहा था। पर जब मेरे दोस्त उदित अंजुम ने 'ना-ना' करके हाथ का इशारा किया, तो मेरा ध्यान एकाएक उधर गया। कुछ ढूँढ़ने, खोजने की नजर से।

इधर उन टोपीधारी सज्जन, रंगी बाबू उर्फ नेताजी की नाराजगी अपनी जगह, "हमने जब पैले कई, तो पैले ई इधर आनो चाहिए थो ना आपको···!"

इस पर उदित का मुसकराते हुए अलबेला जवाब, जो मुझे याद रह गया। उसने कहा था, "तुम बोलते बहौत हो नेताजी। पैले जे वादा करौ कि तुम बोलोगे नईं। बस, चुप्पईचाप रिक्शा चलाओगे!···है मंजूर तो बोलो!"

"अरे भैया, हम ना बोलिंगे, अगर हमाओ बोल तुम्हें इत्तोई बुरौ लगत है तौ!" रंगी बाबू गस्सा गए।

मैं डरा, अब वे कुछ कहेंगे। पर नहीं, चुप। एकदम चुप्प!···उनकी चुप्पी भी बहुत कुछ कहती थी। और हाँ, इस बीच उनके चेहरे पर एक ललछौंही परछाईं-सी आ पड़ी, जो चेहरे के रोब को कुछ और बढ़ा देती है।

अब के मैंने गौर से देखा, आबनूसी रंग की कैसी विशाल ठाटदार काया! खासी लहीम-शहीम। तिस पर खादी का मोटा, सफेद कुरता, सफेद धोती। कुछ-कुछ मटमैलापन लिए हुए। मगर साहब, मटमैला ही यहाँ है, दीनता हरगिज नहीं! और यह सब धारण करके अगला रिक्शे पर किस अदा से जमा है, भई वाह! रिक्शा अगर बोल सकता होता तो जरूर बोलता, "भई, मुझे बख्शो, मैं तुम्हारे लायक नहीं!"

पर रंगी बाबू रिक्शे पर ऐसे जमे थे—कुछ-कुछ डिक्टेटराना तरीके से, कि जैसे उसके कान उनके हाथ में हों···कि बच्चू, जरा भी चूँ-चपड़ की तो देख लीजौ, खैर नहीं!

तहसील चौक से स्टेशन पर ले जाने का रंगी बाबू का तयशुदा रेट था दस रुपए, चाहे अकेले बैठो या दो। यही सर्वाधिक प्रिय जगह थी नेताजी की। कहिए कि पसंदीदा ठिकाना, जहाँ से सवारी बैठाकर यात्रा प्रारंभ करना उन्हें प्रिय था। शहर का यह बाहरी इलाका था, पर जब से शहर का विकास हुआ है, यह इलाका खासी रौनक लिए था। तीन-तीन इंटर कालेज और एक लड़कियों का डिग्री कॉलेज इसी चौक से आकर जुड़ता था। लिहाजा सुबह से रात तक चहल-पहल, रंगों की···खुशियों की बहार।

अलबत्ता हम बैठे और रिक्शा चल पड़ा। वाकई चल पड़ा। आश्चर्य!

मुझे अपने गलत होने पर तीखी झुँझलाहट महसूस हुई। मैं सचमुच गलत था। रिक्शा तो उनका गुलाम नहीं, परिवार का सदस्य था। एकदम आत्मीय। कहाँ तो मैं सोच रहा था कि कोई सत्तर साल का यह बंदा रिक्शा चलाता कैसे होगा और कहाँ अब यह लग रहा था कि रिक्शा तो बस उनके पैरों के छूने से चल रहा है। या शायद मन की सोच से। जोर कहाँ लग रहा है? लग भी रहा है कि नहीं, पता नहीं।

मानो यह सब रंगी बाबू के लिए इतना सहज हो कि वे साँस ले रहे हैं और रिक्शा खुद-ब-खुद दौड़ा जा रहा है!

मेरे होंठों से मानो निकलना ही चाहता था—'वाह, नेताजी, वाह!' कुछ-कुछ तबलेवाले 'वाह उस्ताद!' की तर्ज पर। पर उदित जाने क्या समझ बैठे, सोचकर रुक गया। और रिक्शा उसी तरह सर्राटे से दौड़ा जा रहा है, जैसे रिक्शा नहीं, भगवान् कृष्ण का रथ हो!

: 2 :

अब तक इस प्राचीन शहर के उन 'महान' नेताजी में मेरी गहरी दिलचस्पी जाग गई थी। मानो वे आदमी से ज्यादा इस शहर की प्राचीनता या कहिए 'पुरातत्व' से जुड़ी कोई शै हों! कोई ऐतिहासिक भग्नवाशेष।

''यह···रिक्शा कब से चला रहे हैं आप?'' यही सवाल पूछा जा सकता था बात शुरू करने के लिए। मैंने पूछा।

चुप्पी—एक क्षण के लिए चुप्पी। बड़ी ठोस।

इन्होंने सुना भी कि नहीं? लगता है, उम्र का असर···? इस मूक सवाल के साथ मैंने उदित की ओर देखा। वह मेरी बात को शायद कुछ और गुंजार के साथ नेताजी तक पहुँचाना चाहता था कि इतने में टूटी, चुप्पी टूटी।

और एक क्षण के लिए मुझे यकीन नहीं आया कि यह खनकदार गूँज इसी पर्वताकार जिस्म से निकल रही है!

"...जिंदगी गुजर गई बाबूजी, अब तो! इसी में गला दी बाबूजी, हमन्ने तो अपनी पूरी जिंदगी!" नेताजी की भारी और कुछ-कुछ खरखरी आवाज। पता नहीं उसमें कितना पछतावा था और कितना पूरे संतोष से जिंदगीजी लेने का भाव?

फिर बोले, "बस्स, समझो कि अंगरेजन के जमाने से चलता चला आ रहा है अपना रिक्शा। राजा की सवारी है साब! इसी से पाल लिया इतना बड़ा कुनबा। तीन बेटे, चार बेटियाँ। यानी सात बेटे-बेटियाँ, दो हम।...नौ जने हुए कि नहीं! कोई मामूली बात है नौ जनों का टब्बर पालना आज के टेम में! पर अब ईश्वर की दया से सब अपने-अपने घर में हैं, सुख से हैं। अब यहाँ शहानाबाद में तो हम बूढ़ा-बुढ़िया दो ही हैं! तो देख लो आप, बड़ा साथ दिया इसने...और अब भी बुढ़ापे की लाठी ही समझो बाबूजी।"

बात अंग्रेजों की चली तो गांधी बाबा की भी चलनी ही हुई। पता चला कि नेताजी को न सिर्फ कई दफा गांधी बाबा को सुनने का सुयोग मिला, बल्कि गांधीजी ने ही उनके भीतर देश के लिए कुछ करने की चिनगारी भरी। और अपने ये नौरंगीलाल यादव तब स्वाधीनता संग्राम के दिनों में, बचपन के खेलने-खाने की बाली उमर में ही नेता हुए तो फिर जिंदगी भर के लिए 'नेताजी' होकर रह गए।

और सन बयालीस के दिनों में तो—खुद रंगी बाबू की बातों से ही पता चला कि गांधीजी ने खुद बुलवाया था उन्हें और कहा था कि नेताजी, बस यह समझो कि शहर शहानाबाद की जिम्मेदारी तुम्हारे कंधों पर है! देखना, तुम्हारे शहर में कहीं हमारा 'भारत छोड़ो आंदोलन' फेल न होने पाए!

तब हमारे रंगी बाबू की उमर जानते हैं, कितनी थी? कुल ग्यारह साल! मगर ग्यारह साल के नेताजी ग्यारह साल के किशोर नहीं, बल्कि पूरे एक भूचाल थे। पूरी एक संघर्ष-वाहिनी थी उनकी, जिसमें उनसे दुगनी-तिगुनी उमर के उनके अनुयायी और प्रशंसकों की कतार थी।...

सो गांधी बाबा की इत्ती-सी बात सुनते ही रंगी बाबू ने छाती ठोंककर कहा था, "गांधी बाबा, आपने कह दी अपने जी की बात जो कहनी थी। अब हमारी सुनो! कल सबेरे ठीक सात बजे जिला कलेक्टरेट और तहसील पर हमारा तिरंगा फहरेगा। किसी अंगरेज माई के लाल की हिम्मत नहीं कि रोक

ले।...जब तक आपके नेताजी की देह में एक बूँद भी रक्त है, लड़ाई थमेगी नहीं। तुम्हारे नेताजी की बात एकदम पत्थर की लकीर है, समझ लो!"

सुनकर गांधी बाबा आश्वस्ति के भाव से कैसे मंद-मंद, मीठी हँसी हँसे थे, रंगी बाबू क्या आज तक भूल पाए? फिर गांधीजी ने विनोद भाव से कहा था, "अरे, क्या मैं जानता नहीं हूँ इस बात को? यह तो सिर्फ इसलिए कह दिया कि देखें नौरंगीलाल, तुम जवाब क्या देते हो!"

"तो क्या जवाब सही है गांधी बाबा...! मैं पास हो गया?" ग्यारह साल के नौरंगीलाल यादव उर्फ नेताजी की विनम्र जिज्ञासा।

"बिलकुल...! बिलकुल सही जवाब! जवाहरलाल जब कभी मिलेगा—अब तो शायद जेल में ही हो हमारी मुलाकात, तो मैं उससे कहूँगा कि जवाहरलाल, जरा सुनो मेरी बात। ये शहर शहानाबाद के हमारे छोटे से नेताजी क्या कहते हैं, इससे जरा सीख लो! तुम्हें बड़ी प्रेरणा मिलेगी।" गांधी बाबा ने प्यार से रंगी बाबू के सिर पर हाथ फेरते हुए कहा था।

और उनकी मुद्रा तब कैसी थी, इसे भला रंगी बाबू कैसे कहें? बस मुग्ध होकर इतना ही कहते हैं, "बाबूजी, वो तो कोई आदमी नहीं थे, देवता थे। और देवताओं के बारे में तो हमने सुनोई है। पर ये तो ऐसे देवता थे कि हमने खुद अपनी आँखन सौं देखे हैं!"

फिर जाने क्या रंगी बाबू के मन में आया कि उन्होंने बाबा तुलसीदास की 'विनय पत्रिका'वाली शैली अपना ली।

"लोग कहते है कि किसी सच्चे, भले आदमी का वर्णन तो कवि भी नहीं कर सकता! तो बाबूजी, हम तो अनपढ़ ठहरे। हम कहाँ तक वर्णन करेंगे...?"

रंगी बाबू ने भावना में छल-छल-छल करता सवाल मेरी तरफ उछाल दिया है! मैं क्या कहूँ भला?

: 3 :

कुछ देर मौन सन्नाटा। स्वाधीनता आंदोलन की जिस उथल-पुथल भरी चरम वेला में हम जा पहुँचे थे—मैं, रंगी बाबू और उदित अंजुम, वहाँ से उतरकर नीचे आना आसान नहीं।

कहने की जरूरत नहीं कि उस भीषण गहमागहमीवाले दौर में रंगी बाबू ने वाकई झंडा फहराया था। और हुआ यह था कि जो शहर का दरोगा था दुर्मुखसिंह

और बड़ा 'सख्त करेज' माना जाता था—एकदम पत्थर, वह कुछ तो हमारे किशोर-वय नेताजी के त्याग और कुछ अपनी आन-बानवाली देशभक्त पत्नी की फटकार से खुद-ब-खुद नेताजी के साथ आ मिला। और फिर तो वो चमत्कार हुआ जो शहर शहानाबाद में ही हो सकता था। जिस-जिस ने भी सुना, दाँतों तले उँगली दबा ली।

एक ऐसी कथा जिसे एक कान को सौ कान बनाकर सुनिए, तो भी तृप्ति नहीं। गोलियों की सनसनाहट के बीच बहादुरी की अजब दास्तान···!

लेकिन···?

लेकिन फिर वर्तमान सामने आ गया। रंगी बाबू बातों के साथ-साथ रिक्शा सरपट दौड़ाए लिए जा रहे थे।

"···लेकिन इस उम्र में रिक्शा चलाना! कोई सत्तर साल की उम्र में? यह तो ज्यादती है, बहुत ज्यादती!" मैं गहरे सीझ गया। और शायद अपने आपसे ही कहा है मैंने।

मगर ज्यादती किसकी?···जरूर कोई-न-कोई मजबूरी रही होगी, जरूर! मैं सोचता हूँ।

हर किसी के मन में छिपी हर बात कोई कहाँ जान पाता है! फिर मजबूरियाँ भी तो ऐसी-ऐसी होती हैं कि···जाने कहाँ-कहाँ की कहनी-अनकहनी!

"आपके बाल-बच्चे! वे नहीं परवाह करते आपकी? इस उम्र में आपको ये···रिक्शा चलाना पड़ता है!" आखिर मैंने सीधे-सीधे कह ही दिया।

"सब हैं बाबूजी, सबन की अपनी-अपनी न्यारी दुनिया!" रंगी बाबू मानो परम वैराग्य भाव से कहते हैं। "हम तो काऊ में दखलंदाजी करते नईं हैं। ना हमको जे अच्छौ लगे कि कोई हमसे आकर कहे कि बाबूजी, जे तुम करो, जे नईं। हमने कबऊ काऊ की नायँ सुनी, अब का सुनिंगे···?"

वाह, यह ठसक! जी खुश हो गया। यानी कि अब भी दुनिया में इतना पानी बाकी है!

'पानीदार लोग'—कैसा रहेगा रंगी बाबू पर लिखे गए किसी रेखाचित्र या संस्मरण का यह शीर्षक? मैं अपने आपसे पूछता हूँ।

तब तक उनकी उद्‌बुद्ध वाणी सुनाई दे गई, "अब बाबूजी, बेटे तो अच्छे हैं, पर हम तो गांधी बाबा से सीख लिए स्वावलंबन। बाकूँ है गए कोई पचपन-साठ बरस। तब से आज तलक तो भूले नईं!"

"अरे, बेटे बहुत अच्छी-अच्छी जगह हैं रंगी बाबू के!" अब के उदित

अंजुम ने हस्तक्षेप करते हुए मेरे ज्ञान में इजाफा किया, ''कोई इन्हें देख के अंदाजा भी नहीं लगा सकता कि इनके बेटे ऐसी बड़ी-बड़ी पोस्टों पर हैं। एक तो फूड कॉरपोरेशन में बड़ा अफसर है, दूसरा रेलवे में गार्ड। तीसरा साइंस टीचर है पास के मक्खनपुर कस्बे में। लड़कियाँ भी अच्छे घरों में गई हैं।''

फिर उसने उसी रौ में आगे कहा, ''यार शीलू, इनके एक समधी तो मंत्री रहे हैं यू.पी. गौरमेंट में! कोई पाँच-सात साल पहले की ही बात होगी। एक दिन मुख्यमंत्री का परवाना लेकर आए कि नेताजी, इलेक्शन लड़ लो! इस बार का टिकट तुम्हारे नाम का पक्का रहा! पर भाई, नहीं लड़ा तो नहीं ही लड़ा। यों भी नेताजी अपने आगे सुनते हैं काहू की? बस, हर बात का एक ही जवाब कि ना-ना, मेरे भीतर जो गांधी बाबा बैठा है, सो वो इनकार कर रहा है…!''

अब के उदित ने मेरी जानकारी में खासा इजाफा किया है। एक साँस में बहुत कुछ आगे-पीछे का खुलता चला आया है। लेकिन मेरी चिंता अपनी जगह।

''तो फिर जितना रखना चाहिए, लड़के-बच्चे उतना खयाल रखते नहीं होंगे। आखिर बूढ़े आदमी का भी तो एक स्वाभिमान होता है। जिन बच्चों को इतनी मुश्किल से पाल-पोस के बड़ा किया, अब उनसे भीख तो माँगेंगे नहीं!''

मेरे भीतर एक तीव्र शंका ने करवट ली। मगर उसे तत्काल काट दिया गया, ''नहीं-नहीं, ऐसा नहीं। ऐसा तो बिलकुल नहीं बाबूजी!''

नेताजी बड़ी सहजता से मेरी शंका का समाधान-सा करते हैं। एकदम अकुंठ भाव! और फिर मजेदार प्रसंग चल पड़ता है पाँच किलो देसी घी का। सचमुच दिलचस्प!… हुआ यह कि नेताजी बड़े बाजार के मशहूर पुन्ना शाह घीवालों से घर में पाँच किलो देसी घी लेकर आए। एक तो वे देसी घी खाने के शौकीन हैं, खासकर सर्दियों में। फिर यह उनकी जरूरत भी है…कि देह में बल ही न होगा तो रिक्शा क्या खाक चलाएँगे? तो घर में घी लाए अभी हफ्ता भर भी नहीं हुआ होगा कि वे एक दफा यों ही किसी काम से रसोई में गए तो देखते क्या हैं कि आधे से ज्यादा पीपी खाली। अब तो नेताजी सन्नाटे में आ गए कि यह क्या! देसी घी कहाँ गया? घर में कोई चोर तो घुसा नहीं! तो फिर…?

हारकर घरवाली से पूछा तो असली कहानी खुलकर आई बाहर…कि उस दिन घर में छोटा बेटा और उसकी बहू-बच्चे आए हुए थे। बहू किसी काम से रसोई में गई तो घी की भरी पीपी देखकर उसकी तबीयत डोल गई।

बोली, ''माँजी, घी तो बहुत अच्छा है! पापाजी को सचमुच घी की अच्छी पहचान है, वरना ये तो जब भी लाते हैं, लुट-पिटकर चले आते हैं। इन्हें तो बिलकुल पहचान ही नहीं है असली घी की। हम तो सचमुच घी खाने को तरस गए।''

और इस पर अम्माँजी ने वही किया, जो उन्हें करना चाहिए था। उन्होंने झट पीपी खोली और आधे से ज्यादा घी बहू को एक दूसरी पीपी में डालकर दे दिया कि लो बहू, ले जाओ। अभी तुम्हारे खाने-खेलने के दिन हैं, हम तो बहुत खा चुके!

''...तो, अब समझ गए न आप बाबूजी, कि तीनों बेटे हालाँकि टोकते हैं कि बाबू, अब आप रिक्शा न चलाया करो, अच्छा नहीं लगता! पर नजर सबकी बाप की इसी रिक्शे की कमाई पर ही रहती है! खुद कमाता हूँ तो चाहे देसी घी खाऊँ, चाहे सूखी रोटी, कोई टोकनेवाला तो नहीं है। पर जिस दिन से बेटों पर आ पड़ूँगा, तीनों बहुओं की नजर इस पर रहेगी कि बुड्ढा काम न धाम का, मगर खाता कितना है।...मैं कुछ गलत तो नहीं कह रहा बाबूजी?''

मुझे लगा, इस एक छोटी सी बात से ही नेताजी के मनमौजी जीवन-दर्शन का पूरा मर्म मानो खुल पड़ा है।

और फिर कई और किस्से! एक दफा बेटे-बहू के बहुत इसरार करने पर नेताजी उनके घर गए, तो इरादा तो हफ्ते-दस दिन रुकने का था, मगर तीसरे दिन ही वापस आ गए। घर आकर बताया कि ना जी ना, वहाँ मेरा क्या काम? ...कि बहू तो हर बार माँगने पर चाय देती है और सो भी इतनी काली कि राम दुहाई! सो वे साफ-साफ कहकर चले आए कि जहाँ मन की चाय तक नहीं, तो वहाँ रहने का क्या फायदा?

फिर सुना गया, बहू बार-बार टेलीफोन करके सास से पूछती रही कि सासूजी, जरा बताइए तो, आपकी स्पेशल चाय कैसे बनती है जो हमारे ससुरजी को खासी प्रिय है? अबके आएँगे तो मैं वैसी ही बनाकर पिलाऊँगी! सो दूसरी दफे साल-दो साल पीछे फिर गए, मगर थूक से बड़े तलनेवाली इस चतुर, मिठबोली बहू के यहाँ कुछ खास तसल्ली न हुई और लौट आए।

और दूसरे बेटे के यहाँ तो और भी अजब किस्सा हुआ। उसे सरकारी फ्लैट मिला हुआ था, जहाँ किराया मुफ्त, बिजली-पानी मुफ्त। उसने बुलाया कि बाबूजी, आइए, इस बुढ़ापे में कुछ दिन हमारे यहाँ भी रहकर थोड़ी सुख की साँस लीजिए। मगर बेटे के घर का सुख जहर हो जाएगा, यह न नेताजी जानते थे और न उनका

बेटा। हुआ यह कि वहाँ सबकुछ मुफ्ती का था। सो रात-दिन बिजली-पानी की बरबादी होती थी। नल चलता था, मगर कोई उसे बंद करनेवाला नहीं! सारे कमरों में खामखा बल्ब जल रहे हैं, पंखे चल रहे हैं। जरूरत हो या बेजरूरत, कोई बटन बंद करनेवाला नहीं। नेताजी सारे दिन पानी की टोंटी बंद करते और स्विच ऑफ करते-करते परेशान कि भई, अपने गरीब देश में बिजली-पानी की ऐसी फिजूलखर्ची किसलिए? मगर बेटे-बहू का तर्क था कि ''अरे बाबूजी, आप परेशान काहे होते हैं? कौन इस पर हमारा खर्च आता है! बिल तो सरकार चुकाएगी, कोई हम थोड़े ही!''

इस पर नेताजी ने टोका और तैश में आकर गांधी बाबा और स्वदेशी के मर्म का बखान करने लगे कि ''भई, ये गरीब देश है। हम सभी को गरीब जनता के बारे में सोचना चाहिए। बिजली-पानी फिजूल खर्च करना महज बरबादी ही नहीं, इस गरीब देश में पाप है, घोर पाप!''

मगर नेताजी जब यह उच्चार रहे थे तो बेटा-बहू ही नहीं, पोते-पोतियाँ भी मुँह बिचकाकर उनका मजाक उड़ा रहे थे।

नेताजी सीधे-सरल चाहे जितने ही हों, पर अपनी इच्चत और स्वाभिमान के मामले में खरे हैं। बेटा-बहू भी अगर उसके आड़े आए, तो वे उनका क्या करते! सो साफ-साफ कहकर चले आए कि ''भई, तुम्हीं सँभालो अपनी यह पाप की लंका, मैं तो चला!'' और उसके बाद सुनते हैं कि उस बेटे के घर कभी उन्होंने अपना पैर तक नहीं रखा।

: 4 :

बातों-बातों में उदित के मुँह से निकलता है, ''नेताजी, ये हमारे खास दोस्त है। बालापने के! इनके बड़े भाईसाहब बल्बों वाली जो बड़ी फैक्टरी है ना, उसमें अफसर हैं। आप तो जानते होंगे उनको—विनोद साब! ये विनोद साब के सगे भाई हैं!...पहचाना नहीं नेताजी आपने इन्हें!''

''अरे, विनोद साब तो खूब अच्छी तरियाँ जानते हैं हमें। तो भैया उदित, तुमने पैले चौं नायँ बताई जे बात? इनके और भाइयन को तो जानत हैं हम, पर ये तो देखे नहीं। कऊँ बाहर रहत हैं का?''

फिर पता चला कि मैं दिल्ली में रहता हूँ, तो बोले, ''तो आप क्या विनोद साब के छोटेवाले लड़का गुड्डन की शादी में आए हो बाबूजी?''

''हाँ-हाँ, शादी में... ! पर भाई तुम्हें शादी का क्या पता?''

"अरे, येल्लो, हमें क्या पता! अरे, हमें क्या नहीं पता? आपके भाईसाहब जब पैंतीस साल पहले फैक्टरी में मामूली ओवरसियर बनकर आए थे, तब से जानते हैं हम इन्हें।" नेताजी हँसे और फिर भाईसाहब के बारे में ही नहीं, बल्कि शादी में कहाँ से कौन-कौन आया, क्या-क्या इंतजाम हुए और क्या-क्या खाने बन रहे हैं, आदि-आदि का पूरा कच्चा चिट्‌ठा खोलकर रख दिया उन्होंने।

"मेहमान तो कई रोज से आ रहे हैं न आपके।" उन्होंने कहा, "और दावत भी खूब चल रही है। कल शाही पनीर और मशरूम की सब्जी बनी थी। उससे पहले छोले-पूरी···शाम को डोसा-इडली, साथ में गुलाब जामुन और छैने की मिठाई। अरे, हलवाई हमने ही तो भिजवाया है विनोद साब के घर। और सुन लो। कोई साठ-सत्तर रिश्तेदार तो आ चुके···और कानपुरवाले रिश्तेदार तो पिछले तीन दिनों से घर में आए बैठे हैं। क्यों, मैं कुछ गलत तो नहीं कह रहा?"

सचमुच वे कुछ भी गलत नहीं कह रहे थे। सबकुछ सही, एकदम सही!

मन में कुछ अजीब-सा लग रहा था। यह आदमी कहीं कोई जासूस तो नहीं? रिक्शा चलाने की आड़ में जासूसी का धंधा, वरना इतने छोटे-छोटे डिटेल्स!

आजकल आदमी का कुछ पता-ठिकाना नहीं। न जाने किस भेस में कौन भेड़िया निकल आए! कुछ और नहीं तो इनकम टैक्स डिपार्टमेंट का ही कोई जासूस हो, तब···? सुना है, ये आजकल भिखारी-विखारी की शक्ल में भी खड़े रहते हैं शहर के चौराहे पर। तो उनके लिए रिक्शा चलाना और रिक्शा चलाते-चलाते 'भेद' ले लेना कौन मुश्किल है! शायद इसीलिए उदित अंजुम इशारा कर रहा था चुप रहने का। मुझे क्या जरूरत थी खामखा इतनी खुदाई करने की! अरे, बंदा है, रिक्शा चला रहा है, पैसे दो और फुटाओ! वही ठीक रहता है, वरना तो···

आदमी गड़बड़ है, सचमुच गड़बड़! खैर, अब तो क्या हो सकता है!

स्टेशन आया, तो हम उतरे। जेब में हाथ डाला। टूटे पैसे न थे, पाँच सौ का नोट!

"अरे, क्या पाँच सौ? इतना बड़ा नोट!···टूटे पैसे तो हैं नहीं हमारे पास!" नेताजी ने अपनी मुश्किल बताई।

एक क्षण संकोच में खड़े रहे, कुछ सोचते से। वे भी, हम भी।

आखिर वे कुछ सोचकर रिक्शा वहीं छोड़कर गए कि नोट तुड़ाकर लाएँ। और सचमुच झटपट तुड़ाकर ले आए।…

चमत्कार…सचमुच चमत्कार! वरना शहर शहानाबाद में आजकल किसी का सिर तो फटाफट फूट सकता है, पर नोट वह भी खासकर पाँच सौ का नोट तुड़ाना आसान नहीं। अगर आप जान-पहचान के नहीं हैं तो पहला शक तो इसी चीज का होगा कि जरूर साला ठग है, हमें नकली नोट भेड़ रहा है।…मारो स्साले को!

और इससे भी बड़ा अचरज यह कि जिस पान के खोखे से वे नोट तुड़ाकर लाए थे, वहाँ बैठे लड़के ने नीचे उतरकर उनके पाँव छुए और फिर बड़े आदर से फटाफट खुदरा नोट गिनकर दे दिए।

मैं दूर से ही देख रहा था नजारा—बड़े ही आदर से और आश्चर्य से। मन-ही-मन बुदबुदाते हुए, "अर्रे, वाह रे नेताजी!"

फिर मालूम पड़ा कि पान के जिस खोखे से, वे नोट तुड़ाकर लाए थे, वह नेताजी की मेहरबानी से ही अस्तित्व में आया था।

एक कथा में से निकलती एक और कथा।

"सचमुच हो सकता है ऐसा…?" मैं पसोपेश में। पर उदित अंजुम ने ताईद की कि सचमुच हुआ था ऐसा किस्सा कि "एक जरा दिलफेंक तबीयत के लालाजी थे। लाला बेलाराम। वो अपने बाल-बच्चों को छोड़, किसी ऐसी-वैसी छम्मक-छल्लो औरत के चक्कर में आ गए थे। वो औरत थी तो बला की खूबसूरत और सच पूछो तो तवायफ थी। और असल में तो उनके पैसे के पीछे थी वो।…फिर हुआ ये जो कि होना ही था कि एक रात लाला रेलवे स्टेशन की पटरियों पर मरे हुए पाए गए। सिर अलग, धड़ अलग। उस औरत का तो उस दिन के बाद से कुछ पता-ठिकाना नहीं। पर उनके बाल-बच्चों को खड़ा करने की जिम्मेदारी ले ली हमारे इन नेताजी ने। बड़ा लड़का जो पढ़ा-लिखा था, वो तो बल्बों की इसी फैक्टरी में लग गया और ये छोटावाला है…"

"तो दावत तो कल है, रात साढ़े आठ बजे! मैं आऊँगा। मुझे तो खास तौर से बुलाया है विनोद साब ने!"

नेताजी फड़कती हुई मूँछों के साथ मुसकराते हुए कह रहे हैं। फिर चलते-चलते उन्होंने पूरी आश्वस्ति के साथ जोड़ा, "कल जरूर मुलाकात होगी बाबूजी!"

: 5 :

अगले दिन सचमुच रात की दावत में नेताजी मौजूद थे। मैं तो बहुत अरसे बाद मिले मित्रों से मिलने और उनका हालचाल जानने में व्यस्त था और लगभग उन्हें भूल ही चुका था। पर···अचानक वे दिखाई पड़े तो मैं चौंका।

साफ धुला कलफदार खद्दर का कुरता, खद्दर की धोती···और खद्दर की ही एकदम साफ चमकदार जवाहरलाल नेहरू स्टाइल की टोपी। नेताजी अपनी सदाबहार पोशाक में खासे जँच रहे थे। बल्कि लाइट मार रहे थे।

यों तो दावत में शहर के तमाम वी.आई.पी. थे, यानी धनपतियों से लेकर नौकरशाहों तक बड़े-बड़ों की बड़ी बहार! मगर उनमें सचमुच कोई नहीं था जो नेताजी की टक्कर का हो!

सभी उनके आगे झुक रहे थे और उन्हें लगभग घेरे हुए थे।

'अजीब लोग हैं इस शहर के भाई!' मुझे हैरानी हुई।

और तो और खुद भाईसाहब भी बड़े आदर से उनसे बात कर रहे थे। फिर वे बाँह पकड़कर खुद पंगत तक उन्हें ले गए। बैठाया। और सारी व्यस्तताओं के बावजूद थोड़ी देर वहीं खड़े-खड़े उनसे बात भी करते रहे।

कुछ देर बाद जब नेताजी खाने में व्यस्त हो गए, मैं भाईसाहब को एक ओर ले गया। मेरी गहरी प्रश्नाकुलता शब्दों में छलक आई थी।

"भाईसाहब, क्या यह सही है कि ये गांधीजी के साथ रहे हैं और···?" नेताजी के बारे में कही-सुनी जाती तमाम बातों के आधार पर मैंने अपनी जिज्ञासा उनके आगे रखी।

विनोद भाईसाहब चुप, एकदम चुप।

क्या हुआ···क्या···? मैंने कुछ गलत पूछ लिया क्या? मैं चक्कर में।

"पता नहीं सही है कि नहीं! लेकिन यह तो एकदम सही कि इस फैक्टरी में मेरी नौकरी इन्हीं की वजह से टिकी हुई है!" भाईसाहब धीरे-धीरे, एक-एक शब्द पर जोर देते हुए कहते हैं।

"क्या?" आश्चर्य से मेरा मुँह खुला का खुला रह गया।

"हाँ, शीलू!" भाईसाहब अपने में डूबे हुए से बोले, "हुआ असल में यह कि यहाँ एक एम.एल.ए. हैं। ठाकुर डी.डी. सिंह। जाने कैसे उनकी दिलचस्पी इस फैक्टरी में जगी। कुछ लोगों को उकसाया, हड़ताल करा दी और लगे मैनेजमेंट से ब्लैकमेलिंग करने कि पाँच लाख पहुँचाओ हमारे घर, वरना···! उन्होंने सोचा, अच्छा खाने-पीने का धंधा है। वो जितना हो सके, हड़ताल को

लंबा लटकाना चाहते थे, मगर मजदूर भी तंग, हम लोग भी। तालाबंदी की नौबत आने को थी। उधर मालिक लोग तो वैसे ही पिछले दस सालों से फैक्टरी बंद करने की जुगाड़ में हैं। सोचते हैं, फैक्टरी ज्यादा मुनाफा तो कमा नहीं रही। इससे तो अच्छा है, यहाँ की लंबी-चौड़ी सैकड़ों एकड़ जमीन जो पहले कौड़ियों के भाव मिली थी, बेचकर करोड़ों रुपए कमा लें। अगर हजार-पाँच सौ प्लाट भी बनाकर बेच लिए, तो भी करोड़ों का खेल है। समझ रहे हो न! तो मालिकों को भी मजा आ रहा था इस खेल में और वो अपना मुनाफा कूत रहे थे।...अच्छा, इस बात को समझ तो मजदूर भी रहे थे, हम भी कि हालत अब यही आनेवाली है। इतने में एक मजदूर ने कहा, 'जी, नेताजी जो कहें, हम लोग मान लेंगे। आप नेताजी से बात कर लो।' देखते ही देखते सारे मजदूर यही कहने लगे। तो मरता क्या न करता...वाली बात थी। हमने कहा, चलो देखते हैं। इस आदमी के बारे में बातें तो बहुत कही-सुनी जाती हैं, एक दफा खुद चेक करके भी देखना चाहिए...!''

''तो क्या वाकई नेताजी ने सुलझा दिया इत्ता उलझा हुआ मसला?'' मेरी जिज्ञासा।

''यकदम्म!'' भाईसाहब के चेहरे पर बड़ी भली और दिव्य किस्म की चमक थी।

फिर उन्होंने पूरी बात भी बताई।

''...नेताजी ने बिलकुल युद्ध स्तर पर काम किया। बोले, इस फैक्टरी से शहर के हजारों घरों की रोटी चलती है, तो इसे बंद तो हरगिज नहीं होने दूँगा, भले ही मुझे अपनी जान की बलि देनी पड़े! सुनते तो यह हैं कि तीन दिन तक उनका खाना-पीना, सोना सब बंद रहा। जो कुछ मजदूर चाहते थे और उनकी जो-जो प्रॉब्लम्स थीं, उन पर उन्होंने मजदूरों से खुलकर बात की। कंपनी की जो हालत थी, उसमें हम जितना कर सकते थे, उसका अंदाजा हमारे साथ उठ-बैठकर लगाया और दो दिन के अंदर मसला खत्म। तीसरे दिन तो अफसर और मजदूर गले मिल रहे थे और साहब, कंपनी की मिल-जुलकर काम करने की पुरानी परंपराओं की दुहाई दी जा रही है!''

''मगर कैसे...?'' मैं सकते में।

''क्या कह सकते हैं! मगर एक बात तय है, कि मजदूर जान छिड़कते हैं इन पर। नेताजी गलत नहीं कर सकते, चाहे जान चली जाए—ये सब कहते हैं और शायद गलत नहीं कहते!''

भाईसाहब कुछ-कुछ भावुक हो चले थे।

मैं हैरान! भाईसाहब तो खासे प्रैक्टीकल और बुद्धिवादी आदमी हैं और ये बहे जा रहे हैं महज एक रिक्शावाले के लिए! अजीब बात है—कितनी अजीब!

''उन दिनों तो हमारे जी.एम. भी जान छिड़कते थे इन पर। और उन दिनों क्या, अब भी यही हालत है।'' भाईसाहब बता रहे थे, ''बातचीत जब चल रही थी, तब तो हालत यह थी कि रोजाना बिना नागा कंपनी की कार भेजते थे इनको घर से लाने के लिए। पर···ये एक दफा भी उस कार से नहीं आए। वापस भेज देते थे। अपने रिक्शे पर आते थे, उसी से जाते थे।''

''समझौता होने के अगले दिन जी.एम. ने पूरे पचास हजार रुपए भिजवाए कि नेताजी ना मत कीजिएगा, ये हमारी ओर से छोटा सा तोहफा है! इस पर नेताजी तो आगबबूला, बिलकुल जैसे फट पड़े हों। बोले, 'आप लोगन ने समझ क्या रक्खा है! अरे, क्या नेताजी को खरीदना चाहते हैं? हम गांधी के असली चेला हैं, नकलीवाले नहीं हैं!'

''इस पर सुना तो यह भी गया कि जी.एम. को दोनों हाथ जोड़कर माफी माँगनी पड़ी थी और वह 'सर···सर···' कहता नेताजी के आगे-पीछे चक्कर काट रहा था। अटक-अटककर उसे बोलते सुना गया था कि 'नेताजी, किसी से कहिएगा नहीं, जरा मेरी इज्जत का सवाल है!' तो इस पर नेताजी ने तो वाकई किसी से कुछ नहीं कहा, एक शब्द तक नहीं। तो भी पता नहीं कैसे बात फैल गई!''

सुनकर मुझे न जाने क्यों एक पुराने लोकगीत की भूली-बिसरी पंक्ति याद आई, ''लागी कैसे छूटे हो रामा··· !'' मानो यह पुराना लोकगीत चोला बदलकर अचानक एक व्यंग्यात्मक सूरत में सामने आ गया। मैं भाईसाहब को भी यह लाइन सुनाना चाहता था। पर वे अपनी रौ में थे और कहे जा रहे थे, ''आज भी जी.एम. याद करता है कि सच्ची-मुच्ची एक सचमुच के नेताजी से पाला पड़ा था। और इस समझौते से मजदूर तो इतने खुश थे कि आज भी याद करते हैं कि नेताजी ने हमारा बड़ा फायदा कराया था और बड़ा टनाटन समझौता था! इसकी वजह भी सीधे-सीधे यही थी कि बीच में कोई खानेवाला दल्ला तो था नहीं। लिहाजा जो कुछ मजदूरों को मिला, सीधे-सीधे मिला···और खासा मिला। मेरी जानकारी में हमारी फैक्टरी में इतना मजदूरों को पहले कभी नहीं मिला, किसी भी एग्रीमेंट में। इसलिए मजदूरों से पूछो तो वो आज भी नेताजी की जय बोलते हैं। और हमारे जी.एम. का सिर आज तक नहीं उठता इनके आगे!''

और मुझे याद आया कि नेताजी जब बैठे थे, तो साथ में जी.एम. भी था, मि. सूरी···या पता नहीं, क्या नाम बताया था भाईसाहब ने। और यह भी कि बंदा इंग्लैंड से मैनेजमेंट समेत जाने कौन-कौन से कोर्स करके आया है। पर देखो तो, अपने बढ़िया क्रीजदार सूट, बढ़िया टाई, बढ़िया चमक-चम जूतों के बावजूद नेताजी के आगे कितना निष्प्रभ, पंगु, दयनीय··· !

तभी सूरी साहब की बिल्ली-कट मूँछों पर मेरा ध्यान गया और मेरी हँसी छूटने को हुई, अहा-हा, मिस्टर जी.एम की इन बिल्ली-कट मूँछों के सामने जरा नेताजी की मूँछें तो देखो, एकदम शेर की तरह ! खुली-खुली, फैली-फैली। नेताजी हँसते हैं तो उनकी मूँछों के सिरे भी क्या खूब फड़कते हैं। और उनके आगे बेचारे बिल्ली-कट सूरी की मूँछें, एकदम चकरघिन्नी की तरह ! वे बीच-बीच में घुन्नेपन से हँसते हैं और और फिर अचानक चुप्पी साध लेते हैं, जैसे टायर पंक्चर···सारी हवा निकल गई हो। मगर नेताजी शेर···वाकई शेर ! सच्चे सूरमाँ !

ओह, आज जान पाया गांधी बाबा की असली ताकत ! अहिंसा और नैतिकता की ताकत, जिसे बड़ी-बड़ी शक्तिशाली कुरसियाँ भी सलाम करती हैं !

: 6 :

अचानक नेताजी उठ खड़े हुए। एक भीनी मुसकराहट के साथ बोले, "अच्छा विनोद साब, चला जाए! बहुत अच्छा भोजन कराया आपने। बड़ा आनंद आया। गुड्डन बाबू कहाँ है? उसे आशीर्वाद देता चलूँ!"

फिर गुड्डन आया तो उसके सिर पर बड़े प्यार से हाथ फेरते हुए कहा, "अब तुम जवान हो गए हो गुड्डन बाबू। खुद को पहचानो···कि क्या तुम्हें करना है जिंदगानी में ! गांधीजी की आत्मकथा पढ़ो। हम लाकर देंगे तुम्हें।"

बाईस साल के गोलमटोल गुड्डन ने मंद-मंद मुसकराते हुए सिर झुका लिया है, "अच्छा, नेताजी !"

रंगी बाबू चलने लगे तो भाईसाहब का विनम्र अनुरोध, "नेताजी, गाड़ी से छुड़वा देते हैं··· !"

"अरे, काहे का कष्ट करते हैं भाई। हमारी सवारी बाहर खड़ी है। कोई राजा की सवारी से कम थोड़े ही ना है हमारी सवारी !" रंगी बाबू अपनी टोपी उतारकर फिर से सिर पर जमाते हैं। बड़े ही आत्मगौरव और इत्मीनान के साथ।

"और फिर··· !" खुदर-खुदर हँसते हुए कहते हैं, "अगर स्टेशन से

कोई सवारी मिली तो उठा लेंगे। दो-चार रुपए बन जाएँगे···और आपके घर जो ढेर सारा पक्का खाना खाया है, सो भी पच जाएगा! यों भी मेहनत में काहे की शर्म! क्यों ठीक कह रहा हूँ न बाबूजी?'' इस बार मेरी ओर इशारा करते हुए रंगी बाबू हँसते हैं—एकदम बच्चों जैसी भोली, निष्कलुष हँसी।

थोड़ी देर में अपने रिक्शे पर सवार वे तेज-तेज पैडल चलाते नजर आते हैं।

और अब वे दृष्टि से ओझल हो गए हैं, पर जाने क्यों मेरी निगाह उस पथ से हटती ही नहीं है। जाने क्यों···?

□□□